出会ってひと突きで絶頂除霊！
8
presented by
Hirotaka Akagi
赤城大空
Illustration
魔太郎
Mataro

# CONTENTS

プロローグ 011
第一章 パーツ集めの夏休み 017
第二章 要人護衛任務 081
第三章 懸賞首たちの宴 149
第四章 殺したいほど愛してる 215
エピローグ 315

葛乃葉 楓
Kaede Kuzunoha

舐めろ。
lfang アーネスト・ワイルドファング

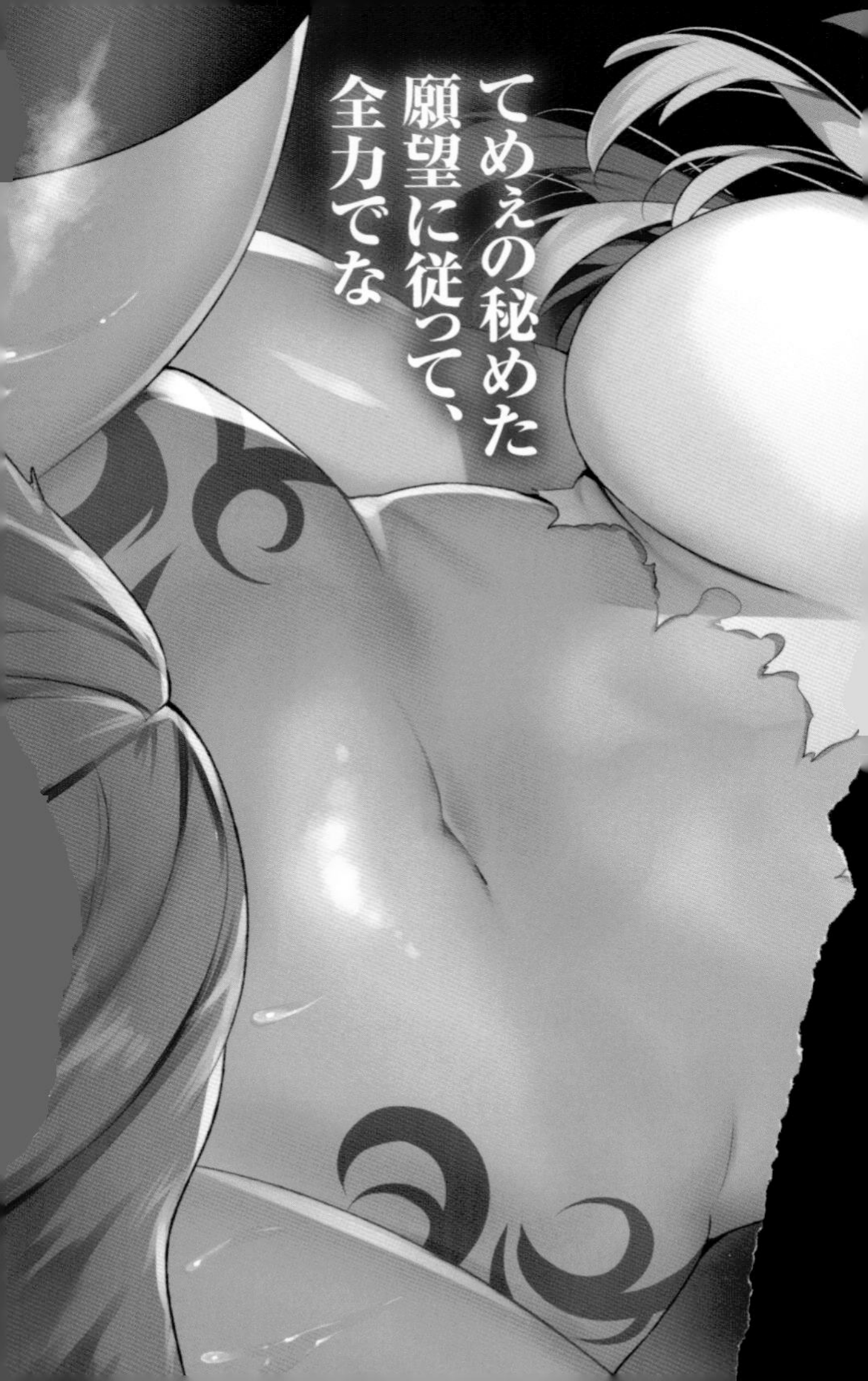
てめぇの秘めた
願望に従って、
全力でな

宗谷美咲
Misaki Soya

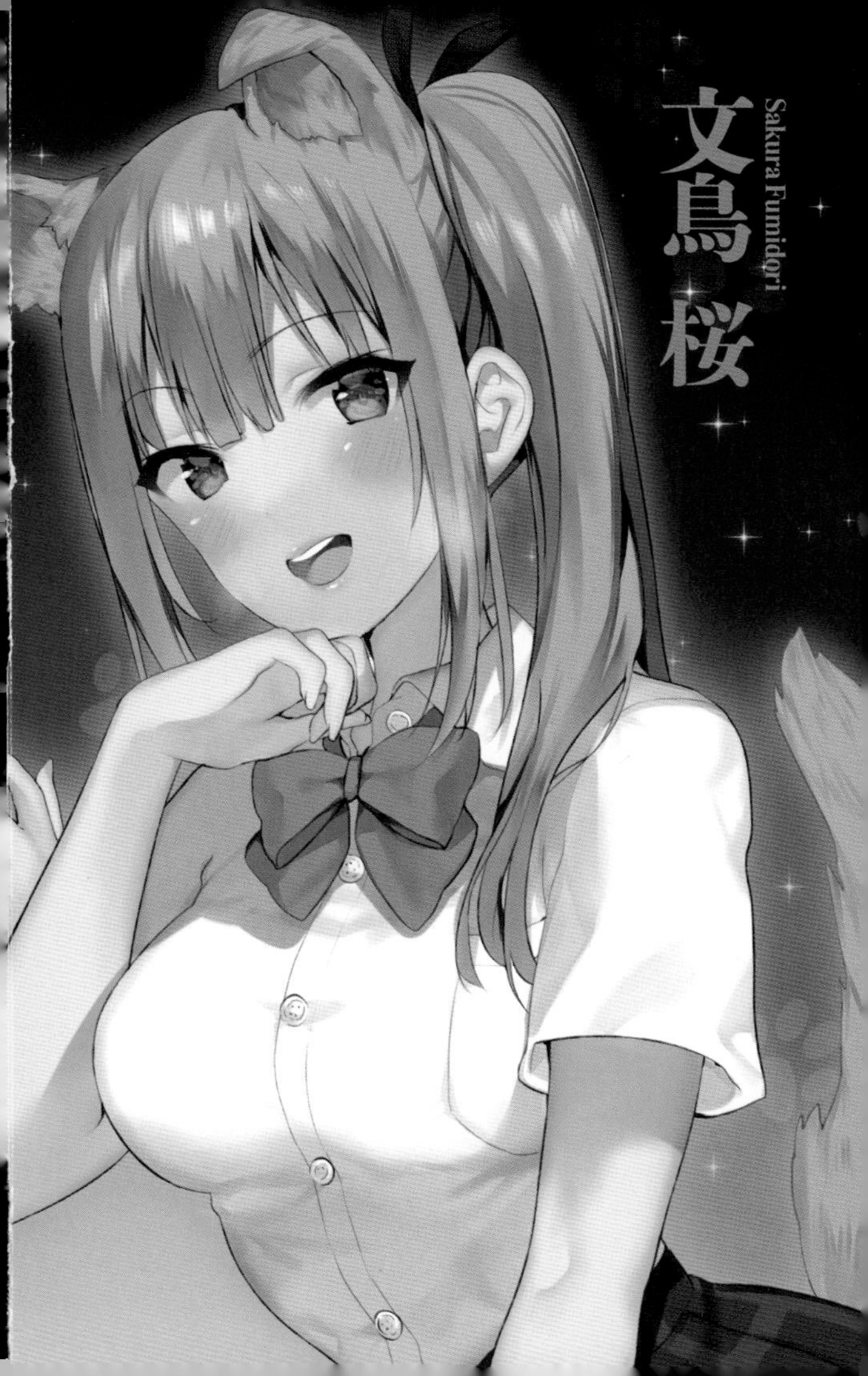
文鳥 桜
Sakura Fumidori

出会って
ひと突きで
絶頂除霊!
8
presented by
Hirotaka Akagi
赤城大空
Illustration
魔太郎
Mataro

# CAST

烏丸《からすま》 葵《あおい》

退魔学園1年生。
晴久のクラスメイトで、
ド変態。

宗谷《そうや》美咲《みさき》

退魔学園1年生。
全てを見透かす呪われた
淫魔眼を持つ少女。

古屋《ふるや》晴久《はるひさ》

退魔学園1年生。
絶頂除霊の力を宿す、
呪われた腕を持つ少年。

太刀川《たちかわ》芽依《めい》

退魔学園中等部3年生。
晴久に様々な情報を
授ける謎の少女。

文鳥《ふみどり》 桜《さくら》

退魔師協会監査部所属。
幼少期を晴久と
過ごした少女。

葛乃葉《くずのは》 楓《かえで》

退魔学園2年生。
晴久の幼なじみで
数々の実績を持つ退魔師。

童戸《わらしべ》 槐《えんじゅ》

九の旧家がひとつ、童戸家の娘。
サキュバスの角の呪いから
晴久たちに救われた。

皇樹《すめらぎ》夏樹《なつき》

九の旧家がひとつ、
皇樹家の現当主。
十二師天。

ミホト

晴久の腕から顕現した、
謎の褐色美少女霊。
絶頂除霊の元凶。

シーラ・マリアフォールド

「世界一美しい王族」
と称される、
アルメリア王国の王女。

小日向《こひなた》静香《しずか》

白雪女学院の生徒。
その体つきは見る男
すべてを魅了する。

南雲《なぐも》睦美《むつみ》

元・乳避け女。
剣道の達人だが、
巨乳が苦手。

# プロローグ

世界三大霊能圏と呼ばれる地域がある。

ひとつは東南アジアから中国までを含む仙術界域。

ひとつは神族の影響力が最も強い西欧国家群。

そして最後のひとつは東洋の島国——日本だ。

昔からモノノケと共存する土壌が育まれていたせいか、強力な怪異《かいい》家系をいくつも保有。

それどころか霊能業界の中枢を怪異家系が占める様は世界的に見ても異質であり、日本が単一国家にもかかわらず世界三大霊能圏の一角に数えられる要因のひとつとなっていた。


そうした事情から、時に〝ヨウカイ国家〟とも呼称される日本の首都、東京。

その玄関口である東京湾沖合で——海が燃えていた。

そう錯覚するほどの光と熱をまき散らし、複数の巨大船舶が深夜の洋上で炎を噴き上げているのだ。

普通の艦隊ではない。

欧州祓魔《ふつま》連合が誇る弩級《どきゅう》護衛艦隊である。

だがその威容は見るも無惨に破壊され、甲板で巻き起こる戦闘によって艦隊はいまにも沈没しそうになっていた。

そんななか……ブオオオオオオッ！

燃えさかる艦隊から一隻のモーターボートが飛び出した。

強力なエンジンを積んでいるらしいそのボートは猛スピードで艦隊から離れていく。

乗っているのは浮世離れした美貌《びぼう》をたたえる一人の少女だ。

「逃げ延びなくては……！　なんとしてでも……！」

芸術品のような銀髪碧眼《へきがん》を炎に照らされ、自分だけが逃げ出す罪悪感に唇を噛《か》みながら、しかし少女は決然と声を漏らす。

「わたくしを逃がすために倒れていった戦士たちのためにも、祖国のためにも……っ！　わたくしがテロリストに捕まるわけにはいかない……っ！」

そうして少女は悲壮な決意とともに燃えさかる艦隊に背を向けた。

世界有数の霊能国家――日本の退魔師《たいまし》たちに助けを求めるべく、深夜の洋上を真っ直《ま》ぐ《す》に突き進んでいく――。

東京郊外。

とある霊護団体が所有する屋敷の一室に、一人の女性が座っていた。

日本人ではない。

目の覚めるような美貌にどこか達観したような雰囲気を纏《まと》う、二十代中盤の西洋人だ。

左右で色の違う瞳をした彼女は紅茶をすすりながら口を開く。

「それでは契約成立だ。だがいいのかい？　こちらから声をかけておいてなんだが……この国は君の祖国だろう？」

「へっ、こちとらあいにく、そういう『愛国心』だの『身内への情』だのといったもんにゃあ無性に逆らいたくなる性分でね」

そう言って熱々のポットから直接紅茶を飲むのは、二十代後半の女だった。

柔らかいソファーではなくあえてテーブルに腰掛けつつ、言葉を続ける。

「それになにより、この国は人のよいスペシャリストへの金払いが悪くてなぁ。ぶっ壊してやる気にはなっても、守ってやろうって気にならねえのさ。私は金が大好きでね。魔族だろうが国際霊能テロリストだろうが、金さえ払ってくれてる間はそいつの味方でいてやるのよ」

「なるほど。それはわかりやすくていい」

皮肉げに笑う元十二師天の言葉に、オッドアイの国際霊能テロリストが頷《うなず》く。

それから淡々とした口調で、

「それでは計画を煮詰めていこうか。パーツを強奪するためには、まずこの国を滅茶苦茶《めちゃくちゃ》にしてやる必要があるからね」

当たり前のように、そんな大それたことを口にした。

# 第一章　パーツ集めの夏休み

1

「ちょっとお兄ちゃん。夏休みだからっていつまで寝てるの？」

布団《ふとん》の中で二度寝の快感に溺《おぼ》れていた俺の耳に、呆《あき》れかえったような妹分、文鳥桜《ふみどりさくら》の声が響いた。

部屋のカーテンが開け放たれ、エアコンの効いた室内を強烈な日差しが照らす。

「勘弁してくれ桜……せっかくの夏休みなんだし……なにより罰則労働の疲れがまだ抜けてねえんだよ……」

言いながら布団を頭まで被《かぶ》り、夏の日差しに抵抗する。

穂照《ほてり》ビーチでの罰則労働を終え、この男子寮に戻ってきてからおよそ二日。

心身ともに疲れきっていた俺は久々の休息にすっかり気が抜け、ひたすらだらけきっているのだった。

穂照ビーチでの罰則労働は本来、そんなに疲れるようなものじゃなかった。

罰則という名前に反し、その実態はパーツの除霊に成功した俺たちへのご褒美《ほうび》休暇を兼ねた楽な仕事だったからだ。

けどその最中に色々なことがあったせいで——本当に本当に色々あったせいで罰則労働は休暇とはほど遠い有様《ありさま》に。

疲れなんてとれるわけがなく、退魔学園《たいまがくえん》の男子寮に戻ってきた俺はひたすらベッドの上でごろごろすることしかできなくなっていたのだ。

だがその一方、俺と一緒に罰則労働をこなした桜《さくら》はといえば、

「もう、体力ないんだから。ほら、夏バテに効くご飯作ってあげるから、さっさと起きなさいって」

疲れている様子など微塵《みじん》もない。

それどころか罰則労働前よりも元気そうにも見え、気のせいか肌もつやつやしている。

加えて俺を布団《ふとん》から引きずり出したり怒鳴ったりしないあたり、かなり機嫌も良さそうだった。

「なんかお前、罰則労働に行く前より元気だよな。なんかいいことでもあったのか？」

「ふぇ!?」

まどろみながら俺が疑問を口にすると、桜が変な声を出す。

「い、いやそれは……もうすっかり忘れちゃったけど、夢の中でお兄ちゃんにすごく甘やかしてもらった満足感があるのよね……」

と、なにやら顔を赤くして俺から顔を逸《そ》らす桜。

だが次の瞬間には眉を釣り上げ、

「い、いいからさっさと起きなさいよ！　そうやってずっとダラダラしてるほうがむしろ疲れるんだからね⁉」

強引に、けどやっぱりどこか機嫌良さそうに、俺をベッドから引きずり出すのだった。


桜が作ってくれた朝食をテーブルに運びながらＴＶをつけると、アナウンサーが朝から元気に喋《しゃべ》っていた。

『美しい街並みで有名な北欧の雪国、アルメリア王国。しかし最も有名なのは、国を治める王室の方々でしょう。世界一美しい王族とも評されるシーラ姫の初来日がいよいよ明日に迫り、東京は早くも歓迎ムード一色に染まっています』

「またこのニュースか。俺たちが罰則労働やってる間に、随分盛り上がってたみたいだな」

ＴＶに映るのは、もう何度見たとも知れないシーラ姫とやらの映像だ。

なにかの式典の様子を撮影したものらしく、俺たちと同い年らしいお姫様が観衆に優しく微《ほほ》笑《え》みながら手を振っている。

銀髪碧眼《へきがん》の儚《はかな》げな美しさは雪の妖精《ようせい》みたいで、世界一美しい王族という呼び名も決して大げさではなかった。

「まあ大騒ぎになるのは仕方ないわよ。日本とあまり仲の良くない欧州祓魔《ふつま》連合が最重要視しているアルメリア王国の王室だもの。そこの王女が日本と友好関係構築のために来日するっていうんだから、お姫様の見た目抜きにしても大ニュースよね」

監査部のほうも警備計画やらなんやらで大騒ぎらしい、と桜《さくら》は語る。

けどまあ、そんな政治的な話は俺たちみたいな下っ端退魔師《たいまし》には大して関係ない話だ。

お姫様については軽い雑談程度に留め、桜の作ってくれたできたての朝食を頬張《ほおば》る。

相変わらず俺の好みを完全に押さえた味付けに「やっぱ桜の飯は美味いな」と感心していると、桜が「でしょ?」と得意げな笑みを浮かべた。

やっぱり機嫌いいなこいつ……と俺が桜の様子に首を傾《かし》げていると、不意に桜がこんなことを言い出した。

「ところであんた、今日はなにか予定でもあるわけ?」

「いや別に……せっかくの休みだし、いまのうちに可能な限りごろごろしとこうかなってくらいだな。強《し》いて言えば昇天サポートセンターにちょっと顔出しときたいくらいか」

穂照《ほてり》ビーチのことを抜きにしても、ここ半年ほど激動すぎた。

またいつとんでもないトラブルに巻き込まれてもおかしくないし、休めるときにしっかり休んでおきたい。特にメンタル面を重点的に。

「はぁ、そんなことだろうと思った。ダメよそんなんじゃ」

溜息《ためいき》を吐《つ》いた桜が俺の夏休みの計画を真っ向から全否定した。

「さっきも言ったけど、ダラダラしてるほうが逆に疲れるんだからね？　だからその、エアコンの効いた部屋でいつまでも腐ってないで、ええと……今日は組み手でもやってみない？」

「は？　組み手？」

なぜかもじもじと顔を逸《そ》らしながらそんなことを言い出した桜に聞き返す。

すると桜は事前に用意してきたかのような口ぶりで、

「軽い運動したほうがいいリフレッシュになるでしょ。それにずっと前から言ってるけど、お兄ちゃんの能力は徒手空拳と相性がいいんだし。角の感知能力で私とも組み手が成立するくらいになってるんだから、接近戦の経験を積んどいて損はないわ」

「まあ、確かにそうだな」

感度三千倍の能力を持つ《サキュバスの角》。

このパーツを取り込んだことにより、俺は封印のブレスレットを外したときに限り五感を超強化できるようになっている。

あまり強化しすぎると性感まで強化されて絶頂しやすくなるというクソみたいな副作用はあるものの、加減を間違えなければかなり有用な力だ。

出力調整の練習も兼ねて組み手をやっておくというのは悪い話じゃない。

「でしょ？　だからほら、今日は学校の演習場でも使ってがっつり組み手するわよ。……そしたらお兄ちゃんに自然に触れるし……汗臭い洗濯物が量産できるし……」

「さ、桜《さくら》……？」

なんだか桜の様子が怪しい。

けどまあ、いつもみたいにツンケンしてる感じじゃない。

この様子の桜となら平和な休日が過ごせそうだし、朝食後は演習場に行ってみるか……と思っていたときだった。


ピンポーン。


平和な休日の終了を知らせるインターホンの音が鳴り響いたのは。

「あ？　誰だこんな朝っぱらから」

食事の手を止めて玄関に向かう。

帰省していないＤクラスの誰かだろうかと思いドアスコープを覗《のぞ》いたのだが……そこで俺は目を丸くした。

「え、宗谷《そうや》？」

ドアの前に立っていたのは制服姿のチームメイト。宗谷美咲《みさき》だったのだ。

なぜか落ち着きなく前髪や服装を整える彼女に戸惑いつつドアを開けると、

「お、おはよ！」

どこかそわそわした様子で宗谷が朝の挨拶《あいさつ》を口にする。

「あ、ああおはよう……って、どうしたんだよお前、朝から急に」

つられて挨拶を返しつつ、俺は当然の疑問を口にする。

なにせいまは夏休みで、ここは男子寮なのだ。

いくらチームメイトとはいえ、連絡もなしに宗谷がここに来る理由なんてない。

すると宗谷は迷いのない瞳で、

「だって、夏休みももう後半でしょ？　自由な時間が多いいまのうちに、パーツ集めのためにできることを色々やっておかなきゃと思って。古屋《ふるや》君と一緒に！」

まるで虫捕りの誘いに来た子供のように、全身からやる気を漲《みなぎ》らせて宗谷が断言した。

「古屋君、まだ朝ご飯の途中だよね？　わたしもコンビニで朝ご飯買ってきたから、一緒に食べていいかな？　パーツ集めについて相談したいこともあるし」

「お、おう」

なんだか妙に押しの強い宗谷に圧倒されるかたちで頷《うなず》く。

「よ、よし。ひとまずテンパったりせず普通に会話できた……っ！」

なにか呟《つぶや》いた宗谷が小さくガッツポーズしつつ部屋に入ってくるのだが、そこでぎょっとしたような声を上げたのは桜《さくら》だ。

「ちょっ、美咲《みさき》!? あんた、なにいきなり私とお兄ちゃんの貴重な二人きりの時間に踏み込んできてるわけ!?」

「パーツ集めの作戦会議のためだよ? 時間も惜しいから、一緒に朝ご飯でも食べながら話そうかと思って。……それにいままでなんとなくスルーしてたけど、桜ちゃん、監視役の名目で好き勝手しすぎだし……」

「す、好き勝手って私はただお兄ちゃんがだらしないから……てゆーか作戦会議はいいけど、今日はもうお兄ちゃんと組み手の約束してるんだから、横入りしないでくれる!?」

「組み手の約束……桜ちゃん、なにかエッチなこと企《たくら》んでない?」

「はー!? びっくりするくらいなんの根拠もない言いがかりなんですけどー!?」

なぜかどんどん白熱していく言い争いに、俺は「待て待て待て待て!」と仲裁に入る。

「落ち着けってお前ら! 作戦会議も組み手も別にどっちかしかできないってわけじゃねえんだから、両方やりゃいいだろ!」

ああ、これでのんびりした休日は終わりか……と思いつつ、俺は宗谷《そうや》に向き直る。

「つーか宗谷、マジでどうしたんだ? 確かにパーツ集めが急務なのはわかるけど、いくらなんでもこの前から肩に力が入りすぎじゃねーのか?」

数日前。あの白い巨根事件が起きた夜からずっと抱《いだ》いていた疑問を改めて宗谷にぶつける。

あの夜から、どうも宗谷の様子がおかしいのだ。

STORE
グギギ…

パーツの呪《のろ》いを解くために諦《あきら》めず突き進む暴走特急ってのは出会ったときから変わらない。

けどあの白い夜以降、そのやる気に異常なほど拍車がかかっているような気がするのだ。

それ自体はすぐ諦めがちな俺を引っ張ってくれる面があるので好ましくはあるんだが……

そのために朝っぱらから男子寮に押しかけてくるのはいくらなんでも行動力に溢《あふ》れすぎだ。

「呪いを急いで解かないといけない理由でもできたのか？」

若干心配になってそう尋ねてみる。

すると宗谷《そうや》はなぜか「ぼんっ」と顔を赤くし、

「だ、だってほら、淫魔眼《いんまがん》とも長い付き合いだから多少は慣れてきたつもりだったけど、色々と視《み》えるのはやっぱり嫌なんだもん！」

鬱憤《うっぷん》を爆発させるように宗谷が叫ぶ。

かと思えばむくれるように明後日《あさって》の方向を向き、

「……桜《さくら》ちゃんとか葛乃葉《くずのは》さんが見てた古屋《ふるや》君とのエッチな夢もはっきり視えちゃったし、古屋君が葛乃葉さんとのキスを思い返してるのもわかるし……別にそれ自体は仕方ないけど、視えるっていうのが嫌なんだもん……古屋君の顔を視たいのに、視るたびにモヤモヤして……それに夏休み中は学校を介した依頼もないし、こうでもしないと会う口実が……」

いじいじと指を絡ませながら宗谷が怨嗟《えんさ》めいた声を漏らす。

するとまた感情を爆発させるように両手を上げ、

「と、とにかく！　この呪いはなんとしても解くんだから！　やれるうちにやれることやっとかないとでしょ！　いつまた魔族が動きだすかわかんないんだし！」

『そうですよ！　夏休みだからってだらけてる場合じゃありません！　フルヤさんもソウヤさんを見習って頑張ってください！』

と、宗谷の爆発に同調するように頭の中で声が響いた。

俺の両手──絶頂除霊《ぜっちょうじょれい》に宿る謎の霊体、ミホトの声だ。

普段はエネルギー節約とやらで静かにしているのだが、こいつもあの白い夜以降、パーツを集めるよう頻繁に促してくる。やかましいことこの上ない。

「い、いやまあ、早いとこパーツを集めないといけないってのは俺もわかってるけどさ」

《サキュバスの角》を取り込んだミホトが記憶の一部を取り戻したことで、パーツの呪いを解く方法は判明した。

すべてのパーツを集め、ある場所へと持っていけば、後遺症もなにもなくパーツを完全消滅させることができるというのだ。

その方法なら快楽媚孔《かいらくびこう》のない宗谷を絶頂させることなくパーツを除去できるし、俺の身体《からだ》に宿った〝手〟と〝角〟もまとめて消滅させることができる。

そうすれば今後パーツによる被害は消え、なぜかパーツを狙《ねら》う魔族の企《たくら》みも潰《つぶ》すことができる。パーツを集めればミホトの記憶も戻るらしいし、早いとこパーツを集めておくに越したことはないのだ。

けど、それにはとてつもなく高いハードルがある。

パーツは宿主が死ぬと同時に一度消滅し、数年から数十年スパンで世界のどこかにランダム再生するという性質があるのだ。

運が悪ければそもそもパーツが数年単位で出現しないという可能性もあるし、話の通じない霊能勢力がパーツを封印してたりしたら正攻法でパーツを入手するのは不可能だ。

「パーツを集めようにも頑張ってどうにかなる話じゃないし、いまは魔族の襲来に備えて術を磨いとくとか、それくらいしかできることねーんじゃねーの？」

宗谷《そうや》に感化されて、俺もパーツ集めに関してそれなりにやる気はある。

けどじゃあ具体的にどうすればいいかなんてわからずにだらけきっていたわけなのだが、

「大丈夫、考えならあるよ！」

元気いっぱいに、宗谷がそう断言した。

2

「なるほど……相馬《そうま》家と童戸《わらしべ》家のコンボか。これなら確かに……」

「でしょ!?」

朝食を食べながら聞いた宗谷の作戦は、（意外にも）それなりに説得力のあるものだった。

《無敵の童戸》と称される童戸家当主の超幸運能力。

そこに《先見の相馬》と呼ばれる相馬家当主の予言能力をかけあわせ、パーツの出現地点や入手できそうな場所を突き止めようというのである。

相馬家当主の占いは時に〝神の力〟ともいわれるほどの精度ながら、任意の内容を占えるわけではないという欠点がある。

そこに童戸家の幸運能力を加え、俺たちに都合のいい占い結果を出してもらおうというのだ。

色々と懸念はあるものの……大筋では悪くない案といえた。

というか現状、これ以外に成果の出そうな方針はないだろう。

というわけで俺たちは朝食を食べたあと、まずは童戸家に話をつけるべく、ある場所へと向かっていた。

「まったく。せっかくお兄ちゃんと二人きりの休日だと思ったのに……でも呪《のろ》いを早く解くためだし仕方ないか……組み手は夜でもできるし」

なにかぶちぶちと漏らす桜《さくら》も連れ、宗谷と三人で退魔学園《たいまがくえん》の敷地内を歩く。

やがて到着したのは、夏休み中でも休まず稼働している昇天サポートセンターだった。

浮遊霊になってしまった人や動物の未練を解消し、悪霊《あくりょう》化する前に成仏させる施設だ。

なぜ童戸家に話を通すためにここを訪れたのかといえば、

「あ……晴久《はるひさ》お兄さん！　来てくれたんだ！」

「おお槐《えんじゅ》。元気そうでよかった。本当にここで手伝いしてるんだな。体調はもういいのか？」

「うん、晴久《はるひさ》お兄さんたちのおかげでもうすっかり。霊力は落ちちゃったままだけど、ここでお手伝いするには十分すぎるくらいだって」

言って、退魔学園《たいまがくえん》の制服を着た槐《えんじゅ》が駆け寄ってきた。

そのまま抱きつかれるようなかたちになり、俺は頬《ほお》をほころばせながら彼女を受け止める。

童戸《わらしべ》槐。

運勢能力を司《つかさど》る童戸家の少女で、周囲を無差別に不幸にする〝体質〟ゆえに長いこと幽閉生活を強《し》いられてきた女の子だ。

先日のパーツ騒ぎでは《サキュバスの角》に取り憑《つ》かれてしまい、あわや討伐されかけたところをどうにか助けることができた。

パーツを除去した際に彼女を苦しめていた不幸体質もかなり緩和され、いまはこうして普通に外出できるようになっているのだった。

退魔学園中等部にも編入予定で、いまは学校見学で一番興味をもっていたこの施設で手伝いをしているとのことだった。

「大変なこともたくさんあるけど、みんなが喜んでくれるとすごく嬉しくて、楽しいの。あ、それからね、最近は緑《みどり》さんが色々なところに連れていってくれるの。今度は動物園に行こうって言ってくれて……あ、あの、それでね、晴久お兄さんがもしよければなんだけど、お兄さんとも今度、どこかに遊びに行きたいなって……」

槐が「お話ししたいことがたくさんあって大変」とばかりにまくし立てる。

控えめなところは変わらない。

けれど不幸体質をほぼ克服できたおかげか陰のある儚《はかな》さは鳴りを潜《ひそ》め、年相応の明るさが顔を出すようになっていた。

そんな槐の変化を微笑《ほほえ》ましく思いつつ、

「おー、いいな。夏休みの間は時間もとりやすいし、また時間あわせるよ。どこでも遊びに行こうぜ」

「ほんとに!?」

槐が心底嬉しげに笑う。

まだほんの少しだけ残っているらしいラッキースケベの右手とアンラッキースケベの左手が発動しないよう手袋のはめられた両手で、さらに強く俺に抱きついてきた。

パーツ事件のときは色々と大変だったし、周囲にもたくさん迷惑をかけてしまったが、それでも無理を通してよかったと心底思える笑顔だ。

「ぐっ……ずるい……アレはさすがに邪魔できない……っ！」

「古屋《ふるや》君のロリコン……ロリコンスレイヤー事件の影響がまだ残ってるんじゃないのかな……」

なぜか桜《さくら》と宗谷《そうや》がジトーッと俺のほうを睨《にら》む気配がした。

いやロリコンって……。

確かに槐《えんじゅ》は長年幽閉されてたせいでかなり幼く見えるけど、学年的には俺たちのひとつ下。ロリなんて言われる年齢じゃないし、そもそも俺は槐に欲情なんかしてねえぞ。

などと思っていたところ、

「おい晴久《はるひさ》……お前なに槐ちゃんにお触りしてんだ……!?」

突如、凄《すさ》まじい殺気が俺を取り囲んだ。

なんだ!? と思って見れば、それはDクラスを中心とした退魔学園《たいまがくえん》の男子どもだ。

「あ!? なんでお前らが夏休みの昇天サポートセンターにいるんだ!?」

夏休みの間は学生の昇天サポートセンター実習も休みのはずなのに。

すると男子どもを代表し、母乳１００％ジュースの小林《こばやし》が真面目な表情で、

「そんなの決まってるだろ。この世に未練を残してさまよう人々の苦しみに休みなんてないからな。休日も返上してセンターの手伝いにあたってるんだ」

周囲の男子たちも「うんうん」「当然だよな」と頷《うなず》く。

こいつら……終業式のときは『遊び放題！』だの『魂の宿ったラブドール、サオリさんの自我が強くなるよう修業頑張るぜ！』だのほざいてたくせに……。

胡散臭《うさんくさ》く思っていたところ、センターに常駐している女性職員さんが呆《あき》れたように、

「その人たち、槐ちゃんがセンターの手伝いやってるって聞きつけて湧いてきたんですよ」

ギクッ、と小林たちの肩が跳ねる。

「まったく、普段からそれだけ勤勉ならこっちも助かるんですけどね。まあなんやかんや人手が増えて助かってるし、槐ちゃんも成仏サポート要員として怖いくらい優秀だから、こっちとしてはなんでもいいんですけど」

「……お前ら……サオリさん一筋なんじゃなかったのかよ……」

職員さんの情報提供に俺は呆れる。

するとと小林たちは開き直り、

「もちろんサオリさんは大事にしてるけど、それはそれ、これはこれなんだよ！」

「だって仕方ねえじゃん！　槐ちゃん、すげー健気《けなげ》で助けてあげたくなっちゃうんだ！」

「犬猫の雑霊はもとより、浮遊霊の話にも親身に寄り添ってあげてて、なんかもう控えめに言って聖母なんだよ！」

「それなのにお前は軽々しく槐ちゃんに触って！　越えちゃいけないライン考えろよ！　ここは法治国家なんだぞ!?」

「なんか訳アリなのをお前が助けたらしいとか、そもそもこのサポートセンターに槐ちゃんを連れてきてくれたのはお前だとか礼を言いたいことは色々あるけど、それはそれとして殺すぞ！」

「大体、夏休みにもかかわらず美咲《みさき》ちゃんと桜《さくら》ちゃんを連れ回してるってどういうことだ！」

なんだこいつら逆ギレか!?

一斉に詰め寄ってきた男子どもにちょっとした命の危機を感じる。と、そのとき。

「え……どうしたんですか皆さん……？」

槐《えんじゅ》が怯《おび》えたような声を発した。

「いつもすごく優しいのに……どうして晴久《はるひさ》お兄さんに意地悪するんですか……？」

「え、いやあの……違うんだ……」「これはその……槐ちゃんのためで……」

男子どもが淫魔眼《いんまがん》で脅《おど》されたとき以上に取り乱す。そして、

「晴久お兄さんのこと、いじめてほしくないです……」

「「「御意」」」

御意って。

槐の一声で鎮静化した男子どもの忠誠心に俺がドン引きしていると、

「ふっふっふ。それも当然。あの事件以来、槐様の魅力はうなぎ登りですからな！」

「み、緑《みどり》さん？」

いつの間にか。戸惑う俺の隣に、胸の大きいパンツスーツの女性が立っていた。

幽閉時代から槐の世話役を続けていた童戸《わらしべ》家の退魔師《たいまし》だ。

まだまだ外の世界に慣れていない槐の護衛とサポート役を兼ねているらしい緑さんは俺の耳に口を寄せると、

「実はパーツの除霊が成功したあと、槐様には五感強化の能力が少しだけ残っておりまして」

「え……それって大丈夫なんですか？」

「ええ、軽い残留怪異《かいい》のようなもので完全に制御できていますし、体調にも影響ありません。むしろ完全なプラスに働いているくらいです。槐様はもともと非常にお優しい性格。加えて幽閉されていたころは読書が主な趣味でしたから、対人経験の少なさを補ってあまりあるほど人の機微には聡《さと》い。そこに五感強化による察しのよさが加わり、完全無欠の槐様が爆誕なさったのです！」

緑さんいわく、そのおかげで槐は犬猫の霊に限らず浮遊霊のケアも完璧《かんぺき》。

小林《こばやし》たちに加えてサポセンの職員さんたちともわずか数日で友好関係を築き、施設全体の雰囲気をとても明るくしてくれているそうだった。

言われてみれば、小林たちだけでなく職員さんや浮遊霊の雰囲気までどこか柔らかい。

いままで槐を苦しめてきた幽閉時代の趣味やパーツの残滓《ざんし》が「誰かの役に立ちたい」という槐の願いを後押ししてくれているとしたら、それ以上のことはなかった。

小林たちはなんかちょっと気色悪い信者みたいになってるが……まあ槐の天使っぷりを前にすれば誰だって多かれ少なかれおかしくなるか。俺はまともだけど。

「……と、そうだ。本題を忘れるところだった」

そこで俺はここにやってきた理由を思い出す。

槐と緑さんをサポセンの隅に手招きし、俺はパーツ集めについての事情を説明した。

「──というわけで手鞠《てまり》さんの力を借りたいんだ。十二師天《じゅうにしてん》は常に忙しいだろうから、槐《えんじゅ》たちのほうから話を通してくれないかと思ってな」

童戸《わらしべ》家の現当主、童戸手鞠さん。

槐を巡る事件で色々と親交を深めたとはいえ、相手は業界トップの退魔師《たいまし》だ。

連絡するには同じ童戸家の人を頼るのが一番手っ取り早いと考え、こうして槐に会いに来たのだった。

……まあ、連絡するだけなら《九の旧家》の跡取り娘である宗谷《そうや》を介してもよかったんだが、槐の様子を早く見ておきたかったしな。

むしろそっちが本題だったと言えなくもない。

「そういうことなら、すぐ連絡してみますね」

俺の話を聞いた槐が即座に手鞠さんへ電話をかけてくれた。

すると運良く時間があいていたのか、それとも槐を溺愛《できあい》している手鞠さんにとって彼女からの電話は最優先事項なのか。手鞠さんはすぐ電話口に出てくれて、

『あらあら～、他でもないあなたたちの頼みなら、手鞠の幸運能力くらい喜んで使ってあげるわ～』

手鞠さんはあっさりと俺たちへの協力を承諾してくれた。

しかし。

『けどあまり期待しないでね～。童戸家の幸運能力は基本的に術者本人にとって都合の良いことが起きる性質が強いし～、具体的に望みが叶《かな》うような便利な力でもないから～。相馬《そうま》家が協力してくれても成果が出るとは限らないと思っててね～』

手鞠さんはそう前置きしてから、

『それに肝心の相馬家に占いを頼むのはかなり難しいから～、長期戦になると思っておいたほうがいいわよ～』

と、宗谷の考える『童戸家と相馬家の能力コンボ』案を実行する上で唯一の、そして最大の懸念について忠告してくれるのだった。

3

さて。そうしてひとまず童戸家の協力は問題なく取り付けたが、手鞠さんが忠告してくれたように問題はここからだった。

《九の旧家》の中でも霊視に特化した巫女《みこ》の一族――《先見の相馬》。

当主筋が代々引き継ぐとされる人知を超えた占い能力が有名だが、それと同じくらい有名なのが、歴代当主の占い嫌いだ。

金を積もうが脅《おど》そうが滅多なことでは占ってくれず、噂《うわさ》では占う占わないで外交問題に発展しかけたことさえあるという。

俺と宗谷《そうや》は前に一度、パーツに関して占ってもらうことができたのだが、そのときは相馬家《そうまけ》と懇意だという皇樹《すめらぎ》家当主に口添えしてもらえたことが大きかった。

というわけで今回も皇樹家の現当主である夏樹《なつき》に相談してみたのだが、

『協力したいのは山々だが……この短期間に二回目の依頼となるとさすがに厳しいな』

夏樹は先日の水着写真についてまたあーだこーだ言ったあと、電話越しに困ったような声を漏らした。

一回目のときは自信満々に相馬家へ口利きしてくれた夏樹だったが、やはり二回連続となると厳しいらしい。

しかしそこは天下の皇樹家。

『ただ、相馬家当主と面会できるよう取り計らってもらうことくらいなら可能だ。占い嫌いの相馬家当主といえど、事情によっては極稀《まれ》に占ってくれることもあるからな。呪《のろ》いが解ければ君もオレのプロポーズについて真剣に考えてくれるだろうし……難しいとは思うが、会って話してみるといい』

そう言って次善策を提案してくれ、ありがたいことに速攻で相馬家とのアポを取り付けてくれるのだった。

だがその見返りに、夏樹は不思議な要求をしてきた。

「……夏樹のやつ、『相馬家に話を通す代わりに、たまには《紅富士の園》まで遊びに来い』ってなんだ?」

夏樹との電話が終わったあと、俺は首を捻《ひね》る。

別に遊びに行くのはいいんだが、ここまで便宜を図ってもらった見返りがそんなもんでいいんだろうか。

まあ俺らと大して変わらない年で当主やるってのも大変だろうし、気晴らしがなによりも貴重ってことなのかもしれんが。

夏樹は色々事情があって穂照《ほてり》ビーチにも行けなかったし、今度は変に喧嘩腰《けんかごし》にならないよう気をつけて会いに行ってみるか。

槐《えんじゅ》にもあの綺麗《きれい》な紅葉《もみじ》を見せてやりたいし、一緒に訪ねてもいいかもしれない。

と、そんなこんなで翌日。

他の十二師天《じゅうにしてん》と違い、基本的にずっと引きこもっているらしい相馬家当主は予定がガラガラ。そんなわけで即アポをとれた相馬家当主に話を聞いてもらうべく、俺たちは横浜にある相馬本家へと電車で向かっていた――のだが。

俺と一緒に相馬家へ向かっているのは、宗谷と桜《さくら》だけじゃなかった。

「……なんで楓《かえで》と烏丸《からすま》までいるんだ？」

「あなたの呪《のろ》いに関することなのだから、私も参加するに決まっているでしょう。それにあの相馬家へ直《じか》談判するのだから、行動力だけが取り柄の危なっかしい宗谷美咲《みさき》や、小娘だけに任せておけないわ」

制服姿の楓《かえで》がいつもの冷たい口調で言う。

「はあ!? 美咲《みさき》はともかく私のどこが頼りないっていうのよ! 大体あんた、今日のことどっから嗅《か》ぎつけてきたわけ!? 私のことストーカーストーカーっていうけど、あんただって大概じゃないの!?」

「……わたしの前で顔を隠さなくなったときから思ってたけど……葛乃葉《くずのは》さん、結構ぐいぐい来るようになってるよね……対策を考えないと……」

「頼りない」と煽《あお》られた桜《さくら》と楓が睨《にら》み合い、なぜか宗谷《そうや》までピリついた空気を纏《まと》って楓と対峙《たいじ》する。

止めようとしたのだが「お前だけは黙ってろ」とばかりに睨まれたので、俺は癒やしを求めて烏丸《からすま》のほうを向いた。だが、

「ぐへへ……女系が多い《九の旧家》の中でも、特に相馬《そうま》家は巫女《みこ》さんばかりの女の園だというではないか。ふふふ、袴《はかま》からまろびでた巫女さんの太ももを縛り上げる様など想像するだけで白米三杯はイける……美咲嬢に視《み》てもらえば縛られるのが好きな巫女さんの一匹や二匹見つかるだろうし、これは期待大なのだ!」

こいついっつも(人として)終わってんな。

つーか相馬家当主への直談判《じかだんぱん》にこいつを連れていくのは不安しかない。

どっか適当な駅に放り出してくかと俺が真剣に検討していたところ、

「ま、大丈夫でしょ。相馬家は生粋の武闘派だから、そのヘタレ変態女は粗相する間もなく大人しくなると思うわ」

「え、武闘派……？」

桜の言葉に俺は面食らう。

霊視特化の巫女さん集団が武闘派ってどういうことだ……？

あまりにミスマッチなその言葉に俺は首を捻《ひね》る。

だがそのすぐあと、俺は桜の言葉がなにも間違っていなかったと思い知ることになる。


「ここが相馬家か。他の旧家もそうだけど、やっぱでかいな……」

最寄り駅で降り、楓の拾ったタクシーで辿《たど》り着いたのは、山沿いの閑静な住宅街だった。

他の旧家よろしく、相馬家もかなり広い。

だがこれまで訪れた旧家とは異なる雰囲気に、俺は妙な違和感を抱《いだ》いていた。

「巫女さんの一族だっていうから皇樹《すめらぎ》家みたく神社っぽいとこを想像してたんだが……なんか随分と物々しいな」

やたらと意匠の凝った門を見上げて俺は呟《つぶや》く。

門だけじゃない。ここに来るまで延々と続いていた塀《へい》はやたらと高かったし、有刺鉄線やら監視カメラやらが設置された様はまるで要塞《ようさい》だった。

「女の園なのだから女子校よろしく警備が厳重なのだろう！　だがいまの私たちは正式なゲスト！　正面から堂々と挿にゅ……侵入できるのだ！　ぐへへ、ガードが固い女は一度懐《ふところ》に入り込んでしまえばあとは豆腐！　穢《けが》れを知らない巫女《みこ》さんたちに『もう神様にお仕えできないねぇ』してやるのだ！」

クソ罰当たりなことを言いながら、烏丸《からすま》が門の脇にあるインターホンを押そうと駆け寄る。

が、そのときだった。

「いい加減にしろや腐れタヌキじじいがあああああああああっ！」

ドゴオオオオオン！

ドスの利いた怒鳴り声とともに、凄《すさ》まじい勢いで門が開く。

かと思えば恰幅《かっぷく》のいいおっさんがサッカーボールみたいな勢いで吹き飛んできて、護衛らしき数人の男たちに慌てて抱き起こされていた。

「な、な、いきなりなにをするんだ相馬《そうま》家当主の側近風情《ふぜい》が！　私を誰だと思ってる！　天下のウタミの社長だぞ⁉　それを占うどころか足蹴《あしげ》にするなど……大体この日の面会のためにいくら払ったと思ってる⁉」

おっさんが口角泡を飛ばして怒鳴り散らす。

だがそのおっさんの怒《いか》りをものともせず、門から堂々と歩み出てくる女性の姿があった。

「ああ？　なに言ってんだてめぇ。五百万で話を聞いてやるってだけで、占ってやるなんて一言も言ってねえだろうが。被害者ぶってんじゃねえぞインポ野郎」

それは巫女服に身を包んだ二十代前半ほどの女性だった。

だが間違っても〝巫女〟なんて雰囲気じゃない。

緋袴《ひばかま》に不釣り合いなゴッいブーツに咥《くわ》えタバコ。

剥《む》き出しの日本刀を背に担ぎ、腰にはドスらしきものを何本も差している。

目つきは異常に鋭く、その美貌《びぼう》と相まって凄まじい威圧感を放っていた。

「大体、経営方針くらい社長様なら自分で決めろってんだ。それをいつまでもしつこくギャーギャーギャーギャー食い下がりやがって。ワンマン経営で相談できるヤツもなくしたボッチだから、占いしか頼るもんがなくなんだよ老害ジジイ」

「い、言わせておけば……おい！　目のもの見せてや――」

と、おっさんがモグリの霊能者らしき護衛たちになにか命じようとした、その直前。

――ヒュッ！

既に勝負は終わっていた。

相手の行動を先読みしたかのように巫女さんが走りだし、男たちが術を発動する間もなく日本刀の柄で顎《あご》を一閃《いっせん》。

するとそれを合図にしたかのように門の向こうからさらに数人の巫女《みこ》さんが飛び出してきて、倒れた男たちに馬乗りとなった。そして、
ぐしゃ！　ぐしゃぐしゃぐしゃぐしゃぐしゃ！

それぞれが男たちの顔面にドスの柄を叩《たた》きつけまくり、ボッコボコのメッタメタにする。

男たちが降参を叫んでも容赦《ようしゃ》なし。ひたすら無言で攻撃が続く。

やがて標的がピクリとも動かなくなったところでようやく攻撃が終わり、

「で？　他に言いたいことは？」

顔面蒼白《がんめんそうはく》になって言葉をなくすおっさんに、咥《くわ》えタバコの巫女さんが煙を吹きかけた。

「な、なんだこれ……」

そのあんまりな光景に俺と烏丸《からすま》が震《ふる》え上がっていたところ、

「ん？」

咥えタバコの巫女さんがこちらに気づく。

「おっと、ちゃんとしたほうの客人に野暮なとこを見られちまいましたね。おいお前ら、そこのゴミ片付けな」

と、指示を受けた巫女さんたちが倒れた男たちとおっさんをどこかへ運んでいく傍《かたわ》ら、

「お待ちしておりました。私は千鶴《ちづる》様の側近を務める巫女頭、相馬礼《そうまれい》と申します」

相馬家の巫女さんをまとめる立場にあるらしい女性――相馬礼さんが返り血を拭《ぬぐ》いながら俺たちを相馬家の敷地に招き入れた。

●

相馬家の門をくぐると――そこは俺の知らない世界だった。

「「「お疲れ様です!!」」」


玉砂利の敷き詰められた庭。

そこにドスや日本刀で武装した目つきの悪い巫女たちが左右で列を作り、俺たちをお辞儀で出迎える。

案内された応接間は明らかに〝事務所〟といった雰囲気で、相馬礼さんを中心に武装した巫女たちが直立不動で目を光らせていた。

そのあまりの迫力に烏丸は「巫女さん……可憐《かれん》な巫女さんはどこに……!?」と迷子の子供みたいになっているのだが、今回ばかりは俺も烏丸を否定できん。つーか、

「お、おいこれ……巫女じゃなくて道を極める人たちじゃないのか……!?」

俺はひそひそと口を開く。すると宗谷《そうや》があっけらかんとした顔で、

「あ、そういえば古屋《ふるや》君は知らなかったんだっけ？　相馬《そうま》家名物のヤクザ巫女《みこ》」

ヤクザ巫女!?

なんだそのタバスコ入りプリンみたいな組み合わせ!?

「あまり表沙汰《おもてざた》にはなっていない話だけれど……」

動揺する俺を落ち着かせるように楓《かえで》が口を開く。

「相馬家は昔から強力な予言能力を持つ当主を様々な勢力から狙《ねら》われてきた家系なの。だから当主を守るため、埋《う》めるも沈めるも手慣れた凶暴な集団にならざるをえなかったのよ」

ええ……。

「霊視能力に特化した相馬家の巫女たちは敵の弱点分析や先読み能力に長《た》けていて、構成員の平均戦闘力は旧家の中でも指折りよ。特にこの相馬家本邸には当主を守るための戦力が集中していて、十二師天《じゅうにしてん》でも攻略には苦労するといわれているわ。旧家の跡継ぎである私たちがいれば大事にはならないでしょうけど、言動には気をつけなさい」

武闘派どころの騒ぎじゃない。ヤバいお宅すぎるだろ……。

と、俺はぷるぷると震《ふる》える烏丸《からすま》と一緒にドン引きしていたのだが、

「大企業の社長をあんなやり方で追い返すなんて、聞いてた以上の占い拒否っぷりね。こんなんで本当に占いを頼めるわけ？」

「大丈夫、説得の材料ならあるから！」

監査部所属の桜《さくら》と宗谷は相馬家の実態について事前に知っていたせいか、このヤバいお宅についてはなんとも思っていないようだった。

つーか宗谷に至ってはヤクザ巫女のことを「名物」とか言ってたからな……。

相馬以外の旧家も見方によっては武装勢力みたいなもんだし、そこの跡継ぎである宗谷や楓はこういう空気に慣れっこなのかもしれない。桜もあのナギサの弟子だしな……。

そうして俺が肝の据わりまくった女性陣に少しばかり戦《おのの》いていたところ、

「ま、皇樹《すめらぎ》さんとこの口利きで、しかも旧家のご令嬢が二人も来られたってことで一応はもてなしますけどね」

俺たちの向かいに腰掛けた相馬礼《れい》さんが単刀直入に切り出した。

「占いの件ですが、まあ諦《あきら》めてください」

「え、ちょっ、千鶴《ちづる》さんとの面会もなしにそんな――」

予想以上にはっきりした拒絶の言葉に、俺は前のめりになって口を開こうとする。

だが礼さんはそれを制するように、

「ご存知でしょうが、うちの当主は大の占い嫌いなんですよ。未来視の力を濫用《らんよう》すればどんな優秀な人材も占い頼りになって腐っちまうってのがその理由でね。それに普段から能力を使いまくってると、不意にキャッチする大災害の予兆なんかを逃しちまうことがある。だからほいほいと占いを受けるわけにはいかないんですよ。おわかりいただけるでしょう？」

丁寧な口調とは裏腹に、凄《すさ》まじい目つきで礼《れい》さんが言う。

しかも言っていることは実に筋が通っていて、これまで何百回とそのセリフで占いを断ってきたのがよくわかる。

生半可《なまはんか》な反論も即座に封じてきそうな気迫があり、「こりゃ覚悟していた以上に一筋縄ではいきそうにないな……」と表情を険しくしていたときだ。

「大丈夫、わたしに任せて！」

宗谷《そうや》がひそひそとサムズアップしてきた。

さっき桜《さくら》に言っていたように、どうやら相馬《そうま》家対策になにか説得材料を用意してきたらしい。

自信満々だ。

そんなわけで宗谷に説得を一任したところ、

「相馬家のみなさんっ」

「？　……なんです？」

「年下少年のペットな休日、触手マッサージ、生モノ同人『妊夫の純情』」

「「「っ⁉」」」

「わたしはこの場にいる皆さんの趣味を協会のネットワークに流して相馬家の威信を失墜させることも可能なんですけど……それでもこっちの話を聞いてはくれないんですか？」

宗谷は一切の躊躇《ためら》いなく、いつものように淫魔眼《いんまがん》を駆使して相馬家全体を脅《おど》しにかかった。

「って、おい！　馬鹿野郎！」

俺は慌てて宗谷の口を塞《ふさ》ぎにかかる。

「っ!?　ちょっ、古屋《ふるや》君!?　なに急に人前でわたしの、く、唇に触ろうとしてるの!?」

「お前がいきなりとんでもねえことするからだろうが！　秘策があるっていうから任せてみれば……お前、本職さん相手に脅迫ってなに考えてんだ！　つーかここにいる巫女《みこ》さん全員が顔を隠してない時点で気合いが違うってわかんだろ！」

ヤーさん相手に脅迫とか逆効果もいいとこだ。口封じに沈められるぞ!?

最近の宗谷はパーツの呪《のろ》いを解くためにやたらとやる気満々だったが、いくらなんでも暴走が過ぎる……と慌てていると、

「ず、随分と脅迫の仕方が堂に入ってやがるな……」

まさか宗谷がいきなり淫魔眼で脅しにくるとは思ってなかったのだろう。

礼さんが怯《ひる》む様子を見せた。

しかしそこはさすがに本職といったところで、

「けどその程度で説得できると思ってんなら、随分と低く見られたもんですねぇ。あんたがなにを言いふらそうと、デタラメってことにしとけばいい話。相馬家はいままでも占いを断った腹いせにあることないこと言いふらされてきたんでね、その程度じゃ利きゃしませんよ」

礼《れい》さんが平然とした様子を見せる。

「やっぱり脅《おど》しはいまいち利かないかぁ。だったら……」

顔を赤くしながら俺の口封じから逃れた宗谷《そうや》が、再び礼さんに向き直る。

「あの、礼さんって仕事が忙しいのと怖い系の美人ってことで、出会いがないんですよね？　淫魔眼《いんまがん》で視《み》える数値的に経験がなさそうだし……」

「っ!?　あぁ!?」

「淫魔眼の力があれば、気の強い女性を甘やかすのが大好きって性癖《せいへき》を隠し持った可愛《かわい》い系の男の人もすぐ見つけてあげられるんですけど……」

「な……っ!?」

宗谷が耳打ちした途端、礼さんの表情からいままでの余裕が消え飛んだ。

さらに宗谷は周りに立っている巫女《みこ》さんたちの耳元にも口を寄せると、

「都内のジムで淫魔眼を使えば、ムキムキのドMさんもすぐ見つけられるんですよ……」

「え、マジで!?」

「露出プレイや放尿も受け止めてくれるイケメンも即座に……ってゆーかここに来る途中、駅のホームにいました」

「ホントに!?」

こっそり強化しておいた五感が宗谷の耳打ちを拾い、俺は戦慄《せんりつ》する。

（そ、宗谷のやつ、淫魔眼での性癖マッチングをダシにヤクザ巫女たちを懐柔《かいじゅう》しにかかってやがる！）

しかもその効果は脅しなんかよりよっぽど効果的で、

「どうですか？　一回だけ、一回だけでも相馬千鶴《そうまちづる》さんが占いをしてくれれば、ここにいる全員が幸せになれるんですけど……このままわたしたちを追い返したら、皆さんは理想の相手と一生巡り合えないかもしれないですね」

「な、なあ、あたしらも毎日護衛を頑張ってんだしさ……こういうご褒美《ほうび》のひとつくらいあっても……」

「女所帯で出会いもないしな……あぁくそ、退魔学園《たいまがくえん》時代に彼氏をゲットしとけば……」

ヤクザ巫女たちがめっちゃ揺らいでいた。

なかでも礼さんは「う、ぐ、が」と呻《うめ》き声をあげて盛大に葛藤《かっとう》していた。が、

「だあああああっ！　ダメだダメだ！　てめえらもしっかりしやがれ！」

礼さんは周囲の巫女さんたちを張り倒すと机に足を乗せ、

「こっちにも側近としての責任があんだよ！　あんたらは一度占ってもらってんだから、それで満足しとけや！」

「そんな！　一生独身でもいいんですか!?」

「うるせえ！　あたしが一生独身かはまだ決まってねえだろうが！」

宗谷《そうや》の誘惑を断ち切るかのように礼《れい》さんが言い放つ。

そんな彼女に、楓《かえで》が鋭い視線を向けた。

「随分と頑《かたく》なですね。そもそも今日の面会は相馬《そうま》家当主である千鶴《ちづる》さんとのものだと聞いていましたが、それさえなしに追い返そうとするのは筋が通らないのでは？」

「千鶴様に会わせる会わせない以前の話ってことですよ。そちらの事情は皇樹《すめらぎ》さんから事前にあらかた聞いてますし、改めて千鶴様の手を煩わせる理由がねえ」

底冷えするような楓の言葉にも礼さんは動じない。

くそ、思った以上の難物だな相馬家ってのは……。

宗谷のアメとムチで側近を説得することさえできないとなると、わりとマジで無理ゲーなんじゃあ……と平行線を辿《たど》る交渉に歯噛《が》みしていたときだった。

「うちの巫女《みこ》たちを相手に随分と白熱してるわねぇ」

突如、気怠《けだる》げな声が室内に響く。

え……と思いそちらに目を向けてみれば、

「そこまでして知りたいことがあるなら、ちょっとくらい占ってあげてもいいわよ？」

着物をだらしなく着崩した美女——お面で半ば顔を隠した相馬家当主が、気怠げな瞳で俺たちを見据えていた。

4

「占ってくれるって、本当ですか!?」

側近である相馬礼さんの門前払いとは一転。

いきなり現れて占ってもいいと言ってくれた相馬家当主に宗谷が飛びつく。

「どんな内容が出るかは私にもわからないけど、それでもいいならねぇ」

淫魔眼《いんまがん》対策に仮面で完全に顔を隠しながら、相馬家当主——相馬千鶴さんが頷《うなず》く。

それは俺たちにとって願ってもない展開だったが……あまりに都合の良い話に俺は首を捻《ひね》った。

「どうなってんだ？　相馬家当主は筋金入りの占い嫌いじゃなかったのかよ。礼さんたちもなにも言わねえし……よくある気まぐれなのか？」

「……あまり期待しないほうがいいわね。千鶴さんの悪い癖が出ないといいけど」

俺の呟《つぶや》きに、楓がなにやら含みのある言い方をする。

悪い癖ってどういう……と俺が聞こうとしたところ、

「それじゃあ、ちょっと視《み》てみようかしらぁ」

「え」

千鶴さんが俺の手を取った。

お面越しにでもわかるくらいその眼《め》が怪しく光り、なにかを視《み》はじめる。

「あ、ちょっ、千鶴《ちづる》さん、占ってくれるなら童戸《わらしべ》家と一緒に！　あと古屋《ふるや》君の手を取る必要はないと思いますけど！」

宗谷《そうや》が慌てたように声をかける。

だが千鶴さんは占いをやめず、

「まあまあ。童戸家の幸運能力を掛け合わせても都合よく知りたいことが知れるとは限らないし、まずはちょっと視てみましょうよ。あなたたちは色々と興味深いから。あー、視えてきた視えてきた」

「……っ!?」

千鶴さんの周囲に風が逆巻く。

ざわざわと神がかった気配が放出され、周囲の空気がビリビリと揺れていた。

初めて目の当たりにする相馬《そうま》占術の迫力に「神の力なんていわれるのも納得だな……」と圧倒される。そんな俺の眼前で、千鶴さんの瞳が一際強く輝いた。

かと思えば先ほどまで発散されていた気配が一気に落ち着き、

「ん……占いの結果が出たわぁ」

千鶴さんが小さく漏らす。

「ど、どうでした!?」

宗谷を筆頭に、俺と桜《さくら》は身を乗り出して千鶴さんの言葉を待った。

すると千鶴さんは超然とした雰囲気のまま俺を指さすと、

「古屋晴久《はるひさ》君。あなたは将来、宗谷美咲《みさき》ちゃんと結婚するわ」


時が止まった。

誰もが動きを止め、壁掛け時計の音だけが耳に響く。

だがそれから数秒後、

「は、はぁ!?」

「はぁ……？」

顔を真っ赤にした宗谷の悲鳴と、地獄の底から響くような桜の声が同時に室内を揺らす。

俺もそのあまりに突飛な占い結果に口を挟もうとしたのだが――問題はここからだった。

千鶴さんは俺たちのリアクションを無視して、さらに言葉を紡《つむ》いだのだ。

「古屋晴久君、あなたは宗谷美咲ちゃんとの結婚に加えて、そこの文鳥《ふみどり》桜ちゃんと8人の子宝に恵まれるわぁ。お盛んな未来がはっきりと視えたわよぉ」

「…………………………は？」

「はぁ!?」

先ほどとは一転。

地獄の底から響くような宗谷《そうや》の声と、爆発するような桜《さくら》の悲鳴が重なる。

「ちょっと古屋《ふるや》君？　どういうこと？　わたしと結婚してるのに、桜ちゃんと8人も子供を作ってるってどういうこと？　頭がおかしいの？　いまのうちにアソコを半分潰《つぶ》しておけば真人間に更生してくれるのかな？」

「どういうことよお兄ちゃん!?　わ、わたしに8人も孕《はら》ませておいて美咲《みさき》と結婚してるって！　まさか私は愛人なわけ!?　……あ、わかった！　美咲が旧家の権力を使って私とお兄ちゃんを引き裂いたのね!?　こうなったらいまのうちに監査部の総力をもって宗谷家を潰して――」

「待て待て待て待て待て！」

とんでもない占い結果を聞かされて錯乱した二人を宥《なだ》めようと俺は声を張り上げる。

だが俺の懸命な消火活動はほとんど無意味だった。

「あらまぁ。なんてこと。古屋晴久《はるひさ》君はモテモテねぇ。南雲睦美《なぐもむつみ》、小日向静香《こひなたしずか》、童戸槐《わらしべえんじゅ》……たくさんの女の子をベッドの上でとっかえひっかえしてる未来が視《み》えるわぁ。最低ねぇ」

大量のガソリンがぶちまけられる！

「…………………………古屋君？」

「……………………お兄ちゃん？」

宗谷と桜の目から光が消えていた。

いまのうちに女の敵をこの世から抹殺しておかねばという強い意思を感じる。

「ちょっ、待て待て！　マジで待て！　宗谷は俺の股間《こかん》に激痛を流す指輪を外せ！　桜は独鈷杵《とっこしょ》で俺の股間を狙《ねら》うのをやめろ！　こんなもんなにかの間違いに決まってるだろ！」

「でも相馬《そうま》家の占いは超高精度だし……」

「けど別に回避できないものでもないのよね……ならいまのうちにお兄ちゃんの股間にダメージを与えておけば、未来が変わって綺麗《きれい》なお兄ちゃんになってくれるはず……」

ダメだ話が通じねえ！

迫る股間の危機に俺が全身から汗を流していたところ、

「はぁ……やっぱり」

混沌《こんとん》とした空気を切り払うように、楓《かえで》が冷静な声を漏らした。

「落ち着きなさいあなたたち。これが相馬家当主の悪い癖よ」

言って、その鋭い瞳で千鶴《ちづる》さんを睨《にら》む。

「デタラメな占い結果を告げて、しつこく占いを頼んでくる者をからかうの。しかも霊視能力や洞察力の高い部下を使い事前に情報を集めてから偽《にせ》の占いをするから、妙に信憑性《しんぴょうせい》があるうえに相手が最も混乱する内容を告げてくるのよ。タチが悪いわ」

「は、はあ!? なにそれ! じゃ、じゃあわたしと古屋《ふるや》君が結婚するっていうのも……」

「私とお兄ちゃんの間に子供ができるっていうのもデタラメなわけ!? ふざけんじゃないわよ! き。期待させておいて……!」

楓《かえで》の口から語られた種明かしに、振り回された宗谷《そうや》と桜《さくら》がブチ切れる。

そんな中、俺はほっと息を吐いていた。

変な誤解が解けてくれたこともそうだが、マジで自分が将来最低のセックスモンスターになるんじゃないかってビビったからな……。

「ちょっと千鶴《ちづる》さんなに考えてるんですか! いくらなんでもやっていいことと悪いことがあるでしょ!?」

「希少な予言能力者を守るためってことで監査部が目をつむってあげてる相馬《そうま》家の所業がいくつもあるって忘れてんじゃないでしょうね……!?」

俺が胸を撫《な》で下ろす一方、怒《いか》り覚めやらない様子の宗谷と桜が相馬家の面々に喰《く》ってかかる。そんな二人を冷静に止めてくれたのは楓だ。

「やめなさい。気にしていてもキリがないわ。それより、私たちをからかうためとはいえ、せっかく当主本人が出てきてくれたのだから。本当に占ってもらえるよう冷静に話し合いを――」

「あ～、視《み》える、視えるわぁ。葛乃葉《くずのは》楓ちゃん、あなたは想い人に一生相手にされないわねぇ。変化の力でいくら相手の好みに変身しても性格がキツすぎて嫌われちゃう未来が視えるわぁ」

「…………………………どうやら戦争がお望みのようですね」

「楓!?」

ちょっ、なにいきなりブチ切れてんだお前!?

早くその狐尾をしまえ！　殺意の波動を飛ばすな！

必死に説得する。

だが俺が楓を落ち着かせる前に千鶴さんが再び口を開き、

「もう、わかったわよぉ、じゃあちゃんと占ってあげるわ……古屋晴久《はるひさ》君はある日出会った愛の重くない非霊能者の女の子と幸せな家庭を築き、胃に穴の空かない生活を営むでしょう」

「まだ言うかぁ！」

「こうなったらそっちの胃に穴空けてやるわよ！」

楓というストッパーを失った宗谷と桜がさらに噴き上がる！

「ああ!?　やる気か小娘どもが！」

そのうえ宗谷《そうや》たちの殺気に反応した礼《れい》さんたち武装巫女《みこ》も次々とドスを抜き放った。

全面戦争一歩手前だ。

「だああああっ！　やめろお前ら！　いったん帰って頭を冷やすぞ！」

こうなっては占いの依頼どころじゃない。

そこから先は必死だった。

殺気に満ちた楓《かえで》たちをどうにか抑え、取り返しのつかないことになる前に事務所を飛び出す。

そうして転がり出るように相馬《そうま》家をあとにする俺たちの背後で「あー楽しかった」と千鶴《ちづる》さんがからから笑い、

「パーツが世界の危機に直結してるとかなら私だって協力するけど、一応は除霊可能とわかった呪具《じゅぐ》にそこまでの危険性はないもの。ひとまずは占いなんかに頼らず頑張ってみなさいな」

世界の危機って……。

んなこと言われても、と思いつつ、俺はブチ切れた宗谷たちを止めるのに精一杯。

結局千鶴さんとはまともに交渉する間もなく、今回の相馬家訪問は終了するのだった。

●

「ったく。久々に面倒な連中でしたね。あの様子じゃまた来ますよ」

晴久《はるひさ》が猛獣使いさながらの活躍で美咲《みさき》たちを抑え、全面戦争をなんとか回避したあと。

嵐の去った相馬家で、巫女頭の相馬礼は呆《あき》れたような声を漏らす。

すると久々にからかいがいのある相手と遊べて満足だったのか、当主の千鶴は笑みを浮かべ、

「まあ不快な子たちでもなかったし、あと何年か頑張った末にパーツの手がかりさえ見つからないっていうなら、占ってあげてもいいかしらね」

言外にあと数年は占ってあげないと宣言しつつ、千鶴は自室に戻ろうと身体《からだ》を翻《ひるがえ》す。

そのときだった。

「――っ⁉」

突如。千鶴の瞳が本人の意思とは無関係にカッと見開かれる。

先ほど晴久たちをからかうために見せたパフォーマンスとは明らかに異なる光に、武装巫女たちの間で緊張が走る。

「姐さん⁉」

千鶴はいま、能動的に予言能力を使おうとはしていなかった。

こういうときの予言は大抵ろくなものではない。

大規模な自然災害か相馬家の存続に関わるような事件か……身を硬くする礼たちの前で、やがて千鶴が口を開く。その顔からは完全に血の気が引いていた。

「早く……協会へ連絡を」

「っ！　またなにかでかい事件ですか。今度は一体……」

周囲の武装巫女《みこ》たちが連絡へ走る傍《かたわ》ら、礼《れい》が尋ねる。

だが返ってきた答えは、長く千鶴《ちづる》に仕える礼が初めて聞く類《たぐ》いのものだった。

「……わからない」

「は……？」

「予言しきれないほどの数の事件が……この国に迫ってる……!?」

「……っ!?　なんですかそりゃあ」

千鶴は汗を吹き出しながら地面に倒れ、かろうじて見えた範囲の未来を必死に伝えようとする。そんな主を支えながら、礼は愕然《がくぜん》とした声を漏らした。

5

「もおおおお！　なんなのあの人！　占いを断られるのは覚悟してたけど、あんな……あんなデタラメ……もおおおおおっ！」

「嘘《うそ》だってわかってても相馬《そうま》家の占いって体《てい》で宣言されると妙に信憑性《しんぴょうせい》があるのよね……ああもうモヤモヤする！　こうなったらなにがなんでも占わせてやるわ……！」

「それにはまず、あの厄介《やっかい》なおちょくりをスルーしないといけないわね。なにを言われても冷静に根気よく説得していかないと」

「どの口で言ってんのよ女狐《めぎつね》！　あんたが一番ブチ切れてたでしょうが！」

相馬家からお暇《いとま》したあと。

俺たちは退魔学園《たいまがくえん》に戻らず、交渉失敗の憂さ晴らしをするかのように横浜の街で食べ歩きをしていた。

しかしそれは「せっかく遠出したのだから観光がてら」なんて穏やかなものじゃない。

ほとんどヤケ食いだ。

特に宗谷《そうや》、桜《さくら》、楓《かえで》の三人は相馬家での一件が（なぜか）よほど腹に据えかねたらしく、今後の方針を語り合いながら激しく愚痴っている。

せめて美味《おい》しいものでも食べないとやってられないという雰囲気だ。

相馬家との交渉について真剣に論じてくれているのはありがたいが……やたらと情念のこもったマシンガントークが怖くて近寄りがたい。

下手《へた》に口を出すとなぜか顔を赤くして噛《か》みつかれるので、適当に買った肉まんを頬張《ほおば》りながら気配を消していたとき。俺はあることに気づいた。

「……あ？　そういや烏丸《からすま》のやつどこ行った？」

ついさっきまで相馬家の恐ろしさにぷるぷる震《ふる》えていた烏丸が消えている。

慌てて周囲を見渡せば、

「優しくて清楚《せいそ》な巫女《みこ》さんなんていなかったのだ……ならば夏休みで心もアソコも開放的になっている女子学生に私の渇いた心とアソコを潤してもらうしかない！　今年の夏休みの自由研究は女子高生の性事情に決まりだ！」

自由すぎて無政府状態な研究テーマを掲げた烏丸《からすま》が人込みに消えていくのが見えた。

「あのバカ！」

休日にあの変態がなにをしようが勝手だが（いやそれもまずいが）、退魔学園《たいまがくえん》の制服を着て一緒に遠出している最中に問題でも起こされたら連帯責任は必至。《サキュバスの角》の一件で大目玉を食らった直後にまた問題を起こすわけにはいかんと、俺は烏丸を追いかけることにした。

（宗谷《そうや》たちはベンチに居座って周りの屋台をコンプリートするつもりみたいだし、すぐ戻ってくれば大丈夫か）

相変わらず凄《すさ》まじい勢いで愚痴合戦を繰り広げる宗谷たちに説明する時間も惜しみ、俺は人込みに飛び込んだ。が、

「マジか……見失った……」

夏休みの繁華街はとてつもない人出で、烏丸の後ろ姿も簡単に埋《う》もれてしまう。

新しく獲得した五感強化能力で捜そうとするのだが——うわ、この人込みで使うと情報量がとんでもねぇな。

慣れれば処理できそうだが、いまの熟練度で使い続けるのはかなりしんどい。

「あーくそ……まあヘタレ烏丸のことだから、放っといても大事にはならないか」

しばらく歩き回ったところでそう割り切り、俺は宗谷たちのところへ戻ることにした。

「……それにしても、世界の危機ね」

人込みの中をぼーっと歩きながら考えるのは、相馬千鶴《そうまちづる》さんが最後に俺たちへ投げかけた言葉だ。

確かにパーツは一応除霊できるようになって、大事件に発展する恐れの少ない呪物になった。けど人間への嫌がらせが大好きな魔族がこのパーツを狙《ねら》っていることは確かなわけで。なら世界の危機なんて大げさな話でなくても、このパーツがかなりでかい事件に繋《つな》がってしまう可能性は決して低くないんじゃないだろうか。

「パーツのもとになったサキュバス王は世界を滅ぼしかけた存在だっていうし……その線で説得すれば千鶴さんも協力してくれるんじゃねえかな」

と、もう一度相馬家に訪問するときのことを想定して考えを巡らせていたときだった。

「ん？」

ちょうど通りがかったでかい交差点。

そのビルに備え付けられた街頭テレビから、突如、こちらの注意を引くアラームのような音が聞こえてきた。ニュース速報だ。

つられて顔を上げて見れば、

『緊急速報　来日予定だったシーラ姫の乗った護衛艦隊が襲撃を受け壊滅』

『シーラ・マリアフォールド姫、行方不明か』


「は？」

思わず声が漏れた。

俺だけでなく、周囲の人々も「え？」と声を漏らして足を止めている。

かと思えば先ほどまでお昼のバラエティを流していた場面がいきなり切り替わり、

『速報です。昨夜未明、東京湾沖合を航行していたシーラ姫の搭乗する護衛艦隊が何者かに襲撃されたとのことです』


アナウンサーの姿がすぐに小さくなり、映し出されるのは海上で煙をあげる数隻の護衛船だ。

『シーラ姫の護衛を務めていた祓魔師《ふつま》約二百名を含む乗組員全員が意識不明の重体。その中には欧州祓魔連合の第三聖人も含まれており、日本とアルメリア王国との友好を快く思わない霊能テロ組織による大規模攻撃があったのではないかと見られています。シーラ・マリアフォールド姫はいまなお見つかっておらず、現場では懸命な捜索活動が続いて――』

「おいおい……!?　大事件じゃねーか……」

あまりにも信じがたい内容に誤報かなにかなんじゃないかと本気で疑う。

だがその直後、ポケットの中のスマホが震《ふる》え、

「……協会からの通達か。こりゃガチだな……」

それは本免許持ちの退魔師《たいまし》に送られてくる緊急メッセージ。

その内容は『シーラ姫を見つけた場合全力で保護せよ』とのものだった。

マスコミの発表に合わせてというより、恐らくこれが最速の通達だったのだろう。

現場も混乱しているのが文面から伝わってくる。

「つーか護衛が全滅って……欧州祓魔連合の聖人――要は天人降ろしもいたんだろ？」

天人降ろしは霊的上位存在である神族の力を宿し、短時間ではあるが人を超えた力を発揮する霊能エリートだ。

それが他の護衛も含めて全滅って……どんな戦力で襲撃すりゃそうなるんだ。

あまりに規模のでかい事件に呆然《ぼうぜん》とテレビを見上げていた、そのときだった。

ドゴオオオオオオン！

交差点にほど近い脇道のほうから、物騒な破砕音が轟《とどろ》いた。

「なんだ!?」

嫌な予感がしてそちらに走る。

すると俺の目にとんでもない光景が飛び込んできた。

砕けたアスファルトにひっくり返って煙をあげる何台もの車。

人々が悲鳴をあげて逃げ惑うなか、真っ昼間の繁華街で三体の怪物が暴れていたのだ。

ガーゴイルと呼ばれる海外の彫刻に酷似した、三メートルを超える化け物たちだ。

「なんだありゃ、式神か!?」

それにしては変わったデザインだな……という疑問が頭をよぎるが、そんなことを分析している場合じゃなかった。

一人の少女が、よってたかってガーゴイルに追い回されていたからだ。

フードを目深《まぶか》に被《かぶ》っているため顔はよく見えない。

服の上からでもわかる華奢《きゃしゃ》な身体《からだ》で、できる限り人のいない方向へガーゴイルを誘導しようとしているように見える。

だがそんな無茶もいつまでもは続かず、少女は地面の亀裂につまずいて倒れ込んでしまう。

そんな少女の身体へガーゴイルたち魔の手が迫り——俺は走りだしていた。

ブレスレットを外す。

死者生者、無機物を問わず光点の浮かび上がるようになった視界で、俺は地面に光る特別大きな光に指を突き立てた。

大地絶頂。

地面が局所的に大きく揺れ、ガーゴイルたちがバランスを崩す。

「間に合え！」

恐らく相手は式神。宙に浮いて体勢を立て直す前に、快楽媚孔《かいらくびこう》が近くにあった二体のガーゴイルを突いた。

『ガアアアアアアアアアアアアアアアアアッッ!?!?!?♥♥』

筋骨隆々の怪物が野太い声をあげて痙攣《けいれん》。謎の液体をぶちまけて絶頂消滅する。

その悲惨な光景を見なかったことにして、俺は少女の手を取り引っ張り起こす。

「おい大丈夫か！　いまのうちに逃げるぞ！」

残りのガーゴイルは快楽媚孔の位置が悪い。

いまのうちにできるだけ距離を取ろうと少女の手を引いて走る。と、そのとき。

「霊級格《スケールフォー》4の西洋式神《ゴーレム》を打ち倒す実力にその制服……この国の霊能者ですね!?」

フードの奥から、驚くほどに綺麗《きれい》な声が響いた。

「助けていただいた直後で厚かましいことは重々承知しています。ですがどうか、このままわたくしを退魔師《たいまし》協会まで送り届けてください、追われています！」

「追われてるって……え⁉」

物騒な言葉に思わず振り返る。

それと同時。全力疾走の拍子に少女のフードが外れ、露《あら》わになったその素顔に俺は息が止まりそうになった。

なぜなら、

「まさか……シーラ姫⁉」

芸術品のような銀髪碧眼《へきがん》にこの世のものとは思えない精霊めいた美貌《びぼう》。

俺がいましがた助けた少女は、世界一美しい王族とも称される異国の姫君だったのだ。

6

「え、ちょっ、シーラ姫⁉　本物⁉」

あまりのことに酷《ひど》くテンパりながら、俺は改めて我が目を疑う。

つい先ほど行方不明のニュースを見たばかりのところにご本人がいきなり現われたのだから当然だ。夢か幻、あるいはなにかの勘違いかと酷く混乱する。

だがテレビ越しに見た以上の美貌に、霊視能力に欠ける俺でもわかるほど凄烈《せいれつ》な霊力はどう

考えても一般人じゃない。

「わたくしを逃がすために倒れていった戦士たちのためにも、ここで敵の手に落ちるわけにはいかないのです。事情はあとで必ず説明しますから、どうか——」

おしとやかな雰囲気ながら、強い光の宿る瞳や声音《こわね》からはなにか大きなものを背負った芯の強さが窺《うかが》える。

もはや本物かどうかなど疑う余地はなく——もっといえばそんなことを考えている余裕もなかった。

『ガアアアアアアアアッ!』

「うおっ!?」

残ったガーゴイルが飛び上がり、頭上から襲いかかってきたのだ。

姫を庇《かば》うようにしてどうにか攻撃を避《よ》ける。

だが、脅威はそれだけじゃなかった。

「おい小僧」

「っ!?」

頭上から声をかけられる。

見れば建物の屋根に、複数の男女が立っていた。

日本人じゃない。彫りの深い顔立ちが特徴的な西洋人だ。

「ヒーロー気取りもいいが、痛い目を見たくなければ手を引くことだ。姫さえ渡せば見逃してやる」

言って、西洋人の男女は周囲に十体以上のガーゴイルを召喚。

冷徹な瞳でこちらを見下ろしてくる。

「……っ！」

（海外の霊能犯罪者……!?　姫を狙《ねら》ってるってことは、護衛艦を襲ったテロリストの一味か!?）

シーラ姫が再びフードを目深《まぶか》に被《かぶ》り、怯《おび》えたような様子を見せる。

なにがなんだかわからないが、とにかくやるべきことは明白だ。

「逃げるぞ！」

「っ！　は、はい！」

礼儀などなんだの考える余裕もなく、姫の手を引いて走りだす。

「黄色い猿が、手間をかけさせるな！」

途端、西洋術者たちの一斉攻撃が始まった。

「土壁《アース・ウオール》！」

ガーゴイルが空から俺たちに迫ると同時、見慣れない術式が俺たちを襲う。

地面に突き刺さった短剣が発光し、俺たちの行く手を阻《はば》むように土壁が出現したのだ。

けどそんなもの、絶頂除霊《ぜっちょうじょれい》の前では無意味。

ビビクン！　ズシャアアアアッ！

「っ!?　なんだと!?」

快楽媚孔《かいらくびこう》を突かれた壁は痙攣《けいれん》しながら崩壊。

西洋術者の驚愕《きょうがく》を背に、俺は姫とともに走る。だが、

『『『ガアアアアアアアッ！』』』

飛行能力を持つガーゴイルたちを引き離すことはできず、頭上から総攻撃を食らう。

「この……っ！」

『ガアアアアアアアアアッ!?!?!?♥♥』

五感強化の力で、俺はその攻撃を完全感知。

姫を庇《かば》いながら、手頃な位置にいたガーゴイルをどうにか絶頂させて数を減らす。

「……っ!?　先ほどは気のせいかと思いましたが、本当にガーゴイルが気をやって……!?

もしやその力は……っ」

と、ガーゴイルが絶頂する様を間近で見てしまった姫がその白い肌を真っ赤に染めた。

（し、しまった……！）

仕方ないこととはいえ、姫さんのロイヤルな眼《まなこ》に俺の生き恥能力を焼き付けっちまった！

と嫌な汗が背中を伝う。けどいまはそんな国際問題案件を気にしている場合じゃなかった。

絶頂除霊《ぜっちょうじょれい》で何度応戦しても、ガーゴイルの数が一向に減らないのだ。

「ぐっ、さすがに多勢に無勢だぞ!?」

十体以上のガーゴイルが再び突っ込んできて、俺は思わず叫ぶ。

絶頂除霊は絶頂を恐れない悪霊《あくりよう》や式神を苦手としている。

そのうえ快楽媚孔が手の届かない位置に出やすい巨体や飛行能力持ちとなれば天敵と言っても過言ではない。ガーゴイルはその典型だ。

いまは宗谷《そうや》もいないからミホトの封印を解いてもらえないし……と歯噛《が》みしていたそのときだった。

『やあああああああああっ！』

四神を模した二頭身の巨大式神が、ガーゴイルたちを蹴《け》散らした。

それと同時に、俺たちの前に二つの人影が躍り出る。

「まったく、どうしたあんたはいつもいつもトラブルに巻き込まれるわけ!?」

「最早一種の霊能力ね」

『周りの避難誘導はわたしの式神がやるから、みんなは思いっきり暴れて大丈夫だよ！』

「お前ら……！」

騒ぎを聞いて駆けつけてくれたらしい桜《さくら》、楓《かえで》、式神越しの宗谷に、俺は思わず声を漏らす。

「てゆーかまた女の子を助けてるし……今度は一体どこの誰を……って、え!?」

なぜか執拗《しつよう》にフードの中身を覗《のぞ》き込んだ桜が言葉を失う。そして、

「え、ちょっ、どういうことよ!?　なんであんたが行方不明のシーラ姫と一緒にいるわけ!?」

「それは俺が一番聞きてえよ……」

桜《さくら》の驚愕《きょうがく》に俺はげんなりと溜息《ためいき》を漏らす。

と、桜と同じく驚愕に目を見開いていた楓《かえで》が不意に声を低くし、

「いまさら古屋《ふるや》君の引きの悪さを嘆いていても仕方ないわ。それよりいまは、連中をどうにかするのが先よ」

言われて楓の視線を追えば、西洋術者たちによってさらに数を増やしたガーゴイルがこちらに殺到していた。

「何人増えても同じことだ。邪魔立てするなら容赦《ようしゃ》はせんぞ、ガキども」

「誰にものを言っているのかしら」

瞬間、楓の腰の辺りから九本の狐尾が出現。

霊級格《スケールフォー》4らしいガーゴイルの群れをまとめてなぎ倒す。

「っ!?　なんだアレは、この国の怪異血統《クリーチャーズ・ブラッド》か!?　くっ、瘴気爆《デオス・カノン》!」

西洋術者たちが驚倒し、ガーゴイルを援護するように遠距離術式を放つ。が、

「海外版の呪符《じゆふ》ってとこね。日本とはだいぶ体系が違うけど……まあ根本は似たようなもんか」

「なっ!?」

桜の手で術式を解析され、即座に跳ね返される。

その乱戦の隙を突き、背後から回り込んできたガーゴイルが俺と姫に迫るも、

『『『ガアアアアアアッ!?!?!?♥♥』』』

即絶頂。快楽媚孔《かいらくびこう》が突きづらい位置にある個体は楓がすみやかに始末し、姫には指一本触れさせない。最早勝勢は明らかだった。

「護衛艦を襲った手合いにしては弱すぎるわね。かといって襲撃犯と無関係ではないでしょうし……協会の拷問《ごうもん》部屋、もとい尋問部屋で洗いざらい吐いてもらおうかしら」

ガーゴイルをほとんど失った西洋術者たちに向け、楓が殺気を放つ。

と、次の瞬間、

「まさかこれほどの戦力に遭遇するとは……っ！　ならばせめて……！」

――カッ！

「「「っ!?」」」

ガーゴイルの残骸《ざんがい》が突如として光を放ち、俺たちの目を一瞬だけ眩《くら》ませた。

かと思えば西洋術者たちの気配がどんどん遠ざかっていく。

このまま雑踏に紛《まぎ》れ込まれたら、五感強化を使っても追跡は困難だ。

「逃げた!?　やけに式神での遠距離攻撃にこだわってたかと思えば……っ」

言って、桜《さくら》が即座に追撃を仕掛けようとしたときだった。

消えゆくガーゴイルの残骸《ざんがい》から、奇妙な気配が滲《にじ》み出たのは。


それは鎖でがんじがらめにされた十字架だった。

一見してなんの変哲もないそれに、一瞬で凄《すさ》まじい霊力が溜《た》まっていく。

「っ!?　西洋の呪具《じゅぐ》!?」

即座にその存在に気づいた楓《かえで》が多重結界を発動させるも、一足遅かった。

収束した光が、姫に向かって放たれたのだ。

「っ!?　危ねぇ！」

五感強化で反応の早くなっていた俺は、姫の手を掴《つか》んでその身を庇《かば》う。

人外化した腕で、放たれた光を受け止めた。

痛みはない。だが俺の身体《からだ》を一瞬だけ謎の光が走り、そして消える。

「古屋《ふるや》君!?」

「お兄ちゃん!?」

西洋術者たちへの追撃もやめ、血相を変えて駆け寄ってくるのは楓と桜だ。

「大丈夫ですか!?　わたくしを庇って……！」

シーラ姫もフードの奥から心配そうに俺を見つめ、式神を介して一部始終を見ていたらしい宗谷《そうや》も「古屋君大丈夫!?」と駆けつけてきた。

俺はそんなみんなを安心させるように、

「あ、ああ、痛みはないし大丈夫だって」

「バカ！　そうじゃなくてなにかの呪《のろ》いをもらったんじゃないかって言ってんのよ！　ちょっと視《み》せてみなさい！」

桜が事細かに問診しながら俺の身体を霊視。

楓も光を失った十字架に鋭い視線を向けていた。だが、

「……なんともない、みたいね？　不発、あるいは逃走用のハッタリ呪具だったとか？」

首を捻《ひね》りつつ、桜がほっと息を吐いた。

続けて楓も霊視してくれるのだが、特に問題なし。

俺としても特に痛みや異常を感じなかったので、そこでようやく息を吐く。

「あー、ビビった。にしても助かった。駆けつけてくれてありがとな、お前ら」

謎の呪具による攪乱《かくらん》で西洋術師は逃がしてしまったが、ひとまずシーラ姫を守り抜けてなによりだった。ほっと胸を撫《な》で下ろすと同時、散々振り回してしまった姫に「怪我《けが》とかなかったですか？」と声をかける。と、そんな俺の言葉は途中で遮《さえぎ》られた。

「てゆーか、ねえちょっと」

さっきまで俺のことを心配してくれていた桜《さくら》が急に低い声を発したのだ。

「あんたいつまでシーラ姫の手を握ってるわけ？　よく考えたら霊視中もずっとそうだったし……セクハラ不敬罪で死刑になりたいの!?」

「えっ!?　い、いやこれはずっとこうやって逃げ回ってたから流れでつい……！」

「わ、わたくしは別に気にしていないので大丈夫ですよっ」

桜に言われて初めてその無礼に気づいた俺は慌ててシーラ姫から手を離す。

幸い、シーラ姫も顔を赤くするだけで無礼だのセクハラだのとは思っていないようなので一安心だったのだが――。

「あれ？」

変な声が出た。

なぜならシーラ姫から手を離したはずなのに、離れていなかったのだ。

自分でもなにを言っているのかわからない。

だが事実として、手を完全なパーにしているのに俺と姫の手が離れないのである。

「あ、あれ？　おかしいですね」

シーラ姫も戸惑っており、俺と姫は両側から思い切り手を引っ張るのだが――まったくもって無意味だった。

磁石同士がくっついているときのように接着面をずらすことはできたものの、引き剥《は》がすこ

とだけがどうしてもできない。な、なんだこれ⁉

「……ちょっと古屋君《ふるや》？　お姫様の手がそんなに名残惜《なごり》しいの？」

「いやちょっと待て！　なにかおかしいんだ、ちょっ、バカやめ……いだだだだ⁉」

目の据わった宗谷《そうや》が霊級格《スケールフォー》４の式神を使って俺とシーラ姫を無理矢理引き剥がしにかかる。

だがやはり俺たちの手は離れる気配すらなく、

「お、おいこれ、まさか……」

そこでようやく、俺は自分の身に降りかかった異常を自覚し血の気が引いた。

信じられない、信じたくない。そんなピンポイントな呪《のろ》いが存在するわけがない。

けど実際に目の前で起こっているこの現象は……、

「あの西洋術師ども、俺とシーラ姫の手が離れなくなる呪いをかけやがったのか……⁉」

「「「……は？」」」

俺の言葉に宗谷たちがぽかんと目を丸くする。

だがそれから間もなく、

「「「はあああああああっ⁉」」」

なぜか俺とシーラ姫を差し置き。

改めて俺たちの手の平を霊視しまくった宗谷と桜、それから楓《かえで》が、この世の終わりみたいな悲鳴をあげた。

# 第二章　要人護衛任務

## 1

その襲撃事件が発生したのは、古屋《ふるや》晴久《はるひさ》一行が相馬《そうま》家を訪れる前日のことだった。

深夜、東京湾沖合。

茫洋《ぼうよう》と広がる真っ暗な洋上に、大島を横切るかたちで進む船団があった。

欧州祓魔《ふつま》連合の保有する、海空両用護衛艦隊群である。

北欧から飛び立ち、つい先ほど相模湾沖合に着水した護衛艦隊は、深夜の洋上をゆっくりと進んでいく。

一際豪華な装飾の施《ほどこ》された旗船を中心に展開する護衛艦隊の威容は〝荘厳〟の一言。

見るからに強力とわかる武装に、細かい意匠のあしらわれた船体は見る者に自然と畏怖《いふ》の念を想起させる。

その外観は決してはったりではない。

なにせこの護衛艦隊に乗っているのは、二百人を超える精鋭祓魔師《エクソシスト》である。

そしてそれを率いるのは、高潔な女騎士という形容がふさわしい凛《りん》とした女性。

欧州祓魔《ふつま》連合が誇る第三聖人——強力無比な天人降ろしだ。

本来、護衛任務などで天人降ろしが欧州を離れることなどほとんどない。

だがいまこの船に乗っているのは、欧州国家群の中でも屈指の要人であった。

北欧の小国、アルメリア王国の王女——シーラ・マリアフォールド。

世界有数の霊能大国である日本と改めて友好関係を築くべく、十六歳にして国を代表し、公式来日に踏み切ったのである。

彼女になにかあれば欧州祓魔連合の面子《メンツ》が潰《つぶ》れるだけでは済まない。

シーラ姫に万が一にでも危険が及ばぬよう、護送計画には入念な準備がなされていた。

その結果が天人降ろしの動員に、戦争でもふっかけるのかという護衛艦隊の陣容だ。

だが。

欧州祓魔連合が誇るその護衛艦隊はいま、深夜の洋上で激しく炎上していた。

護衛の祓魔師たちはほとんどが倒れ、燃えさかる甲板の上で動かなくなっている。

「バカな……！　なぜ貴様が姫を狙《ねら》う……⁉」

護衛を任された第三聖人が、額から血を流しながら呻《うめ》き声を漏らす。

その問いかけに、たった一人で護衛艦隊を壊滅させた襲撃者が口の端《は》をつり上げた。

国際霊能テロリストとも称される彼女は、楽しげに襲撃の理由を語る。

そのあまりに意味不明な動機に、第三聖人は言葉をなくした。

そんなことのために艦隊を壊滅させ、一国の姫を攫《さら》おうというのか。

イカれている。

「やはり話は通じないか……！　姫様！　私が時間を稼ぎます！　脱出ボートでお逃げください！」

陸地はもう目と鼻の先。

要人脱出用の高性能ボートであれば十分に逃げ切れる距離だ。

ふがいないが、あとはこの国の霊能者たちに託すしかない。

そうして武器を構える第三聖人を、泣きだしそうな表情で姫は振り返る。

だが、

「……っ！　ご武運を！」

「ありがたきお言葉……！」

自分だけ逃げだすことに躊躇《ちゅうちょ》しつつ、しかし自らの立場を考え即座に決断。

決死の表情で駆け出す姫の激励に、第三聖人は笑みを浮かべる。

そして姫が脱出ボートに乗り込み真っ暗な海上へ飛び出すのを確認するや、その身に宿る神族の力を全力で引き出した。

どのみち、目の前の怪物相手に勝ち目などない。

ならば後先のことなど考えず最初から全力で、ただひたすら時間を稼ぐためだけにこの身を捧げる。

「おおおおおおおおおおおっ！」

霊的上位存在の力が身を焼くのも構わず、第三聖人は襲撃者へと突っ込んでいった。

それから間もなく。

護衛艦隊の乗組員は襲撃者の手により、一人残らず刈り尽くされた。

●

シーラ・マリアフォールドの乗る護衛艦隊が襲撃を受けた、そのすぐあとのこと。

護衛艦炎上の光が遠くに見える深夜の海岸に、一隻のモーターボートが勢いよく乗り上げた。

ほとんど交通事故のような荒々しさで接岸したボートから、一人の女が降りてくる。

二十代半ばの西洋人。露出の高い服装に、入れ墨の多く刻まれた褐色肌が特徴的な、野生の獣めいた雰囲気を纏《まと》う美女である。

「ちっ、一足遅かったか。完全に逃げられたなこりゃ」

周囲の匂《にお》いを「すんすん」と嗅《か》ぎながら、女は苛立《いらだ》たしげに吐き捨てる。

その視線の先にあるのは、護衛艦に搭載されていた要人脱出用の高性能ボートだ。お姫様の匂いがべったりと付着しており、彼女がこれを使って逃げたのは間違いない。

だが姫様の匂いはそこで完全に途切れていた。

船には匂いがついているが、そこからどこかに逃げた形跡がないのだ。

つまり姫は、この海岸には上陸していない。

恐らく、式神内蔵型であるこのボートはどこか別の場所で姫様を降ろしたあと、こちらの追跡を撹乱《かくらん》するためにここまで移動したのだ。小賢《こざか》しい。

「ふざけやがって……！　あの姫様の力とあたしの能力があわされれば、パーツなんざすぐに強奪できるっつーのによ」

苛立ちが募る。

と同時に、女はパチンと指を鳴らした。

すると女が乗ってきたボートから、巨大な犬が躍り出る。

だが、それはただの犬ではない。

エクトプラズムで身体《からだ》を覆《おお》われ、犬に変身させられた人間の女性だ。

獣成分多めで擬人化されたような姿のその《犬》に、女は息を荒げながら命じる。

「舐《な》めろ。てめぇの秘めた願望に従って、全力でな」

「わふわふ♥」

「〜〜〜♥♥　おおっ♥　うおおおおっ♥」

《犬》に激しく局部を舐められ、女が身体《からだ》を痙攣《けいれん》させる。

「ああ、やっぱりケモ化した女に舐めさせるのが一番だぜおい……♥」

むしゃくしゃしていた気持ちが多少は和らぐ。

だが気が紛《まぎ》れたのは一瞬だけ。

霊的抵抗力の高さゆえか、もともと瀕死《ひんし》だったからか。《犬》はほどなくしてケモノ化が解除され、そのまま気絶してしまったのだ。

先ほどまでアソコを舐めさせてご満悦だった女の顔にありありと不満が浮かぶ。

「ああクソ。気持ちはいいけど、こんなんじゃ全然足りねぇ。あたしの渇きはまったくもって癒やされねぇ」

だからこそ。

あらゆる快楽が永遠に満たされ続けるというセックスアルカディア《ソドムとゴモラ》をなにがなんでも復活させる。

《サキュバス王の性異物》と呼ばれるパーツを集めて。

そしてそのためには、この国に逃げ込んだ姫を捕らえて利用するのが一番の近道だったのだ。

部下を放って姫を追わせてはみるつもりだが、この国の退魔師《たいまし》たちの庇護下に入る前に捕まえられるかといえば厳しいものがあるだろう。

となれば、色々と準備が必要になってくる。

「グルルルルルルッ……！」

《犬》に舐められて昂ぶった身体の熱に従うまま、女は走りだした。

凄《すさ》まじい身体能力だ。

あっという間に海岸を離れ、目についた山を瞬《またた》く間に駆け上がる。

そしてその頂上から、女は眼下の街を見下ろした。

「ここが世界三大霊能圏の一角、日本か。……知ってるぜ、タテマエの国だ」

もちろん、どこの国でも建前くらいある。かくいう女の祖国も表では厳格に振る舞うことを求められる国だった。

だがこの国はそれに輪をかけて大人しく理性的な匂《にお》いがすると、女は鼻をひくつかせる。

そして、

「もっと素直に生きようぜ。エロくて可愛《かわい》い動物みてぇになぁ！」

アオ――――――ン！

女が天に向かって吠《ほ》える。

するとと月夜を背景に、狼のような遠吠えがどんどん連鎖していった。

「さあて仕込みのはじまりだ」

女が怪しく目を光らせる。

「本番は数日後。あたしの力が最も強まる満月の夜だ。それまではせいぜい、残り少ない籠《かご》の鳥の人生を楽しむがいいさ、お姫様よぉ」

遠吠えが連鎖していく月夜の晩。

魔族に匹敵する懸賞金をかけられた国際霊能テロリスト――アーネスト・ワイルドファングは牙を剥《む》き出しにして獰猛《どうもう》に笑った。

2

西洋の霊能犯罪者たちを撃退したあと。

俺たちは騒ぎを聞きつけてのこのこと野次馬にやってきた烏丸《からすま》も捕縛《ほばく》し、すぐに最寄りの退魔師《たいまし》協会横浜支部へ駆け込んだ。

それからはまあ、当然のように上から下への大騒ぎだ。

シーラ姫をどこでどう発見したのか、尋問に近い事情聴取。

相馬《そうま》家から派遣されてきた優秀な巫女《みこ》さんたちの霊視と質疑応答により、シーラ姫は改めて本物と確定。

あまりにも責任重大な事態を前に退魔師協会横浜支部長は泡を吹いてぶっ倒れ、副支部長がそれを叩《たた》き起こすという一幕もあった。責任を取りたくない一心で誰もが必死である。

ちなみに。

淫魔眼《いんまがん》のせいで協会関連の施設を基本出禁になっている宗谷《そうや》は、シーラ姫が側にいるということもあって当然のように目隠し状態。

「古屋《ふるや》君がお姫様とずっと手を繋《つな》いだままなのとか、不愉快な性情報とか、なにも見ないで済むからずっとこれでいようかな……古屋君の肩にずっと触ってられるし……」

なにかぶつぶつ漏らしながらも、大人しく俺の肩につかまって歩いていた。

……とまあ、そんなこんなで色々とあったのち、俺たちは厳重な結界の施《ほどこ》された応接室に通され、ようやく一息つくことができているのだった。

……いや、正確には一息なんてつけていないか。

なにせ俺たちはいま、一国のお姫様と同席しているのだ。

「改めてお礼を申し上げます」

フードを外し、その非現実的な美貌《びぼう》を惜しげもなくさらけ出しながら姫が口を開いた。

「アルメリア王国の王女として、そしてシーラ・マリアフォールド個人として、今日のことは決して忘れないでしょう。わたくしを救ってくださった皆様に感謝を。特に、多勢に無勢の状況でも迷わずわたくしを助けてくれた晴久《はるひさ》さんにはいくら言葉を重ねても足りません」

生真面目。

そんな印象の強いシーラ姫の真《ま》っ直《す》ぐな謝意を受け、俺は恐縮してしまう。

「い、いや俺はそんな……ほとんど楓《かえで》たちのおかげですし」

「そんなことはありません。あなたの勇気ある一歩がなければ、わたくしはいまここにはいなかったでしょう。異国の地であなたのような方に出会えて幸運でした」

言って、シーラ姫が俺に微笑《ほほえ》みかける。

「……っ」

そのあまりの可愛《かわい》らしさと気品に、俺はそれ以上なにも言い返すことができなかった。

……なんつーか、マジで本物のお姫様なんだな。

色々あって実感が遅れたが、ちょっとした仕草や声音《こわね》から生まれ育った世界の違いをひしひしと感じる。

TVでは毎日のように「世界一美しい王族」などと連呼していたが、それは外見だけのことを指しているのではないのだろうと痛感できた。

と、俺がシーラ姫の笑みにたじたじとしながら見惚《みと》れてしまっていたところ、

「ではシーラ姫。落ち着いたところでそろそろ事情をお聞かせ願いますでしょうか？」

にっこり。

なぜかとてつもなく威圧的な笑みを浮かべた楓が、俺とシーラ姫のやりとりを断ち切るようにそう切り出した。ついでに桜《さくら》も似たような笑顔で俺に謎のプレッシャーをかけてきている。

な、なんだ!?

なんでこいつら怒ってんだ!?

つーかお姫様を前にして放っていいオーラじゃないだろ……。

状況が状況なら暗殺犯として取り押さえられても仕方ないレベル……現にシーラ姫も「な、なにか気に障《さわ》ることがあったのでしょうか……?」と戸惑ってるし。

けどまあ、事情を聞く必要があるという楓の言葉は至極《しごく》当然のもので、

「……失礼しました。色々とあって後回しになってしまいましたが、いまはあなた方への情報提供が急務でしたね」

シーラ姫は姿勢を正すと、これまでのことを語り始めた。

東京近海に着水したあとすぐ、護衛船団がテロリストの襲撃を受けて壊滅したこと。

護衛頭を務めていた天人降ろしが相打ち覚悟で時間を稼ぎ、自分を逃がしてくれたこと。

どうにか日本に上陸したはいいものの協会への連絡手段を持っておらず、信頼できる霊能者を探して一晩中逃げ回っていたこと。

そして敵に捕まりそうになったとき、運良く俺に出会えたこと等々だ。

一晩中逃げ回っていたとかいう思いのほかアグレッシブな点を除けば、いままでの情報からある程度予想がつく話ばかりである。

ただ……改めてシーラ姫の口からテロリストの襲撃を受けたという話を聞き、俺の中にひとつの疑問が浮かんでいた。

「テロリストの連中は、なんでこんな大それたことをしやがったんだ……?」

ニュースでは日本とアルメリア王国の友好関係を快く思わない勢力の仕業《しわざ》と推察されていた。けど、それにしては襲撃の規模がでかすぎる。

天人降ろしと精鋭二百人の乗った護衛艦隊を襲撃するとか、テロというよりほとんど戦争の領域だ。

両国の友好を阻害したいだけなら、もっと楽で確実な方法がいくらでもあったはず。

俺が疑問に思っていると、

「恐らくテロリストの最大の狙《ねら》いはわたくしの――マリアフォールド王家に代々伝わる能力でしょう」

シーラ姫がそんなことを口にした。

「王家に伝わる能力?」

初めて聞く話に俺は思わず聞き返してしまう。

「他者の能力を数倍にまで引き上げる規格外の増幅能力よ」

するとそれに答えたのはシーラ姫ではなく、向かいに座る楓《かえで》だった。

「マリアフォールド王家の女性は代々、特殊な祭壇術式を介することでこの強力な増幅能力を生涯に三度だけ使用できるの。強化対象になる能力は身体能力、視力、霊力など多岐にわたるけれど……特筆すべきはこの増幅能力が天人降ろしの器としての大きさにも作用するという点よ」

「器としての大きさ……？　お、おいそれってまさか……」

「ええ。わかりやすく言えば、十の力を持つ神族しか降ろせない天人降ろしを、二十、三十の力を持つ神族を降ろせる天人降ろしへと強化できるの。それも永続的にね」

それはまさに奇跡の力といってよかった。

欧州祓魔《ふつま》連合はこの力によって強力な天人降ろしを複数確保し、秩序と信仰を保っているのだという。

それゆえにアルメリア王国は欧州各国から《神を招く聖女の国》とも呼ばれ、かなり神聖視されているというのだ。

「なるほど……テロリストが戦争を仕掛けてまで欲しがるわけだ」

この力が犯罪者の手に渡ればろくでもない連中の力が増してしまうだけでなく、欧州祓魔連合の戦力が大幅に低下してしまうことになる。悪用の方法は無限大だった。

ただそうなると……欧州祓魔連合だってバカじゃないんだ。護衛にはかなり力を入れていたはず。

それが壊滅したとなれば、姫を狙《ねら》う敵の戦力はかなりのものと思われた。先ほど交戦した西洋術師など下っ端もいいところだろう。

楓《かえで》のほうもそれは当然のように危惧《きぐ》しているようで、

「ではシーラ姫。ここからが肝心なのですが……護衛艦隊を襲った敵の特徴を聞かせていただきますでしょうか。人数、外見、能力など、わかる範囲で構いませんから」

一際真剣な表情で楓が問う。

なにせ護衛艦を襲った連中の情報は、現時点でまったくわかっていないのだ。

救助された乗組員は全員が意識不明の重体。霊力回路をボロボロにされているせいで白丘尼《しらくに》家の治療も効果が薄く、事情聴取ができていないのがその理由だ。

現状、敵の情報を知るのがシーラ姫一人ということで、今後のためにもしっかり話を聞いておく必要があった。敵の情報がわからないと対策もしづらいしな。

「つっても敵は何百人単位で襲撃してきたんだろうから、敵の特徴っていってもなかなか把握しづらいか……乱戦だったろうし」

と、俺が何気なく口にしたところ。

「あ、いえ、それが……」

シーラ姫が言いづらそうに言葉を濁す。

そして続く言葉に俺たちは絶句した。

「護衛艦を襲撃したのは……一人でした」

「……!?　は!?」

「野性的な雰囲気の女性です。護衛艦を相手にたった一隻のモーターボートで乗り込んできて……本当は数名での襲撃だったのかもしれませんが、わたくしが確認できたのはその一人だけでした」

相手の能力も把握できないほど船内が混乱していたので曖昧《あいまい》な部分もあるが、それでも敵が数十人数百人単位ということはあり得ない。

シーラ姫はそう断言した。

「おいおい……じゃあなにか？　つまり一人やそこらで天人降ろし込みの精鋭部隊を壊滅に追い込むようなヤバいテロリストが、さらにパワーアップするために姫を狙ってるってことかよ」

しかも敵の能力はまったくの未知数。

ヤバいどころの話じゃなかった。

「こりゃますます護衛体勢を万全にしとかないといけないわね。こうなった以上は欧州祓魔《ふつま》連合がすぐに追加の護衛部隊を派遣してくるだろうけど、それまでに襲撃を受ける可能性もあるわけだし。ガチガチの布陣にしとかないと。とはいえ……」

険しい表情をした桜《さくら》の視線が俺とシーラ姫に向けられる。

「これはどうしたもんかしらね……」

ジトーッとした半眼で桜が見下ろすのは、あのときからずっとくっついたままになっている俺とシーラ姫の手の平だった。

「……っ」

いままで意識しないようにしていたのだろう。

手の平のことを思い出したのか、シーラ姫の頬《ほお》が赤く染まる。

釣られて俺も赤くなってしまうが……正直、呑気《のんき》にドギマギしていられる状況じゃなかった。

西洋術師たちの残した呪具《じゅぐ》によって俺とシーラ姫がくっつけられたあと。

俺たちは当然、解呪《かいじゅ》のためにあらゆる手を尽くした。

けどこの呪《のろ》いは非常に厄介《やっかい》で、どうしても解くことができなかったのだ。

詳しい霊視でわかったことといえば、呪いの持続時間がおよそ四日であるということだけ。

どうも直接的な害がない呪いだということに加え、効果持続時間が極短い期間に限定されているせいで、異常に強い力を発揮しているらしかった。

しかも「密着」の効果が作用しているのは手の平だけなので、絶頂除霊《ぜっちょうじょれい》で突くこともできない。当たり前だがどちらかの手を切り落とすようなこともできず、俺たちが離れるには四日後——つまりシーラ姫の本来の帰国予定日まで待つしかないようだった。

わざわざ呪いの効果持続時間がシーラ姫の滞在期間とかぶっているあたり、計画的な嫌がらせの呪いなのだろう。

幸い、この密着の呪いは接着剤というより磁力に近い性質らしく、手のくっつき方をずらすことで姫を抱き上げたり抱《かか》えたりと、比較的自由に体勢を変えることができた。

そのためミホトの怪力を駆使すればシーラ姫とくっついたまま戦うことは十分可能ではあったのだが……十全な状態で戦えないというのはやはり非常に不味《まず》かった。

特に俺の場合、片手を封じられるのはかなり痛い。

「あの西洋術師ども、いろんな意味で厄介な呪い残していきやがって……」

「まあなんにせよ、姫様の安全を考えれば増援は必須でしょうね。おばあさまに直接連絡して、十二師天《じゅうにしてん》クラスの退魔師《たいまし》を派遣してもらうわ」

俺が恨み節を呟《つぶや》く一方、楓《かえで》がそう言って席を立つ。

緊張感のない声が室内に響いたのは、そのときだった。

『連絡の必要はないぞ。話は聞かせてもらったからの』

「え」

応接室に入ってきたのは、狐《きつね》耳を生やした小さな女の子――のぬいぐるみ。

そしてそのぬいぐるみはシーラ姫にお辞儀すると、俺と楓のよく知る声でこう名乗った。

『シーラ・マリアフォールド殿。通信専用の簡易式神を通してではありますが、お初にお目にかかります。儂《わし》は葛乃葉菊乃《くずのはきくの》。退魔師《たいまし》協会の会長を務めている永遠の十六歳ですじゃ』

ふざけてんのか？

3

「これは……日本霊能界を束ねる葛乃葉菊乃様ですか」

菊乃ばーさんのふざけた名乗りに対し、慌てたように立ち上がったシーラ姫は丁寧な挨拶《あいさつ》で応じた。

「このたびは日本の皆様に大変なご迷惑をおかけしました。わたくしを守るために戦ってくれた護衛の方々の救出と治療にも全力を尽くしてくださっているというお話。感謝いたします」

『良い良い。儂らとしてもアルメリア王国や欧州祓魔《ふつま》連合に恩を売れるということでむしろありがたいくらいじゃ。それに護衛が全員一命を取り留めたのは儂らの手柄ではなく、悪霊《あくりょう》化を警戒した敵側の都合じゃろうしな。まあ続きは明日開催予定の会談で、ということにいたしましょう』

シーラ姫を気遣ってか、菊乃ばーさんが軽い口調で言う。

つーかちょっと待て。

明日の会談で……って、この婆さんまさか予定通りシーラ姫を式典やらなんやらに参加させるつもりかと俺がぎょっとしていたところ、

『ああそれと、護衛増援の話じゃがな』

菊乃ばーさんは俺たちに向き直り、さらにぎょっとするようなことを口にした。

『護衛の追加はなしじゃ。欧州祓魔連合から迎えの護衛部隊が派遣されてくる四日後まで――つまりシーラ姫が日本を離れるまで、お主らだけで姫を守り通せ』

「っ!?　はぁ!?　なに言ってんだばーさん、ついにボケたか!?」

俺だけでなく、楓《かえで》や桜《さくら》、宗谷《そうや》もぎょっとしたように表情を強《こわ》ばらせる。

欧州祓魔連合からの護衛派遣に四日もかかるとか、俺たちだけで護衛しろとか、ツッコミどころが多すぎるのだから当然だ。

一体どういうことだと俺たちが面食らっていると、

『それが色々と困ったことになっておってなぁ』

菊乃ばーさんはいつものおちゃらけた様子を封印し、真剣な様子で語り始めた。

『護衛艦襲撃とは別件で、国内になにか強大な力が複数入り込んだ気配があるのじゃ』

しかも、と菊乃ばーさんはさらに声を固くする。

『つい先ほど、相馬《そうま》家当主から連絡があっての。いわく『予言しきれないほどの事件が起きる』とのこと。予言の数が多すぎてひとつひとつの詳細もわからず、どうしてもそちらに多くの人手を割かねばならん事態になっておるのじゃ』

「予言しきれないって……どういうことだよそれ」

菊乃《きくの》ばーさんの言葉に愕然《がくぜん》とする。

シーラ姫の一件だけでも大事だっつーのに、相馬《そうま》家当主が突発的に予知しちまうような事件がまだいくつも控えてるってことか？

なにがどうなってんだと俺たちが困惑するなか、ばーさんはさらに続ける。

『それと欧州からの護衛派遣が遅れる件じゃがな。これは向こうで人員の調整がぐだついておるのが原因じゃ』

「いやぐだついてるって……んなこと言ってる場合じゃゃないだろ」

シーラ姫は欧州でかなり重要な立ち位置にいるはず。

調整がどうのとか言ってもたついてるなんてどう考えてもおかしかった。

『それはそうなんじゃがな。欧州祓魔《ふつま》連合はEU所属の数十カ国をまたぐ霊能共同体。一枚岩とはほど遠く、裏で様々な力学が働いておるのじゃよ。あそこはもともと天人降ろしを海外に出したがらんし、今回の護衛全滅でシーラ姫に協力的な勢力が弱まっておる。人員の確保に難儀しておるようなんじゃ』

「なんだそりゃ……」

裏でどんな思惑が動いてるのか知らねえけど、しわ寄せは現場に来んだぞ。ふざけやがって。

『というわけで、シーラ姫の護衛はお主らだけに任せる。なに、霊級格《スケールセブン》7と十二師天《じゅうにしてん》を相手に大立ち回りを演じたお主らなら十二師天レベルの護衛力は十分にあるし、五感強化とかいう小僧の新能力は護衛にぴったりじゃ。楓《かえで》の変身術もあるしな。敵はかなりの手練《てだ》れらしいが、護衛艦襲撃でさすがに消耗しておるじゃろうし、不可能な任務ではあるまい』

「……マジで言ってんのか」

　色々と事情を説明されたが、それでも俺たちだけでシーラ姫を護衛するなんて非常識もいいところだ。

　だから俺は最終確認がてらばーさんにそう問うのだが……答えは沈黙。

　本気で俺たちだけに護衛を託すつもりらしい。

　ありえねぇ。普通なら到底受け入れられることじゃない。

　けど、

（ばーさんがこういう無茶を言うときは、なんか別の狙《ねら》いがあったりすんだよな）

　でかい組織の長を長く務めてるだけあり、自由人に見えて意外と堅実な手を好む。

　恐らくなにかあると直感し、俺は観念することにした。

「……わかった。どうにか俺たちだけでやってみる」

『決まりじゃな。追加の戦力は送れんが、潜伏場所の手配や細々した協力者の融通は当然やっておくから、そのあたりは安心せい。じゃ、あとは任せたぞ』

　言って、菊乃ばーさんは式神との接続を遮断。

　突然の重大任務に俺たちが表情を硬くするなか、

「申し訳ありません。皆様には多大な苦労をおかけしてしまうことになりそうですが……両国の友好のためにも、どうか力をお貸しください」

話を聞いていたシーラ姫が俺たちを心配するように、しかしそれでもテロに屈するわけにはいかないというかのように、その宝石みたいな瞳に生真面目な光を宿す。

こうして。

俺たちは異国の姫が日本に滞在する間、自分たちだけの力で彼女を護衛することになるのだった。

ああクソ。

槐《えんじゅ》と遊びに行くって約束はしばらくお預けだな。

4

その後。

俺たちは周囲に怪しまれないよう横浜支部にあった普通の車で都内まで移動。

退魔師《たいまし》協会本部のすぐ近くにある要人警護用のセーフハウスへと無事に辿《たど》り着いていた。

都会の雑踏に紛《まぎ》れる秘密基地めいた建物で、幾重もの隠蔽《いんぺい》型結界に守られた要塞《ようさい》だ。

ひとまず一段落ということで俺たちはセーフハウスの間取りを確認しつつようやく一息つくのだが……そのなかで一人だけそわそわと落ち着きのない人がいた。

シーラ姫だ。

もうセーフハウスに辿り着いたというのに、出会ったときみたいにフードで顔を隠して護衛の俺たちよりも周囲を警戒している。

どうしたんだ？

車の中でもやたら緊張していたのは感じてたけど……セーフハウスに辿り着いてからむしろ緊張が増している気がする。

「あの、シーラ姫？　どうしたんですか？　移動中とは違ってもう顔を隠す必要はないですし、周辺警戒は俺たちがやりますから。昨夜からずっと大変だったでしょうし、姫はしっかり休んでもらって大丈夫ですよ？」

心配して声をかける。

すると姫はぎゅっとフードで顔を隠したまま、

「あの、色々あって訊《たず》ねるタイミングがなかったのですが……協会支部で目隠しをさせられていたリボンの女性、名前を宗谷美咲《そうやみさき》さんというそうですね？　それはもしや――」

と、姫がなにか質問を口にしようとしたときだ。

「隠蔽型式神の配置終わったよ！　これで周辺警戒はバッチリ。次は晩ご飯の買い出し係を決めよっか」

ばーん！　シーラ姫の言葉を遮《さえぎ》るように、宗谷が慌ただしく扉を開けてこちらに近づいてき

た。その途端、

「ひっ!?」

可愛《かわい》らしい、けれどガチの悲鳴をあげてシーラ姫が俺の後ろに隠れた。

手の平がくっついているので、どうしても俺の背中に密着するようなかたちになる。

「えっ、ちょっ、シーラ姫!?」

その柔らかい感触に俺が慌てていると、

「……あれ？　なんで緊急事態でもないのに古屋《ふるや》君とお姫様がくっついてるの？　国際問題にしたいの？」

なぜかピリついた空気を発し、宗谷《そうや》がこちらを無表情で見つめてきた。

なんだこの状況!?　と俺がさらに慌てていたところ、

「あの、ひとつ確認なのですが……美咲《みさき》さん、あなたはもしや、《淫魔眼《いんまがん》》に取り憑《つ》かれたあの宗谷美咲さんではありませんか？」

恐る恐るといった様子で姫が宗谷に訊《たず》ねる。

「？　そうですけど？」

「やはりそうでしたか！」

瞬間、シーラ姫が悲鳴をあげて近くのベッドに頭から突っ込んだ。

ええ!?

「ちょっ、シーラ姫!?」

俺は悲鳴をあげる。

なにせ俺とシーラ姫はいま手の平がくっついているのだ。

シーラ姫がベッドに突っ込めば俺もベッドに倒れることになる。

しかもシーラ姫は掛け布団《ぶとん》で何重にも頭をくるんでまるまっていくので、それに巻き込まれた俺ももみくちゃになってしまう。

ヤバいヤバい！　一国のお姫様とベッドの上でもみくちゃになるのはマズイ！

ギロチンの本場ヨーロッパでリアル断頭台裁判にかけられる！

宗谷の目がさらに冷たくなっていったこともあり、俺は慌ててベッドから離脱した。

その間にもシーラ姫はベッドから手だけ伸ばし、枕やらベッドシーツやらで頭部周辺を補強。

文字通り頭隠して尻《しり》隠さずＬｖ１００みたいな状態になっていく。

過剰とも言えるシーラ姫のその反応に、俺は面食らっていた。

「《淫魔眼》のことが海外要人にまで伝わってんのも驚きだけど、なにをそこまで……」

テロには屈さないという強い意思を瞳に宿していた人物の反応とは思えない。

いやまあ、淫魔眼の存在を知っていれば視《み》られたくないと考えるのは当然だが、生真面目な印象の強かった姫が夏樹《なつき》をも上回るオーバーリアクションを見せればさすがに戸惑う。

すると姫は声を震《ふる》わせ、

「と、当然でしょう！　欧州祓魔《ふつま》連合に加盟するアルメリア王国王女のわたくしが、万が一にでもそのような変態猥褻《わいせつ》眼の視界に入るわけにはいきませんから！」

「へ、変態猥褻眼……」

世界一育ちの良いだろうお姫様からさらっと罵倒《ばとう》され、さしもの宗谷《そうや》がショックを受けたような顔をする。まあそれはいいとして。

「欧州祓魔連合に加盟してるってのがこの過剰反応とどう繋《つな》がるんだ……？」

と、俺が訝《いぶか》しんでいたところ、

「そういえば、テロリストばかり警戒していてすっかり失念していたわね」

溜息《ためいき》を吐《つ》きながら、楓《かえで》が俺の疑問に答えるように口を開く。

「欧州では天人降ろしの影響が——ひいては神族の影響が非常に強いの。特に指導者層は神族がかつて地上に伝えた教義に則《のっと》り、過剰な清廉潔白《せいれんけつぱく》さが求められる風潮があるわ。たとえ道義的に問題のない内容であっても、性的な情報の流出は国家機密の流出に等しいのよ」

ええ……。

「もし淫魔眼《いんまがん》でシーラ姫の性情報を視《み》ようものなら、冗談抜きで国際問題ね。欧州圏との友好のためにも、宗谷美咲《みさき》は基本的に別室待機ということにしておきましょう。護衛任務も式神での周辺警戒メインで。姫には基本、近づかないように」

「ま、そうするしかないわよね」

「え⁉　ちょ、みんなが古屋《ふるや》君と同じ部屋で過ごすのに、わたしだけ蚊帳《かや》の外なの⁉」

楓と桜《さくら》の言葉に宗谷が噴き上がる。

しかし宗谷隔離案は（本人を除き）満場一致で可決。

宗谷は楓と桜の手で強制退去させられそうになるのだが、

「ちょっと待って！　ちょっと待ってよ！」

宗谷はなぜかやたらと往生際悪く、必死の形相で俺に駆け寄ってきた。

「よく考えてよ古屋君！　わたしとお姫様が近づいちゃダメっていうなら、霊力補充はどうするの⁉」

「あ」

宗谷に耳打ちされて俺は「そういえば」と声を漏らす。

……だがよく考えてみれば桜と楓が護衛として張り付いている以上、どのみち霊力補充のために指を舐《な》めたりなんてできないわけで。

だったら姫様のリラックス優先で宗谷は隔離しておいたほうがよさそうだった。

「あー、まあ霊力補充については考えとくから、いまはとりあえず姫様をゆっくりさせてやろうぜ。色々と大変だったんだし。な？」

「う～～む～～～っ」

俺がそう言うと、宗谷は動物みたいに唸《うな》りながらしぶしぶと部屋を出ていった。

なにをそんなに粘ってたのか知らんが、ようやく一段落だ……。

「つっても、確かに宗谷《そうや》の言う通り、霊力補充については課題だよな……」

宗谷に言われて気づいた難題に、俺は頭を抱《かか》える。

ただでさえ俺は片手を封じられてるのに、そのうえ宗谷の霊力補充まで縛られてはかなりキツい。

最悪の場合、桜《さくら》と楓《かえで》にあの恥ずかしい霊力補充について話さないといけないかもしれないと、いまから気分が重くなる。

そうなると姫様の近くで指舐《な》めをする可能性も出てくるわけだが……大丈夫か？　淫魔眼《いんまがん》で視《み》られるだけで国際問題になるようなとこのお姫様の隣で指舐めとかしても大丈夫か？　これはこれで国際問題になったりしないか？

姫様の眼前で絶頂除霊《ぜっちょうじょれい》かましといていまさらだけど……。

「って、国際問題といえば……そういや烏丸《からすま》のやつがめちゃくちゃ大人しいな。姿も見えねえし、あいつどうしたんだ？」

俺はそこで、歩くセクハラ製造機である烏丸のことを思い出す。

烏丸のやつがシーラ姫を前に大人しくしているはずがないのに、思い返せば今回のあいつはその存在を完全に忘れてしまうほどに影が薄かった。横浜支部からずっと行動をともにしているはずなのに、奇声のひとつもない。

いやまあ、淫魔眼で視られただけで国際問題になるようなお姫様を前に烏丸が大人しいのはなによりなんだが、逆に不安だな。

そう考えた俺はようやく布団《ふとん》から出てきてくれた姫とともに、間取り確認も兼ねて烏丸を捜す。とはいえ別に隠れているわけでもないので、その変態はすぐに見つかった。

「あ、こんなとこにいやがった。烏丸お前どうしたんだよ。やけに大人しいけど、なんか変なもんでも食ったのか？」

なぜか玄関から出て行こうとしていたその背中に声をかける。

すると烏丸はなぜか肩を跳ね上げ、

「べ、別に私はいつも通りだが？　というかいつも通りすぎてお姫様と一緒の部屋にいては理性を保てるか不安だからな！　私は美咲《みさき》嬢と一緒に基本別室待機ということにしておこう！」

などと言って、自主的に姫から離れるのだった。

「なんだあいつ……？」

放送禁止用語のひとつも叫ばないとか、まさか偽物《にせもの》か……？

そんな益体《やくたい》もないことを考えてしまうくらい、烏丸の様子はおかしかった。

だがまあ大人しくしておいてくれるならそれに越したことはない。

姫の安全を優先し、ひとまず烏丸についてはスルーするのだった。

「……？　あの方、以前どこかで……気のせいでしょうか……？」

シーラ姫のそんな呟《つぶや》きは、五感強化をいったん休ませていた俺には届かなかった。

5

さて、そんなこんなで始まった護衛生活だったが、早速問題が発生した。

トイレである。

「……あの……実はわたくし……お手洗いのほうがそろそろ限界で……」

姫が首筋まで真っ赤にしてそう申告してきた瞬間、「あ」と空気が凍る。

繰り返しになるが、俺とシーラ姫は手がくっついて離れないのだ。

どうしたって姫のロイヤル生理現象の場に居合わせることになり、その事実が欧州側に漏れれば俺は確実に国際指名手配だろう。史上最低の犯罪者待ったなし。

となれば妥協点はひとつだけだ。

「いい？　わかってると思うけど、絶対にこの目隠しと耳栓を外すんじゃないわよ!?」

「痛い痛い痛い痛い！」

絞め殺さんばかりの勢いで、桜《さくら》が俺の頭を布でぐるぐる巻きにする。

効率よく目と耳を封じるには仕方ない処置なんだが……ちょっとキツすぎじゃないか!?

「あんたには五感強化があるんだから仕方ないでしょ！」

そう叫ぶ桜の手で、今度は俺の鼻に詰め物が突っ込まれる。

いやお前、俺が能力使ってまで姫のロイヤルストレートフラッシュを観測しようとする変態だと思ってんのかよ！　嗅覚《きゅうかく》まで封じるとかどんだけだ！

いやだが、冷静に考えれば過剰なくらいでちょうどいいのかもしれない。

そうでないと、なにより姫様が安心できないだろうしな。

そうして俺は目と耳、ついでに鼻も封印された状態で姫と二人きりでトイレにこもる。

幸いトイレはかなり広く、俺が傍《かたわ》らに立っていても余裕があった。

そうして姫がトイレを済ましあそばせるのを待っていたのだが、

「ん？」

不意に手を引かれる。

なんだ？　と思い身をかがめると、姫の手が俺の顔に触れた。

続けて俺の顔に巻かれていた布が緩《ゆる》められ、片方だけ耳栓が外される。

「ちょっ、シーラ姫⁉」

視界は特に念入りに封じてあるが、それでもちょっと危ないぞ⁉　と俺が慌てていると、

「すみません……実は片手だと、トイレットペーパーが上手《うま》くとれなくて……」

蚊の鳴くような声で姫が言う。

な、なるほど。確かに、ものによっては片手じゃかなり難しい。

俺は姫の意図を察し、彼女の柔らかい手に導かれてトイレットペーパーの位置を把握。協力

してどうにかトイレミッションをクリア。

そのあとは当然、耳栓と頭に巻かれた布をどうにか元に戻してトイレを出る。

（ふう、ひとまずトイレはこれでこなせるってわかったし、あとは慣れだな）

と、一息つきつつ、桜《さくら》に布や耳栓を外してもらっていたところ。

「…………ねえ」

桜がめちゃくちゃ無機質な声で俺の肩を掴《つか》む。え？

「実はお兄ちゃんの頭に巻いてた布、一度外したり緩《ゆる》めたりしたらわかるようにこっそり印をつけててそれがなんかズレてるんだけど一体どういうこと？」

ミシミシミシ！　肩こりが肩ごと粉砕される!?

「いやちょっ、待て桜！　それには事情があんだよ！　ですよね姫様!?」

「そ、そうですよ！　やましいことなどなにひとつありません！」

俺と姫は大慌てで口を開き、目から光を失った桜をどうにか落ち着かせるのだった。


そうしてどうにかトイレの済ませ方を確立させた俺たちだったが、こんなものはまったくの序の口だった。

続けてさらに難易度の高い課題が俺たちに降りかかったのである。

そう、お風呂だ。

「って、さすがに風呂は濡《ぬ》れたタオルで身体《からだ》を拭《ふ》けば十分だろ!?」

全力でそう叫ぶ。だが、

「へ、平時であればわたくしだってそうします！　しかし一晩中逃げ回って身体はドロドロ。加えて国の代表として訪問した立場上、身なりには必要以上に気を使わなければなりません。今回ばかりは身体を拭くだけでは不十分なのですっ」

自分だって滅茶苦茶《めちゃくちゃ》恥ずかしいだろうに。

第一印象通り生真面目な性格らしい姫はトイレ申告のときと同じくらい顔を赤くしながら毅《き》然《ぜん》と主張する。

そもそもこんな状況で姫が公の場に出るようなことがあるんだろうかと思いつつ、一国の姫に強く求められては断ることなどできなかった。

というわけでやむなく入浴。

姫はもちろん全裸（タオルあり）。

俺は下着一丁になり、目隠しだけしっかり行う。

そうして要人用のセーフハウスにふさわしい大浴場へと足を踏み入れたのだが、

「ちょっと待て！　なんでお前らまで入ってくるんだ!?」

俺は目隠ししたまま叫んでいた。

なぜなら俺と姫の他に、大浴場には桜と楓《かえで》も入ってくる気配があったのだ。

しかも衣擦《きぬず》れの音からして、二人も普通に裸じゃないかこれ!?

いやまあ、姫と同じでしっかりタオルを巻いてはいるっぽいけどさ!

「い、いやだって、目隠し状態でお風呂なんて危険すぎるから仕方ないでしょ。あんたが転んだら姫も巻き添えなんだし。どうしたって介助はいるじゃない。そもそもぽっと出のお姫様だけ一緒に全裸でお風呂とかズルすぎるし……で、でもタオルでしっかり身体《からだ》を隠してるとはいえ……や、やりすぎたかも……っ」

「私たちもついでに入浴は済ませておきたいし、要人からできるだけ目を離さないようにするにはこれがベストなのよ。合理的に判断しただけだから騒がないでちょうだい。く……っ、小娘とシーラ姫に対抗して服を脱いだはいいけど、いざ古屋《ふるや》君の前に出るとタオルがあっても羞恥《しゅうち》で頭がどうにか……」

いやお前ら、ちょっと声が震《ふる》えてるだろ、無理すんなよ……。

とは思ったのだが、二人に早口でまくし立てられ俺は押し切られてしまう。

そうして楓《かえで》と桜《さくら》に前後を挟まれ、身体を支えられながら浴室を慎重に進むのだが……なにかがおかしかった。

具体的には、俺を支える楓と桜の手つきがおかしいのだ。

普通こういうときは手とか肩とか掴《つか》んで支えるもんだと思うんだが……なんか二人とも俺の背中とか腰とかに手を回してるような……あとなんかたまに、掴むとか支えるんじゃなくて「撫《な》でる」みたいな感触があるような……もっと言えば腰に触れる手がちょっとずつ下に移動しているような……。

「な、なあ。気のせいだと思うんだけど、なんか手つきがやらしくないか……？」

冗談めかして違和感を口にしてみる。途端、

「は、はあ!? 言いがかりも甚《はなは》だしいんですけど！ だ、だって仕方ないでしょ……こんな、お兄ちゃんの普段見えない場所を触ってたら頭がおかしく……っ」

「しまった……手が勝手に……っ」

桜《さくら》が爆発し、楓《かえで》が身体《からだ》を硬くする。

次の瞬間だった。

「わっ!? ちょっ、お前ら!?」

俺がいきなり変なことを言ったせいだろう。

俺を支えていた二人の手に変な力が入り……俺はバランスを崩した。

「きゃっ!?」

姫様の悲鳴があがる。せめて彼女には怪我《けが》をさせないようにと俺は全力を尽くすのだが……

その結果、事態は最悪なものになった。

「「きゃあああああああああああっ!?」」

響く桜と楓の悲鳴。と同時に俺はなにか凄《すさ》まじく柔らかいものに全身を包まれ、頭が真っ白になる。

「ちょっ、まっ、こんなっ、タオルが落ち――お兄ちゃんの素肌が全身に……っ!?」

「……っ!?　……っ!?　〜〜〜っ!!!」

「み、皆さん大丈夫ですか!?　いま助け起こしますから……こ、これはなんて破廉恥《はれんち》に絡み合って……っ!?」

桜の奇声。身体の内側から溢《あふ》れるなにかを必死で抑えようとするかのような楓のうめき声、そして俺たちを助けようとする姫の愕然《がくぜん》としたような声。

しかも事故はそれだけに留まらず、

『ちょっと！　悲鳴が聞こえたから式神を飛ばしてみれば、なにこれ!?』

脱衣所から宗谷《そうや》の絶叫が響いた。

『葛乃葉《くずのは》さんと桜ちゃんの服まで脱衣所にあるんだけど！　まさか二人とも全裸で古屋《ふるや》君とお風呂入ってるの!?　頭おかしいよ！　職権濫用《らんよう》だよ！　穂照《ほてり》ビーチの影響がまだ残ってるんじゃないの!?　こうなったら力尽くで二人を排除して……いやもうお風呂場を破壊して――』

「ひっ!?」

いまにも風呂場に突入してきそうな宗谷の怒声に姫がビビり散らす。

そうして姫が必死に顔を隠そうともがけば、彼女と手が繋《つな》がっている俺の体勢がさらにアレなことになり、

「ちょっ、まっ、ダメお兄ちゃ――♥　〜〜♥　っ♥」

「〜〜っ♥　っ♥！　くっ、うぅっ♥　こ、これ以上は……っ♥」

桜《さくら》と楓《かえで》から響く切羽《せっぱ》詰まった悲鳴。

浴室は一瞬にして最低極まりないカオス状態となり――その後、俺たちが落ち着きを取り戻して無事に入浴を済ませるにはかなりの時間が必要になった。


軽い夕食を終え、ようやく迎えた就寝時間。

幸い、セーフハウスにはシングルベッドが並んで設置してあり、俺とシーラ姫は手がくっついたままでもいちおう別々の寝床で眠ることができていた。

けどもちろん、一国の王女と同室で夜を過ごすにはそれだけじゃ不十分。

俺とシーラ姫の間にはソファーなどを使ったバリケードが作られ、交代で夜間も見張りを行う楓と桜が同室で目を光らせていた（いやマジで凄《すさ》まじい視線を感じて怖い）。

そうしてしっかりと安全対策がなされ、明かりも落とされた寝室にて。

「トイレの一件といい風呂での騒ぎといい……本当にすみませんでした」

俺はバリケード越しにシーラ姫へ声をかけていた。

内容はもちろん、本日やらかしたことへの謝罪だ。

いくら両手が繋《つな》がっている特殊な状況下とはいえ、色々と酷《ひど》すぎた。

「い、いえ……わたくしのミスやワガママによるところも大きかったので……」

けどシーラ姫は俺たちを叱責する素振りすら見せなかった。

それどころか自分にも非があったとこちらを気遣う様子さえ見せる。

なんて良い人だ……と俺がほっと胸をなで下ろしていたところ、

「それに……正直なことを言うと新鮮で楽しかったですから。謝る必要なんてありませんよ」

「え？」

予想外の言葉に、俺は礼儀も忘れて思わず声を漏らしていた。

するとお互いに顔の見えない状態だからか、姫はぽそりぽそりと胸の内を明かすように語り始める。

「わたくしは王女です。周囲の方々のおかげでなに不自由なく暮らしてこられましたが……不自由がない代わりに自由もなかったのです。贅沢《ぜいたく》な話ですが……」

姫の声音《こわね》に、一抹の寂《さび》しさが滲《にじ》む。

「同年代の方々が仲良くはしゃいでいる光景は、わたくしにとっていつも遠くから仰ぎ見るだけのものでした。ですから曲がりなりにもその輪の中に入れて、わたくしは楽しかった」

「あー、まぁ、あの騒ぎを一般的な仲良しグループのじゃれあいと一緒にしていいかは疑問が残りますけど……」

宗谷《そうや》なんて、式神で風呂場を吹き飛ばそうとしてたからな……。

「ふふふ、そんなことを言ってしまえるのは、やはり仲が良いからだと思いますよ。羨《うらや》ましい限りです」

姫が声を潜《ひそ》めて笑う。

そうかな……。この生真面目な姫様が世間ズレしてるだけで、やっぱりアレを仲良しというには無理があるんじゃないだろうか。

「それで、その……ひとつご相談なのですが」

不意に。姫様が俺の手を握る力を強めた。

「わたくしには同年代の——というかそもそも気の置けない友人というものを作る機会がなく……こういうときにどうすればいいのかわからないのですが……」

姫様がもごもごと言いよどむ。やがて、

「晴久《はるひさ》さん。あなたさえよければ、もう少し砕けた口調で——そうですね、友人に接するようにしてはいただけないでしょうか?」

そんな無理難題を言い出した。

いくらお姫様の頼みとはいえ、さすがに首を縦に振れるものと振れないものがある。

お姫様相手にタメ口とか、精神的な負担がもの凄《すご》いしな……。

ただ……これはお姫様の気まぐれでもなんでもなく、けっこう切実な頼みなんだろうなというのがわかってしまって——、

「かなり難しいですけど……ええと、努力してみるよ」

俺一人だとアレなので、楓《かえで》たちもそれとなく巻き込もう。

そんなことを思いながら、しぶしぶ了承してしまうのだった。

「……やはり、あなたは誠実で優しい方ですね」

ぎこちない俺の言葉に、シーラ姫がくすりと笑う。

直後、緊張の糸が切れたのだろう。

もともと疲労困憊《ひろうこんぱい》だった姫はすぐさま眠りに落ちてしまい、可愛《かわい》らしい寝息を立て始めた。

それを受けて俺もすぐに眠ろうと意識を切り替える。楓や桜《さくら》と見張りを交代する数時間後までにしっかりと心身を休めておかないといけないからな。

「……テロリストから姫を守る云々《うんぬん》以前に、一国のお姫様と手が繋《つな》がったまま生活するってこと自体が難易度高すぎるけど」

頑張らねーと。

シーラ姫とのやりとりを通し、俺は改めて気合いを入れ直すのだった。


「ねぇちょっと！　なんかお兄ちゃんとシーラ姫がこそこそ会話してるんですけど！　あれってまさかピロートークってやつじゃあ……!?」

「気持ちはわかるけど落ち着きなさい。なにもかも間違っているわ。けど、とりあえず明日は会話もできないくらいバリケードを厚くして――」

……なんか楓《かえで》と桜《さくら》がひそひそとろくでもないことを話してる気がするんだが、こんな調子で残り三日の護衛は本当に大丈夫なんだろうか。

少し不安にはなりつつ、俺はそのまま眠りについた。

## 6

翌朝。

バリケードや楓たちの見張りの効果もあってか、起きたらシーラ姫と抱き合ってました、などという大事故もなく俺たちは起床。

手が繋《つな》がっていて普通の服は着脱ができない。そのため袖から襟《えり》にかけて開閉できるよう桜が改造してくれた服に着替え、朝食の席に着いた。

昨夜は時間がなかったこともあって簡易な夕食だったが、今朝は違う。

一国の姫様に粗末な食事をさせるわけにはいかないと、セーフハウスのスタッフからやたらと豪勢な朝食が提供された。

ありがたいことに護衛である俺たちのぶんまである。

ただそうなると困ったことがひとつ。

俺とシーラ姫は二人とも片手が塞《ふさ》がってしまっていて、食事がかなり難しい状態だったのだ。

「し、仕方ないわね。シーラ姫はもちろん、お兄ちゃんにも私が食べさせてあげるわよ」

「え……いや、姫はともかく俺は高校生にもなって「あーん」とか恥ずかしいから、朝食は昨日と同じゼリーパウチでいいって。片手で食えるし」

「は、はあ!?　ゼリーパウチとか、この先ずっとそんな食事をしてたらいざってときに力が出ないでしょ!?　ちゃんと食べないとだめよ！　せっかくのチャンスなのに……！」

「小娘の言う通りだわ。護衛のことを考えれば栄養補給も任務のうち。私たちが協力するから食事はしっかり摂りなさい……小娘、わかってると思うけど、古屋《ふるや》君に食べさせる係は交代制よ」

「ぐっ……!?」

なぜかやたらと圧のこもった桜と楓の力説により、俺と姫は「あーん」で朝食を食べさせてもらうことになったのだが……そこまでしてもらっているにもかかわらず食事は全然進んでいなかった。なぜなら、

「じーっ」

「ひっ、ひいっ!?」

楓と桜による「あーん」が始まってすぐ。

なぜか宗谷《そうや》が部屋に乗り込んできて、ご飯を食べさせてもらっている俺たちを扉の陰から恨みがましげにガン見してきたからだ。地縛霊かよ。

シーラ姫が机の下で顔を隠すように丸まってしまって食事どころじゃない。

「って、ちょっと美咲《みさき》！　あんたなにやってんのよ！」

当然、桜《さくら》が宗谷《そうや》を羽交い締めにして部屋から引きずり出そうとするのだが、

「離して！　そりゃ桜ちゃんたちはいいよね!?　護衛だからってずっと近くにいれるし、仕事だから仕方ないとか言って古屋《ふるや》君にご飯食べさせたり！　昨日だって、介助にかこつけて古屋君とお風呂に入ってたけど、どうせどさくさに紛《まぎ》れて古屋君の身体《からだ》を触ったりしたんでしょ!?　ずるい！　卑しい！　いやらしい！」

「っ!?　はぁ!?　そ、そそそそんな痴女みたいなことするわけないでしょ!?　ってゆーかあんたその口ぶり、この前から怪しいとは思ってたけどまさかようやく自覚が……い、いやいまはそれより、あんたはとっとと別室に戻りなさい！　あんたのその淫魔眼《いんまがん》で姫を視《み》たら国際問題になるって何回も言ってんでしょうが！」

「わあああああああっ！　こんなのおかしいよ！　古屋君はわたしの人式神なのに！　お姫様や桜ちゃんたちとばっかりずっと一緒で！　全部テロリストが悪い！　古屋君とお姫様がくっつく呪《のろ》いなんてかけた霊能テロリストなんか一人残らず絶対にぶっころ――」

物騒なことを口走りながら、宗谷は桜に引きずられ部屋の外へと消えていった。

「な、なにを朝っぱらからあんなにエキサイトしてんだ宗谷のやつ……」

やっぱ烏丸《からすま》と二人で仲間はずれみたいな図になってるのが寂《さび》しいんだろうか。

俺も逆の立場だったら絶対寂しいしな……と思っていると、姫が机から這《は》い出してくる。

「は、晴久《はるひさ》さんたちはやはり仲がよろしいんですね……朝からこんなに大騒ぎで……」

「あの、嫌だったらマジで一回叱《しか》ってもらっていいですからね？」

姫が間違った「仲良し」の概念を学んでしまわないよう、俺は真顔でそう言った。

「それじゃあ、今日の予定を確認しておこうかしら」

どうにか食事を終えたあと、楓《かえで》がタブレットを操作しながら俺たちに告げた。

ちなみに音声は宗谷と烏丸の別室待機組も共有している（宗谷がちょいちょいこちら側の状況を察して突撃してくるのはそのせいだった）。

「今日の昼間にシーラ姫がこなすはずだった都内の神社訪問と某商業施設視察は、テロを懸念した先方の意向で中止になったわ。けど昨日おばあさまが言っていた会談――退魔師《たいまし》協会会長と政府高官を交えた意見交換会については予定通り夕方に開催するとのことよ。今日はそれまで時間を潰《つぶ》しつつ、姫を会場まで安全に送迎するのが仕事になるわね」

協会から改めて送られてきたスケジュールを読み上げながら楓が要点をまとめる。

楓や宗谷はそれを聞いて普通に「ふんふん」と納得していたが、俺にはどうにも解せないことがあった。

「昨日、菊乃《きくの》ばーさんが言ってたときも思ったが……護衛艦隊が全滅するなんて大事になってんのに、会談は決行するんだな」

神社訪問やらは中止らしいが、そっちの対応が当然のように思える。

「そうですね……本来ならばそれが一番安全なのかもしれませんが……」

　俺の疑問を耳にした姫が困ったように言いあぐねる。

　すると姫の意見を代弁するように、楓《かえで》が「仕方ないわよ」と口を開いた。

「今回の会談は、ともに世界三大霊能圏と謳《うた》われる日本と欧州の友好関係再構築の第一歩。欧州に強い影響力を持つアルメリア王国との関係強化は日本にとっても重要だから、そう簡単に中止したりはできないのよ」

　楓いわく、世界でも飛び抜けて天人降ろしを強く信望している欧州圏は潔癖な傾向があり、怪異《かいい》家系を中心とする日本の霊能業界とは代々あまり仲がよくないらしい。

　そのせいで術式の共同開発が遅れたり、国際霊能犯罪者の情報共有が滞って今回のように姫を狙《ねら》うテロリストがどんな相手なのかわからなかったりといった弊害が出るのだそうだ。

　だから養父《とう》さんのように海外の知見を取り入れる術者は数が少なく重宝されていたらしいが、そういった個人単位の頑張りでは限界がある。

　今回の会談はそうした不合理な現状を打破するために必要なことなのだそうだった。

「それに、シーラ姫のブースト能力が狙いと見せかけて本当は会談の中止そのものが目的でした、ってなったらテロリストの思うつぼだしね」

「ええ。もしそんなことになれば世界中の霊能犯罪者に『日本とアルメリア王国は暴力に屈する国』という印象を与え、今後さらにテロの標的になる可能性が高まります。護衛の皆様には負担をかけてしまい非常に心苦しいところではありますが、ここは強気で行くしかないのです」

桜《さくら》の言葉を補足するように、シーラ姫が生真面目な調子で告げる。

『それに欧州祓魔《ふつま》連合との関係が良くなったら、世界に散らばるパーツの手がかりもゲットしやすくなるよね！　なら頑張って会談を成功させるしかないよ！』

と、最後は宗谷《そうや》が私利私欲剥《む》き出しの理屈を述べた。

「……なんにせよ、リスクを承知でやるしかないってことか」

俺は観念して、夕方開催の会談に向けた護衛計画立案に参加するのだった。


さて、会談が決行されるのは様々な事情から仕方ないとして。

そこで問題になってくるのは俺と姫様がずっとくっついているということだ。

シーラ姫はその美貌《びぼう》と人柄から世界中に熱烈なファンがいて、特にアルメリア王国ではとてつもない人気があるという。行方不明のニュースが流れた際、現地では凄《すさ》まじいパニックが起きたほど。

そんな姫様と手が繋《つな》がった状態で公の場に出れば俺は間違いなく史上稀《まれ》に見るレベルのヘイトを向けられ、世界中からDクラスの男子どもを煮詰めたような暗殺者軍団が差し向けられるに違いないのだが……この問題はすぐさま解決した。

楓の変身術だ。

——ボンッ！

コミカルな音が響くと同時に、護符《ごふ》を張られた俺とシーラ姫を煙が包む。

そうして煙が晴れれば——俺とシーラ姫の手が離れていた。

もちろん本当に手が離れたわけじゃない。

手を繋《つな》いでいる感覚はあるし、実際に俺とシーラ姫が一定以上離れることはできないのだが、見た目の上では手を繋いでいないように見えるのだ。

これなら会談中も、俺はシーラ姫のすぐ後ろに控えるSP的な存在として周囲に映るだろう。ちなみに楓《かえで》の変身術はカメラを通しても有効だ。

便利すぎる。

「これが日本の怪異《かいい》家系を代表する、葛乃葉《くずのは》家の変身術ですか……！」

シーラ姫が驚愕《きょうがく》と感嘆の入り交じった声で変身術の精度を賞賛する。

葛乃葉の変身術は霊的物質《エクトプラズム》の変成と超高度な幻術が混じった特殊なものだから、世界クラスの霊能者を何人も見てきた姫様からしてもかなり物珍しいのだろう。

「葛乃葉の変身は外見だけじゃなくて霊力の質やＤＮＡまで完全に化けるらしいからな。これで会談は問題ないし、姫を他人に変身させれば会場への送迎もかなり安心だと思うぞ」

姫を安心させるように補足する。

楓の変身術はそれこそ宗谷《そうや》の淫魔眼《いんまがん》みたいな反則や質疑応答ぐらいでしか見破る術《すべ》がない。姫の姿を変えるわけにはいかない公務の場では無理だが、送迎時などに変身しておいてもらえれば襲撃の可能性はかなり低くなるだろう。

――と、そこまで考えて思ったのだが、

「そうだな……せっかく楓の反則変身術があるなら、それこそ昼間の暇つぶし時間もこのセーフハウスに籠もったままでいるより、変身してぷらぷら外出してたほうが安全かもな」

「……それは一理あるかも」

俺の呟《つぶや》きを桜《さくら》が肯定する。

「童戸《わらしべ》 槐《えんじゅ》が魔族に攫《さら》われたときもそうだったけど……ここ最近、協会の情報が漏れてる可能性が指摘されてるから。セーフハウスは毎晩場所を移すつもりだったし、どうせなら昼間も徹底して一カ所に留まらないようにしたほうがいいかもしれないわね。ま、女狐《めぎつね》の霊力次第だけど」

「バカにしているの？　宗谷美咲《みさき》の式神を何百何千と変身させたときに比べれば大したことないわ」

どうやら俺の思いつきは意外と妙案だったようで、桜と楓がどんどん護衛計画を詰めていく。

「え？　え？」

そしてその成り行きを「信じられない」とばかりに見つめる人物がいた。

シーラ姫だ。

「ほ、本当に？　本当にこの異常な精度の変身術を維持したまま外出してもいいのですか？　それもほぼ一日中？」

「え、ええ。同じ場所に長く留まるより、そのほうが安全じゃないかって話に……」

なぜかもの凄《すご》い勢いで食いついてきた姫に俺は気圧《けお》されながら頷《うなず》く。

するとは姫は葛藤《かっとう》するように何度も言いよどんだあと頬《ほお》を紅潮させ、

「そ、それならわたくし……遊……視察してみたい街があるのです！」

一世一代の冒険に踏み出す子供のように、上目遣いで俺を見つめてきた。

## 7

「す、凄い……ここが本物の春ヶ原《はるがはら》なんですね!?」

一時間後。

日本の電車を体験してみたいという姫様のご要望に従い、俺たちは乗り継ぎと変身を繰り返しながら目的地へと到着していた。

家電とサブカルの街、春ヶ原。

そこかしこにアニメやマンガの広告が掲載され、呼び込みのメイドさんがたくさんいる。加えて家電やらアニメグッズやらのショップが所狭しと並ぶ様は、ある意味では日本らしさを凝縮したような光景だ。なにかイベントがあるのか、コスプレ姿も多い。

外国人に人気の観光スポットというのも頷ける。

とはいえ、

（シーラ姫が行ってみたいっていうから来たけど……本当にここでよかったのか!?）

いまさらながらかなり心配になる。

だがシーラ姫は俺の心配をよそに興奮したような様子で周囲を見回すと、

「本当に話で聞いてたとおり……！　いやそれ以上に面白い街です！　日本は怪異《かいい》家系に対してだけでなく創作物に対しても寛容で裾野が広いと聞いていましたが、本当にこのような街が首都に存在するとは！　は、晴久《はるひさ》さん、どうしましょう、どのお店から回りましょうか!?」

「え、ええと、姫？」

生真面目な雰囲気はどこへやら。

初めて遠出した子供のようなはしゃぎっぷりに俺は思わず面食らう。

変身術で外見が変わってることもあり、本当に別人みたいだ。

「はっ……」

と、俺の視線をなにか別のものと勘違いしたのか、姫が急にトーンダウンする。

そして、

「け、軽蔑《けいべつ》しましたか……？」

「え？」

「いえ、わかっているのです。テロリストに身柄を狙《ねら》われ、あまつさえわたくしを守るためにたくさんの人に多大な苦労を強《し》いている状況で、街の散策を楽しむなど、どうなのかと」

姫は自己嫌悪するかのように目を伏せる。

「で、ですがその……昨夜も話した通り、わたくしは生まれたときから自由と呼べるものがなく……ふさわしくないと周囲が判断すれば興味があるものからも引き離されてきたのです。身分を隠して街を出歩くことなど当然できませんでしたし、ましてや同世代の友人と遊びに出るなど想像上でしか……だから、その……」

無意識なのか、姫がぎゅっと俺の手を握る。

「王家に生まれた者としてこのような機会は一生ないと思っていましたから……不謹慎ではありますが、どうしてもこの状況に浮き足立ってしまって……すみません」

「……」

そう言ってしゅんと肩を落とす姫に、俺は既視感があった。

槐《えんじゅ》だ。

あいつも物心ついたころから不自由な生活をしてきて、自分が楽しむことを忌避《きひ》しているところがあった。槐自身になにか非があったわけでもないのに。

だから俺は落ち込む姫を見てどうにも居心地が悪くなってしまい、

「まあ、いいんじゃないか？」

「え？」

「しかめっ面してれば事態が好転するってわけでもないしな。遊べるときに遊んどきましょう。俺も本当なら夏休みで遊び回ってるはずでしたし、ちょうどいいです。俺もこの街には詳しくないので案内とかは無理ですけど……色々と探検してみましょう」

「……っ。あ、ありがとうございます！」

そうして俺たちは春ヶ原《はるがはら》の散策を始めた。

家電屋を巡ったりアニメグッズの専門店を巡ったり。基本的には自由気ままなウィンドウショッピングだ。

ただ困ったことがひとつあって、

「晴久《はるひさ》さん！　なんだかとても美味《おい》しそうなお菓子が売っていますよ！」

「クレープ屋ですね。食べてみます？」

「是非《ぜひ》！　あ、ですが持ち合わせが……」

「あー、いいですよ。このくらいなら普通に払うんで。って、片手だと支払いが難しいな……」

俺と姫は手が繋《つな》がったまま。

しかも姫の周囲で護衛が目を光らせていては怪しまれるからと楓《かえで》たちは少し離れたところで周辺を警戒しているから、俺たちを介助する人がいないのだ。

「晴久《はるひさ》さん、そちらのクレープはどのような味ですか？　そ、その、一口ずつ交換というのはいかがでしょう」

「えっ、ま、まあ姫がいいなら」

お互い片手しか使えないので「あーん」をさせあうような形になる。

端から見ればとんだバカップルだろう。

「はぁ、美味《おい》しかったですね晴久さん！　次はあの書店に入ってみましょう！」

シーラ姫は初めてのウィンドウショッピングに夢中で気にしていないようだが、さすがにちょっと不便だし恥ずかしい。

（う、うーん、こうなったら一人くらい手助け要因で側にいてくれたほうがいいかもな……）

と、周辺警戒のために発動していた五感強化で楓《かえで》たちのほうへと意識を向けたところ、

「しまった、外出なんて許可するんじゃなかった！　あんなの完全にただのデートじゃない！　墓穴……！」

「あの女……王族でさえなかったら……」

……なんか殺意の篭もった桜《さくら》と楓の声が聞こえてくるんだが……ど、どうしたんだ？

二人のどちらかに介助を頼もうかと思ってたんだが、しばらく様子見に徹したほうがいいか

もしれない……と楓たちのほうへ意識を集中させていたのが間違いだった。

「晴久さん、晴久さん」

「え？」

不意にシーラ姫に声をかけられる。

「書店に入ったはずなのですが……いつの間にかなんだか不思議な雑貨屋？　さんに様相が変わっていて……見たことのない雑貨ばかりなうえに見慣れない日本語が並んでいてよくわからないのですが、ここはどのようなお店なのですか？」

「え？　雑貨屋？　書店に併設された雑貨屋なんて、文房具とかボードゲーム……と、か……」

周囲を見回して、俺は言葉を失った。

というか驚愕《きょうがく》のあまり意識を失いかけた。

なぜなら周囲に陳列されている〝雑貨〟というのが――すべて大人のオモチャだったからだ。

（は!?　ちょっ、まっ、なんだここ!?　どうなってんだ!?）

俺とシーラ姫はクレープを食べ終えたあと、ビルの全階が書店になっているという「りゅうのあな」に入ったはず。

それがどうしてこんないかがわしい空間に!?

楓たちのほうに集中している間はシーラ姫に手を引かれるがままだったとはいえ、いくらなんでも店を移動してれば途中で気づくはず。

つーか階段をいくつか上った記憶はあるから、書店からは出てないはずだ。

まさか知らない間に変態テロリストの絶対領域にでも引きずり込まれたか!? と俺はパニックに陥りかけるのだが、

(りゅうのあな四階!? ってことはここ、俺たちが入った書店で間違いないのか!?)

目に入った案内板を見て俺は愕然《がくぜん》とする。

そ、そういや烏丸《からすま》や小林《こばやし》から聞いたことがあるぞ……。

一部の書店はこの手のアダルトショップと併設されてることがあるから、普通の本を買うついでに迷い込んだふりしてちょいちょい覗《のぞ》きにいくことがあるって……！

(つまりこれは敵の精神攻撃でもなんでもなく……ただの現実！)

そう認識した瞬間、全身から冷や汗が噴き出した。

(ヤ、ヤバいっ！ 事故とはいえシーラ姫をこんなとこに連れてきたとバレたら国際問題待ったなし！ 下手《へた》すりゃアルメリア王国との関係が破綻《はたん》するし、多分楓《かえで》たちにも殺される！)

速やかにこの場を離脱しなければ……！

それも姫様に怪しまれないよう自然に！

俺はそう決意し、即座に行動しようとするのだが、

「晴久《はるひさ》さん、どうされました？ もしかして晴久さんもあまり詳しくないのでしょうか。でしたら店員さんに用途を訊《たず》ねてみるのが一番ですね！」

姫がめっちゃ興味津々……！

突如として書店に出現した色とりどりの謎グッズによほど興味をそそられたのか、シーラ姫は目をキラキラさせてあたりを物色しまくる。

幸いこの手のショップは店員が覆面レジの向こうに引っ込んでいるものらしく、姫様が店員に逆セクハラを働いてゲームセットという事態にはならなかったのだが……こんなに興味津々な人を自然にここから引き剥《は》がすとか無理ゲーでは？

と、俺が必死に頭を回転させていたときだ。

「あ、わかりましたよ晴久さん！」

「っ！」

シーラ姫がポップを指さしながら笑みを浮かべ、俺は心臓が破裂しそうになる。

「ここにPresent for loverとあります。つまり恋人への贈り物ということでしょう。なぜ書店にあるのかはわかりませんが、確かにこの商品などはインテリアによさそうです」

得意げに言って、姫がＴＥ〇ＧＡを手に取る。

既にこの時点で色々アウトな気がするが、俺は姫の勘違いに全力で乗っかることにした。

もうそれしか日本とアルメリア王国友好の道はない。

「そ、そそ、そうですね……なんというかこう、ここにあるのは指輪交換寸前くらいまで関係の進んだ恋人が送り合うものというかなんというか……なのでまだ初心《うぶ》な高校生な俺はちょっと居心地悪いなぁ、なんて」

「指輪交換……あ、なるほど！」

姫が恋に恋する乙女のように頬《ほお》を赤らめ、「試供品」と書かれたオナホを手に取る。

「つまりこの辺りにある穴のあいた柔らかい物体はさりげなく指のサイズを確認するためのものということですか。奥ゆかしい国民性の日本らしい素敵なアイテムですね」

言って、姫が試供品オナホに指を突っ込んだ。

…………………………………………………………。

これはもう取り返しがつかないのでは？

（い、いやまて、まだ諦《あきら》めちゃダメだ。「ここは普通、婚前の男女で来るとこなんですよ。日本人の俺としては恥ずかしいので**絶対に**秘密にしときましょうね」とか言って、そそくさと下の階にいけば――）

と、俺が諦めずに画策していたときだ。

ピピピピピ。

スマホの着信が響いた。着信音的に宗谷《そうや》からだ。

普通なら無視する状況なんだが、いまは姫の警護中。

なにかの緊急連絡かと思い俺は電話に出た。すると、

『ねぇ古屋《ふるや》君……不思議なんだけどさぁ』

底冷えするような宗谷の声。

『どうして古屋君とお姫様が「りゅうのあな」ビルの四階にいるの？』

「っ⁉」

どうしてそれを……⁉　と俺は凍り付くが、すぐにその理由に思い至る。

そうだ、確か宗谷は――

『万が一にでも見失わないよう、二人には位置確認用の小型式神をくっつけてるの、覚えてるよね？　で、その式神がね？「りゅうのあな」ビルの四階にいるの。おかしいなぁ。案内図を見るとそこは大人のお店みたいなんだけど、どうして二人がそんなとこにいるんだろ。おかしいね。古屋君はアルメリア王国で処刑されたいの？』

い、いかんっ！

宗谷が修羅と化してる……！

どうにか言い訳して切り抜けないと……と焦《あせ》る俺の隣でシーラ姫が楽しげな声を発した。

「あら、これも恋人同士の贈り物ですか！　なるほど、日本では仕事が大変だと聞きますし、こうしたマッサージ器で互いの凝りをほぐしあって恋人との時間を育むのですね！」

ヴィイイイイイイイイイイイイイイイイン‼

盛大な振動音がアダルトショップを、俺の鼓膜を、スマホを揺らした。

『……………………古屋君？』

「すまん宗谷《そうや》全部俺が悪いんだ事情を全部説明するからシーラ姫への説明を協力してくださいお願いします折檻《せっかん》でもなんでもしていいから！」

多分このままだと事態があり得ないほど悪化する。

俺は宗谷たちからの折檻はもう仕方ないと割り切り、「え？　え？」と戸惑うシーラ姫の手を引いて、強引にアダルトショップを脱出するのだった。

## 8

その後、宗谷たちの協力もあり、アダルトショップの件はどうにか一件落着（全力で誤魔化《ごまか》した！）。

宗谷がなぜかその後もずっと不満げだったことを除けばトラブルらしいトラブルもなく、夕方に予定されていた菊乃《きくの》ばーさんたちとの意見交換会も滞りなく終了した。

大変だったことといえば行方不明報道から初めてシーラ姫が公の場に姿を現したことでマスコミの数がヤバかったことくらいだろう。

拍子抜けといえば拍子抜けだが、もともとチート婆と名高い菊乃ばーさんのいる会場が襲撃される可能性はかなり低かったしな。

そんなわけで俺たちは新しいセーフハウスで昨日と同じように一晩を明かしたあと、再び街に繰り出していた。

「ここが下野公園ですか！　博物館に美術館、動物園と見るところがたくさんありすぎて困りますね……！　どこから行きましょうか？」

昨日と同様に楓《かえで》の変身札で姿を変えたシーラ姫が弾んだ声を漏らす。

（さて、今日は昨日みたいな失敗しないようにしねーと……）

シーラ姫がくっついているおかげで直接の罵倒《ばとう》や折檻はなかったものの、楓と桜《さくら》からスマホ越しにこってり絞られたことを思い出して俺は震《ふる》える。

（まあ今日からは手が繋《つな》がった俺たちの介助役として楓と桜が交代で側にいてくれることになってるし、早々おかしなことにはならないだろうけど）

そう楽観視しつつ、「決めました！　最初は動物園にしましょう！」と声を弾ませるシーラ姫に手を引かれて下野公園に繰り出そうとしたとき。

『古屋《ふるや》君、古屋君』

「え？」

不意に。

烏丸《からすま》や楓と一緒に少し遠くで周辺警戒にあたっているはずの宗谷の声がした。

なんだと思ってみれば、それは宗谷が俺にくっつけている位置把握用の式神からだ。

だがどうやらこの式神の機能は位置確認だけでなかったようで、隣にいる桜やシーラ姫には見えない角度からなにかを手渡してくる。

「なんだこれ……？　スイッチ？」

それは式神の内部に収まるほど小さなスイッチ。

わざわざこんな周りの目を盗んで渡してくるとか一体なんのスイッチなんだと訊《たず》ねてみれば、

『……霊力回復の実験、だよ。考える考えるって言って、古屋《ふるや》君がいつまでたってもお姫様に夢中で霊力回復の方法を考えてくれないから。わたしのほうで考えてみたの。古屋君の好きなタイミングで適当にスイッチを操作してみて。古屋君、お姫様とあんないかがわしいお店に入って……だったら人式神契約してるわたしだってこれくらい……っ』

「はぁ？　おい、ちょっ、どういうことだよっ」

宗谷《そうや》の指示の意味がわからず再度聞き返すが、式神越しの通信はそこで断絶してしまった。

「なんなんだよ、あいつ」

わけがわからん。

昨日からずっと不満げだったし、俺が霊力回復の方法をいつまで経っても思いつかないことがそんなに気にくわなかったのだろうか。

まあ宗谷の霊力回復については重要課題だから仕方ないけど。

「つってもこのスイッチが霊力回復となんの関係があるんだ？」

宗谷家の女性は代々、信頼できる相手から直接性的な快感を得ることで莫大な霊力を得るという。だからシーラ姫や楓《かえで》たちにバレないように霊力補充するにはどうするかと頭を悩ませていたわけなのだが……うーん、宗谷の考えてることはよくわからん。

「まあ実験だって言ってたし、とりあえずやってみればいいのか？」

下野動物園の門をくぐってしばらくした辺りで、俺はスイッチを入れた。

なんか一から十と段階があるみたいだったが、面倒なのでいきなり十だ。

ポチっとな。


「はうっ!?♥♥」


「え？」

スイッチを押したその瞬間。

五感強化を施《ほどこ》した俺の耳に、遠くから変な声が聞こえてきた。

（え？　なんだ？　まさか宗谷の声か？）

くぐもっているから聞き取りづらいが、それは確かに宗谷の声だ。

思わず耳に意識を集中させると、

「ん……んんっ♥　古屋く……っ、いきなり激し……っ♥　く、ふぅ、直接してもらうのに比べたら少ないけど、いちおう回復してるっぽい……？　やっぱり自分でするのとは違うからかな……え、えへへ、実験成功かも……あうっ♥　ふーっ、ふーっ、警戒は式神に頼んでるからいいけど、あんまり古屋君《ふるや》たちと離れちゃわないよう、トイレはこまめに移動しないと……」

……あいつなにやってんだ……？

さすがにちょっと不審に思い、俺はシーラ姫と桜《さくら》に断ってから宗谷《そうや》に電話をかけた。

『ふ、古屋君!? どうしたの急に!? ふ、ふぅ、大本の電源はこっちで切れるようにしといて正解だったよ……! 振動音は電話越しにも聞こえちゃうし……』

なに慌ててんだ……？

なんかますます怪しいな……。

「いやどうしたのって、お前がどうしたんだよ。変なスイッチ渡してきたかと思えば、遠くからお前の変な声が聞こえてくるし。なにやってんだ？」

『……………………………え？』

瞬間、ビシッと音が聞こえてきそうな勢いで宗谷の声が凍る。

長い沈黙の末、宗谷が声を震《ふる》わせ、

『あ、も、もしかして……古屋君の五感強化って、そこまで聞こえる、の……？』

「まあ建物の中とかに籠もられると微妙だけど、ぼちぼちは」

瞬間、宗谷が大爆発した。

『いやあああああああああっ!? 古屋君の覗《のぞ》き魔！ 変態！』

「ああ!? 俺が一体なにしたって――」

『うあああああああああああああっ！　元はといえば全部古屋《ふるや》君がお姫様と変なとこに行くのが悪いんでしょ！　そのせいでわたしに変なアイデアが舞い降りて……とにかく全部古屋君が悪い！　古屋君のせい！　古屋君がわたしに、い、いろんな気持ちとか気持ち良いのとか教えたくせに……放置してるのが全部悪い！』

ど、どうしたってんだあいつ……全然こっちの話を聞く気がねえぞ!?　錯乱してんのか!?

「あの、どうなさったんですか……？」

電話越しにでも周囲にはっきり響き渡る宗谷《そうや》の絶叫に、シーラ姫が心配そうな顔を向けてくる。桜《さくら》も「な、なにやってんのよ美咲《みさき》のやつ」と引き気味だ。

「あーいや、それが俺にもなにがなんだか……」

と、電話から耳を離して困惑していたそのときだった。

アオ――――――ン！

「ん？　なんだ？」

遠くのほうから不思議な遠吠《とおぼ》えが聞こえてきた。

それも一回だけではなく、木霊《こだま》するように連続して。

「まあ、東エリアにいるという狼でしょうか。昼間に狼が活動的だなんて珍しい……行ってみましょう！」

シーラ姫が目を輝かせて「早く早く」とばかりに俺の手を引く。

けど……、

（なんだ……？　この遠吠え、なんか変じゃないか……？）

狼の遠吠えなんかには詳しくないが、五感で強化された俺の耳にはなにか違和感がある。

そうだ、これはまるで、人が狼の遠吠えを真似《まね》しているかのような……。

「きゃあああああああああああっ⁉」

近くから悲鳴が上がったのはそのときだった。

「っ⁉　なにっ⁉」

桜が一瞬で臨戦態勢《りんせんたいせい》になり、俺と姫の前に躍り出る。

次の瞬間、

「ガアアアアアアアアアッ！」

「な、なんだ⁉」

俺は姫を庇《かば》いながらぎょっと目を見開いた。

人込みから突然現れたのは、複数の狼だったのだ。

すわ檻《おり》を破って逃げ出したのかと身構えるのだが……おかしい。あんなのが近づいてきてたなら五感強化ですぐにわかったはず。

そこで再び、俺を違和感が襲った。

（なんだこの狼……体格がかなりでかいし、それに骨格もどこかおかしいような……っ!?）

違和感の正体に気づいたとき、俺は「え」と声を漏らしていた。

「シネエエエエッ！」

そう叫んでこちらに襲いかかってくる狼たち。

それは本物の狼ではなく――本物の獣のように変化した人間だったのだ。

# 第三章　懸賞首たちの宴

1

「「「「アオ――――――ン！」」」」

人込みの中から突如として現れた狼人間たちが、遠吠《とおぼ》えを響かせながらこちらに襲いかかってくる。

その身体能力には目を見張るものがあった。

元霊級格6《スケールシックス》の南雲《なぐも》には遠く及ばないにしろ、俊敏な動きであっという間にこちらとの距離を詰めてくる。

その瞳に浮かぶのは、はっきりとした敵意だ。

（なんだこいつら!?　獣化能力を持つテロリストか!?）

状況からしてまず間違いない。

けどそうなるとおかしなことがあった。

「なんで俺たちの居場所がバレてんだ!?」

シーラ姫を庇《かば》うように手を引きながら、俺は思わず叫んでいた。

仮にセーフハウスの情報が漏れていたとしても、ここに来るまでに俺たちは何度も変身を繰り返している。補足されるなんてまずあり得なかった。

「考えるのはあと！　襲撃されたのは事実なんだから、いまは対応に集中するわよ！」

「小娘の言う通りね」

俺と姫を守るように速攻で物理結界が展開される。

俺たちのすぐ側にいた桜《さくら》と、獣尾を駆使して即座にこの場へ駆けつけた楓《かえで》の術だ。

「美咲《みさき》！　お兄ちゃんたちの援護と一般人の避難誘導頼んだわよ！」

『りょ、了解だよ！』

ついさっきまでおかしくなっていた宗谷《そうや》もどうにか意識を切り替えたようで、式神を使い即参戦。

獣化能力者たちを難なく制圧していくのだが——俺はそこで妙なことに気づく。

「リア充が死にさらせえええええ！」

「何人も女を侍《はべ》らせやがってえええ！　その男を一発殴らせろやあああ！」

「ああ!?　なに言ってんだこいつら!?」

楓たちと対峙《たいじ》した獣化人間たちの言動がおかしいのだ。

獣声の端々にリア充がどうのとか口走っており、しかもその狙《ねら》いが明らかに姫ではなく俺に向いている。

しかもおかしいのはそいつらだけじゃなくて──

「う、ぐが……!?　ア、アオ────ン！」

「なんだ!?」

念のためにミホトを召喚しようとした矢先、強化された五感で怪しい気配を察知した俺は振り返る。そこには俺や姫と一緒に楓たちの結界で保護された一般人がいたのだが、その中からまた獣化人間が出現していた。今度は女性だ。

他の連中のように遠吠《とおぼ》えを繰り返しているが、外見は狼ではなく虎のそれだった。

「一般人の中に交じってやがんのか!?　くっ、こうなりゃ先手必勝で……っ！」

幸い、虎女の快楽媚孔《かいらくびこう》は突きやすい位置に光っている。

五感強化を使えば姫様を守りながらでも容易に片がつくだろうと身構えた。

が、

「……ぐへへっ、良い尻《しり》してるねぇ、お兄さん。すっごく開発のしがいがありそう」

「……は？」

突如、虎女の発した言葉に俺は固まった。

「えへ、えへへ、怖がらなくても大丈夫。お尻の開国は衆道から派生した日本の立派な伝統文化だから……戦国時代から続く日本男児の嗜《たしな》みだから……恥ずかしがらないでいいんだヨ」

「そうなのですか!?」

姫が顔を赤くして叫ぶ。

「おいこらてめえこの人に変な日本文化を吹き込むんじゃねえ！」

と、俺は虎女の妄言《もうげん》に突っ込むのだが、

「いいからとっととその窮屈そうな鎖国臀部《でんぶ》を私の黒船で開国させろやあああっ！」

「ぎゃあああああああああああっ!?」

俺の言葉なんて無視した虎女は全力でこちらに突っ込んでくる！

しかもマジで俺の尻《しり》だけを狙《ねら》っているらしく、ねっとりした視線が俺の下半身をロックオン。

強化された五感が裏目に出て、虎女の欲望が嘘偽《うそいつわ》りない本物だと察知してしまう。

瞬間、俺の脳裏によぎるのは穂照《ほてり》ビーチで尻を狙われた強烈なトラウマだ。

思わず尻が強《こわ》ばり反応が遅れ、式神の援護があったにもかかわらず敵の攻撃が腰を掠《かす》めた。

「晴久《はるひさ》さん!?」

「お兄ちゃん!?」

姫と桜《さくら》の悲鳴が重なり、宗谷《そうや》の式神が慌てて増援に飛んでくる。

ああクソ！　なにやってんだ俺は！

しかも運悪く敵の攻撃で楓《かえで》の変身札が破損して元の姿に戻っちまったし！

と、俺の素顔を見た虎女は「ウオオオオオッ!?」と興奮したように叫び、

「そ、そっちのほうが私好み！　ああもうなんでもいいから早く開発させてえええ！」

「……っ!?　マジでなんなんだお前らあああああああ！」

「っ!?　イギュウウウウウウウウウウウッ!?♥♥」

一閃《いっせん》。

突っ込んできた虎女の動きを完璧《かんぺき》に見切り、俺は姫を庇《かば》いながら虎女の快楽媚孔《かいらくびこう》を突いた。

女の淫《みだ》らな叫声とびくんびくん震《ふる》える身体《からだ》が周囲の一般人をドン引きさせる。

「……？　……？」

幸い、姫は宗谷の式神に視《み》られることを恐れてフードを被《かぶ》っていたので、その悲惨な場面を目にすることはなかった。

そうしてこちらの戦闘が終わると同時に、楓たちのほうも難なく片がついたらしい。

気絶した獣化人間たちは拘束《こうそく》術を食らった状態で地面に転がり、その身体を覆《おお》っていた霊的物質《エクトプラズム》らしき毛皮が霧散していく。ひとまず一段落だ。

「一体なんだったんだこの変なテロリストどもは……って、え？」

と、地面に転がる狼人間や虎女を見下ろしていた俺たちは言葉をなくした。

なぜなら、

『な、なにこの人たち。霊的な素質が全然ないし、見るからに一般人みたいなんだけど……』

式神越しに、宗谷が俺たちの困惑を代弁するように言う。

そう、獣化が解けた連中はどこからどう見ても普通の日本人だったのだ。

霊的素養以前に、体格だって戦闘訓練を受けているとは思えないような人たちばかり。とてもではないがテロなんて大それたことをやれる人材ではない。

でもだったら、さっきの獣化は一体……と困惑していたところ、

「なにこれ……」

率先して獣化人間たちの霊視を行っていた桜《さくら》が愕然《がくぜん》とした声を漏らした。

「理性と引き換えに一般人の霊力回路を暴走させて、動物みたいな見た目と身体能力を強引に引き出してる……？」

「ああ？　なんだそりゃ」

つまりこの人たちは何者かの手でこんな状態にされただけってことか？

だとしたら——と嫌な予感がしたそのとき。

アオ————————ン！

またあの遠吠《とおぼ》えが周囲に響く。次の瞬間、

「なっ、なにこれ——うぐっ……アオ————ン！」

「っ!?　なんだあ!?」

俺たちの戦闘を見てへたり込んでいた一般人が、突如として豹変《ひょうへん》。

身体《からだ》中から霊的物質《エクトプラズム》を噴出させたかと思うと熊のような姿になり、周囲に遠吠えを響かせた。

すると、

「なにこれ……アオ――――――ン！」

「あ、頭がぼーっとして……アオ――――――ン！」

木霊《こだま》する遠吠えに呼応するかのように、周囲の人々が次々に獣化。

さらに獣化した人たちが遠吠えをどんどん連鎖させていき、遠吠えが増えるたびに獣化人間も増えていく！

「……っ！　遠吠えから微かに霊力を感じるからなにかと思っていれば……まさか音に霊力を乗せて、獣化を感染させているの……？」

「……!?　ヤバいだろそれ！」

表情を強《こわ》ばらせる楓の予測に、俺も口元を引きつらせる。

獣化人間の一体一体はそう強くない。

けど夏休みの下野で次々感染が広がっていくとすれば、その物量は計り知れなかった。

見る限り全員が全員感染発症するわけではないようだし、霊的抵抗力の違いなのか俺たちに遠吠えの影響はないが……それでも次々と獣化人間が生まれているのは間違いない。

こいつらが一斉に襲いかかってきたらさすがにまずいと俺は咄嗟《とっさ》にミホトを召喚しようとしたのだが――またしても予想外の光景が俺たちの眼前で巻き起こる。

「あれ……?」

獣人間たちのほとんどが、俺たちに見向きもしなかったのだ。

「ダイエットがなんじゃオラァ!　飯食わせろやあああ!」

「ガラス割りたいガラス割りたい!」

「ズボン履いたまま外でおしっこするの気持ちいい……」

無軌道に暴れ回っているのは間違いない。

だがその行動には一貫性があるとは言いがたく、各々《おのおの》が好き勝手に暴動を起こしているような有様《ありさま》だった。

いや、暴動どころかこれは――

「わー♥　やっぱりこの匂《にお》い、晴久《はるひさ》おにーさんだー♥」

「え?」

そのとき、甘ったるい声とともに人込みから俺のほうへ近づいてくる気配があった。

聞き覚えのあるその声に驚いて振り返れば、

「槐《えんじゅ》!?」

「お兄さ〜ん♥」

満面の笑みを浮かべて抱きついてきたのは、可愛《かわい》らしい私服姿の童戸《わらしべ》槐だった。

なんで槐がここに!?　と驚くが、俺はすぐにピンとくる。

（そういや動物園に出かける予定があるって言ってたな。運悪くこの場に居合わせちまったのか）

「おい槐！　ここは危ないからすぐに避難してくれ！」

恐らく緑《みどり》さんと一緒に来てるんだろうし、と俺は強い口調で槐を引き剥《は》がしにかかる。

が、

「やだ〜、あたしお兄さんとずっと一緒にこうしてる〜♥　にゃーん♥　にゃんにゃん♥」

「……っ!?」

ぐりぐりと身体《からだ》を擦《こす》りつけながら甘ったるい声ですがりついてくる槐に、俺は脳天を殴られたかのような衝撃を受けた。

（な、なんだこれ……槐を振りほどけないし動けねぇ……!?　ホテルラプンツェルで甘やかされるのに弱いって自覚したけど、俺はもしかして甘えられるのにも弱いのか……!?）

つーかなんだこのふにゃふにゃな槐は……可愛すぎる。

ごろごろにゃんにゃん♥と甘えてくる槐の鳴き声はもはや一種の精神攻撃……！　と蕩《とろ》けきった様子の槐に俺が固まっていたときだ。

――しっかりしてください古屋《ふるや》さん！　その鳴き声、本当に精神攻撃ですよ!?

頭の中に慌てたようなミホトの声が響く。

「ちょっとこんなときになにやってんのよお兄ちゃん!?」

「この男……やっぱり年下のほうが……!?」

続けて桜《さくら》と楓《かえで》が恐ろしい形相で槐《えんじゅ》を引き剥《は》がした。

その衝撃で槐が被《かぶ》っていた帽子がぽろりと落ち、露《あら》わになったソレに俺は目を見開く。

「槐お前、その猫耳……!?」

「ふえ～?」

どうしたの?　とばかりに首を傾《かし》げる槐。

その頭には立派な猫耳が生えていた。槐の動きにあわせてピコピコと揺れる霊的物質《エクトプラズム》の猫耳だ。よくみれば尻尾《しっぽ》まで生えている。まさか、と思っていると、

「わあああああああ!　槐様あああああああ!」

「緑《みどり》さん!?」

人込みの中から、槐の付き人である童戸《わらしべ》緑さんが現れた。

「この騒ぎの中、発症状態ではぐれてしまってどうなることかと……見つかってよかった!」

緑さんは「う～♥　晴久《はるひさ》お兄さんにだっこしてもらうの～♥」とジタバタする愛くるしい槐を捕まえたまま俺たちに頭を下げる。

「晴久殿たちがいてくれてよかった。でなければ槐様がどうなっていたことか」

「いや俺たちはなにも……というかその槐《えんじゅ》の耳ってやっぱり……」

「ええ。退魔師《たいまし》には基本的に効果がないようですが……相性もあるのでしょう。この遠吠《とおぼ》えを繰り返し聞いていると、いまの槐様程度の霊的抵抗力だと発症してしまうようなのです。まあさすがに一般人に比べると獣化は薄いようですが……」

猫耳と尻尾《しっぽ》の生えた槐を見下ろしながら緑《みどり》さんが言う。

やっぱりそうだったか。

場合によっては霊的抵抗力があっても発症するという感染力に俺たちは緊張を高める。

しかしそれと同時に、獣化を発症した槐の極めて平和な様子に俺たちは面食らっていた。

「う～、緑さんいや～、晴久《はるひさ》お兄さんとぎゅってする～」

「そ、そんな槐様!?」

槐の様子は本当にただお酒かなにかで理性が緩《ゆる》んだだけという様子で、凶暴性の欠片《かけら》もない。

それをふまえて周囲を見回してみれば、完全に獣化した人たちの中にも地面に寝転んでいるだけとか、恋人に甘えまくってるだけ、みたいな人も結構な割合で見受けられた。

どうやらこの獣化現象は最初に桜《さくら》が分析したとおり純粋に理性が吹っ飛ぶだけで、凶暴化といった症状のある霊障《れいしょう》ではないらしい。

最初にこちらを狙《ねら》ってきた連中は、言動から察するにたまたま俺のことが気にくわなかったから（あるいは気に入ってしまったから）襲いかかってきただけのようだった。

「となるとこの騒ぎは陽動かなにかで、混乱に乗じて本命のテロリストが姫様を襲うとかそういう作戦か……？」

そう推測し、ギリギリまで五感を強化して周囲を探る。

だがどれだけ探知を広く正確に行おうと、怪しい影はひとつもない。

どこまでも獣化人間たちが好き勝手やってるだけで、いつまで経ってもテロリストが襲撃を仕掛けてくるような気配はなかった。

「ど、どうなってんだ……まさか本当に姫を狙ったテロ攻撃でもなんでもないってのか？」

「油断はできないけど、いまのところはそのようね」

戸惑う俺の言葉に、釈然としない様子ながら楓《かえで》も頷《うなず》く。

しかし姫を狙った攻撃ではないにしろ、獣化人間が暴れ回る危険な現場であることに変わりはない。

となると姫の安全を考慮していますぐここから離脱すべきだった。だが、

（五感強化で探った感じ、この場にいる退魔師は俺たちだけなんだよな……）

いまこうしている間にも獣化人間は数を増やし、一般人に被害が広がっている。

それを捨て置いて逃げるのは……けどシーラ姫の安全と優先順位を考えれば……と俺が葛《かっ》藤《とう》していたときだった。

「晴久さん」

シーラ姫が俺の手を引いた。

そして俺の迷いを見透かすかのように、

「わたくしの身になにかあれば、国が傾く可能性さえあります。わたくしはわたくしの身の安全を最優先にしなければならない義務があります」

生真面目な王女の顔でシーラ姫が言う。

だが続く言葉は俺の予想とは正反対だった。

「ですが、これから友好を結ぼうという国の方々が目の前で被害に遭っているのを見過ごすわけにはいきません。シーラ・マリアフォールドの名において命じます。この場をどうにか収めなさい」

「……っ！」

姫には事前に俺の戦闘スタイルが近接オンリーだと伝えてある。

その上で姫様は俺に戦えと言ってくれているのだ。

「上等……！」

姫様の命令があるなら迷う必要はない。

楓《かえで》が「古屋《ふるや》君!?」と慌てているが、構わないだろう。

どのみち姫様とくっついた状態でどこまで戦えるか確認しておく必要はあったのだ。

「ミホト、頼んだ！」

――ようやく出番ですね！

いざというときに備え、ミトの封印は事前に外してある。

「ぐ、うううううううううっ♥♥」

十本の指が同時に射精するような快感が迸《ほとばし》り、ミトが白いモヤとなって顕現した。

「っ!?　指先がビクビクして、先端から熱くてネバネバした液体が……!?」

楓たちが頬《ほお》を赤くして俺の痴態《ちたい》を見て見ぬ振りしてくれている一方、俺と手を繋《つな》いだままでいるシーラ姫がびくりと肩をふるわせた。だ、大丈夫か？　これは国際問題的にセーフか？　とビクビクしながら（変な意味じゃない）、俺はミトに両腕の主導権を渡す。

「それじゃあ、姫様は目と耳をしっかり塞《ふさ》いどいてくださいよ！　失礼します！」

「ひえっ!?」

フードでしっかりと姫様の顔を覆《おお》うと同時、繋がったままの手でどうにか姫様を抱き上げる。

「こ、この体勢は少々いかがわしいのでは……!?」

絶頂除霊《ぜっちょうじょれい》を見せないための目隠し耳栓。加えてがっつり抱きしめるかたちになってしまい、姫様が声をうわずらせる。俺も正直なところかなり恥ずかしいが、

『片手が塞がっててちょっとやりづらいですけど、久々の食べ放題、頑張りますよ！』

涎《よだれ》を垂らしたミトはもう止まらない。

人外の怪力を発揮した俺の両腕は姫様を抱《かか》えたままでもかなりの運動性能を発揮。

獣化人間たちを次々と絶頂させていった。

「ああもう仕方ないわね！」

「古屋《ふるや》君もシーラ姫も、無茶をしすぎだわ」

『もーっ！　そんなうらやま――危なっかしい戦闘、すぐに終わらせるんだからね!?』

そう言って俺とシーラ姫の無理に付き合ってくれた宗谷《そうや》たちの手助けもあり、俺たちはどうにか獣化人間たちを鎮圧するのだった。

2

その後。

「通報を受けてきてみれば……まさか君たちがすべて倒してくれたのか？」

騒ぎを聞きつけてやってきた退魔師《たいまし》部隊に姫の存在を隠しつつ、変身を解いた桜《さくら》が監査部として事情説明。

退魔師部隊や緑《みどり》さんに諸々の事後処理を任せると、俺たちはすぐにセーフハウスへと帰還した（体液とか飛び散ってる現場を任せてしまって非常に申し訳なかったが、仕方ないんだ……）。

下野公園で発生した獣化人間はあらかた退治したが、遠吠《とおぼ》えで感染が広がる厄介《やっかい》な霊障《れいしょう》があれで終わりとは思えず、外出を続けるという選択肢は自然となくなったのだ。

すると俺たちの懸念が正解だったと知らせるように、協会から一斉通知が届く。

それによると、あの獣化感染は二日ほど前から関東各地で起きている霊現象らしい。対策本部もとっくに設置されていて、都内でも発生するようになったクラスターを片っ端から潰《つぶ》している真っ最中とのことだった。

「大事《おおごと》じゃねえか、全然知らなかったぞ……」

「シーラ姫に関する報道が過熱しすぎて注意喚起が遅れたのね。私たちも護衛にかかりきりだったとはいえ、情報収集を怠《おこた》ったのは迂闊《うかつ》だったわ」

楓《かえで》が反省するように言い、協会から送られてきた情報を整理していった。

遠吠えで獣化するかどうかは霊的抵抗力の多寡《たか》に加えて、個々人の相性も大きく影響する。そのため発症率はせいぜい二、三割といったところで、いまのところ爆発的な感染は起きていないようだった。

だが遠吠えを聞いた人間が時間差で発症するケースがあるせいか、あるいは〝元凶〟が移動しながら感染を拡大させているせいか、収束の見通しは立っていない。

反面、獣化は適切な処置さえ施《ほどこ》せばその場で、放置していても一日、二日程度で鎮静化するとのことで、テロではなく通常の怪異《かいい》の可能性も高いようだった。

「陽動やなにかの布石という可能性もあるから油断はできないけれど……積極的に要人を狙《ねら》う気配もないし、いまのところはなんとも言えないわね」

というわけで厄介な事件には違いないが、姫が直接狙われたわけでもないし、そこまで神経質になる必要はなさそうだった。

とはいえ……、

「まあなんにせよ、これ以降は不要な外出なんてできないわね」

桜《さくら》が真剣な表情で言う。

「これがテロだった場合はいわずもがな。そうでなかったとしても、いつどこで今日みたいな騒ぎに巻き込まれるかわかんないんだもの。変身術でいくら偽装しても意味がないわ」

「小娘の言う通りね。暴動からは守れてもシーラ姫が発症しないとも限らないし。セーフハウスが絶対安全なわけではないけれど、現状では外よりマシね」

『賛成賛成！　これ以上あんなイチャラブデートなんか見たくな……あ、いや、こんなことになっちゃったなら外出なんて危ないよね、うん！』

桜の言葉に、楓《かえで》と式神越しの宗谷《そうや》が即賛成する。

なんか外出反対を訴える3人の言葉に妙な情念が込もってる気がしなくもないが……まあそれ以外に選択肢はないだろう。

「……当然ですね」

姫も桜たちの言葉に深く頷《うなず》く。

「先ほどは晴久《はるひさ》さんたち以外に暴動を鎮められる者がいないからと無茶をしてしまいましたが……わたくしになにかあれば最悪の場合、国が傾きます。外出自粛以外の選択肢などあり得ないでしょう」

生真面目に、毅然《きぜん》とした表情で姫は断言する。

そうして俺たちはまだ日の高いうちからセーフハウスに籠もり、護衛を続けることになったのだが……。

（なんか……めちゃくちゃ落ち込んでるなシーラ姫）

表面上は毅然とした態度を貫いている。

けど手が繋《つな》がっているせいでずっと隣にいる俺には、時折垣間《かいま》見えるシーラ姫の陰った横顔がどうしても目に入ってしまう。

『王族に生まれた者として、このような機会は一生ないと思ってましたから』

そう言ってはしゃいでいた街歩きの機会が唐突に失われて、ショックを受けていないわけがなかったのだ。

それでも自分の立場をしっかり理解しているせいか、姫は表情が陰りそうになるたび必死に取り繕《つくろ》っていて――自分の気持ちを押し殺すその様子は、どっかの怖い幼なじみを連想させた。

だからだろうか、
俺はそれこそ楓に接するような態度で、シーラ姫に声をかけてしまっていた。

「なんつーか。お姫様ってのは本当に大変なんだな」

「え……？」

「あ、いや……一昨日《おととい》の夜、色々不自由って話を聞いて「ふーん」とは思ってけど、思ってた以上っていうか」

　自分でもなにを言いたいのか整理しきれないまま俺は続ける。

「国のため国のためめって、自分のことはいつも後回しでさ。自分の身を守るのもあくまで国のためで、本当に不自由なんだなって」

　たかだかお出かけが中止になってしまったくらいで、こんなに落ち込んでしまうくらいに。

　そしてそんな自分の気持ちが周囲を困らせないよう、必死に歯を食いしばって取り繕《つくろ》わないといけないいくらいに。

　生真面目なシーラ姫はきっと、物心ついたころからずっと自分の意思を殺して国のことばかり考えてきたのだろう。そうしなければいけない立場だったのだ。

「……そうですね、特に最近は輪をかけて大変かもしれません」

　俺の言葉を聞いて、シーラ姫が苦笑する。

　そうして自分の気持ちを整理するかのように、ぽつぽつと語り始めた。

「アルメリア王国は欧州において強い影響力があるといわれていますが、それは我が国が単体で強い力を持つからではありません。マリアフォールド家に受け継がれてきた増幅能力の存在が周辺国家への牽制《けんせい》や取引材料となり、バランスを保ってきた結果なのです」

　ですが、と姫が顔を伏せる。

「《第一聖人》――欧州で最も優れた天人降ろしの称号が長らく空白になっている影響で、そのバランスはいま大きく歪《ゆが》んでいるのです。その余波でアルメリア王国の立場も年々不確かになっている。欧州各国に先駆け我が国が日本との関係改善に動いたのは、新たな後ろ盾を得るためという事情もあるのですよ」

世界三大霊能圏と呼ばれる日本なら、それだけの力があるから。

本来なら決して表には出せないだろう外交事情を漏らしながら、姫は続ける。

「王族はこうした外交によって国民の暮らしを守り向上させる義務があります。つまりこの身はわたくし一人だけのものではない。王族の血を守るために命を賭《か》けてくださる方も大勢いる。ですから……同世代の方と街に遊びに行けるとはしゃいでいた今朝までのわたくしがおかしかったのです。たとえ規格外の変身術で安全が保証されていたとしても」

ですから、と姫は美しい笑みを浮かべる。

「そのように、心配そうな表情をしていただかなくて大丈夫ですよ。慣れていますから」

この期に及んでまたこちらの気持ちを見透かすかのように姫は笑うのだ。

だから俺は、

「よし、じゃあ今日明日はここにいる面子《メンツ》で目一杯遊ぶか」

迷いなくそう断言していた。

「え？」

それまで達観したように笑みを浮かべていた姫が目を丸くする。

「え、遊ぶとは……先ほど外出は自粛すると決めたばかりでは……」

「いやいや、外出だけが友達と遊ぶ時間ってわけじゃないだろ?」

言って、俺は宗谷《そうや》の式神にお使いを頼んだ。

それから一時間もしないうちに、セーフハウスの一室に様々なゲームが並ぶ。

オセロやチェス、人生ゲームといったボードゲームに、トランプやジェンガ。

そしてなにより姫が目を輝かせたのは、

「これは……日本のテレビゲームですかっ」

「春ヶ原《はるがはら》で遊んでたときに興味がありそうだったからな。正解だったみたいでなによりだ」

学生寮に残っている小林《こばやし》たちから借りたゲーム機本体と人数分のコントローラーを準備しながら俺は笑う。

すると姫は「で、ですが」と困ったように俺と繋《つな》がった手を掲げ、

「ゲームというのは両手を使って操作するのでしょう? いまのわたくしたちでは……」

「大丈夫大丈夫。いまどきの日本のゲームは片手で操作できるソフトも多いからな」

適当にソフトを選んで、本体から分離した赤と青のコントローラーを操作してみせる。

「な、なんと……っ」

すると先ほどまで沈んでいた姫の表情がみるみるうちに華やいでいった。

「で、ではわたくしは、これとこれで遊んでみたく……ああ、どれから選んでいいやら……！」

「時間はあるんだから全部やりましょう。桜《さくら》たちも準備手伝ってくれ。つーかこのハード、パーティゲームが多いからお前らも参加してくれるよな？」

「まったく……」

俺と姫の様子を見守っていた桜が呆《あき》れたように溜息《ためいき》を吐《つ》いた。

「セーフハウスっていっても周辺警戒は必要なんだからね？　ゲームばっかりしてるわけにはいかないってわかってんでしょ」

「ならトーナメントで試合できるゲームがいいな。索敵能力あるやつが負けたら交代で。あと宗谷、烏丸《からすま》のやつを引きずってきてくれ。あいつ護衛の役に立たないならせめていつもみたいに賑《にぎ》やかしやれってんだ」

『いやそれはいいけどさ！　この流れでまたわたしだけ別室待機は泣くからね!?』

「わかってるわかってる。じゃあテレビ画面しか見れない位置に固定した式神越しに参加してくれ」

『う、うーん、それならまあ……』

「はぁ……この男は昔からこの調子ね……悪い遊びを教えるときは生き生きするのだから」

と、盛大な溜息を吐いた楓《かえで》が文句を言いつつゲームの配線を繋ぎ、

「昼間の予定が潰《つぶ》れても、姫には引き続き夕方から各種会談があるのだから。時間は厳守、夜

更かしはしないように遊ぶのよ」

「わかってるって」

「は、晴久《はるひさ》さん、決めましたっ。まずはこのソフトを試してみましょう！」

そうして俺たちは残りの時間、ひたすら姫とゲームをしまくって過ごした。

宗谷《そうや》がコンビニから調達してきてくれたお菓子とジュースを並べ、およそ他国の王族を歓待するにはふさわしくない低俗な馬鹿騒ぎをひたすら続ける。

もちろん周辺警戒は怠《おこた》らなかったが、こんな風に遊びまくるなんて本当に久々で。姫への配慮云々《うんぬん》をそっちのけで盛大に楽しんでしまった（対戦ゲーで姫をボコりすぎて半泣きにさせてしまったのはさすがにやりすぎた）。

だが楽しい時間というのは過ぎるのも早いもので。

セーフハウスが襲撃されるような事件もなく——シーラ姫の護衛最終日、四日目の夕方はあっという間にやってきてしまうのだった。

3

「獣化暴動に巻き込まれる可能性も考えて早めに出発したけど、杞憂《きゆう》で終わってよかったな」

シーラ姫の日本滞在最終日。

セーフハウスに散らばったゲームやらお菓子の空き箱やらを片付けた俺たちは、楓《かえで》の術で偽装された護送車に乗り、無事に会談会場へと到着していた。

東京都心から少し離れた場所にある超一流ホテルだ。

ここでの会談が終われば、あとは夜中に欧州から到着する予定の護衛艦隊にシーラ姫を託すだけ。そのころには俺とシーラ姫の手を繋《つな》ぐ呪《のろ》いも時間経過で解けて、彼女とはお別れになるだろう。

(王女様と四日間も寝食を共にするなんて疲れるだけだと思ってたけど、いざお別れを意識するとなんか寂《さび》しいな)

ガラにもなく感傷的な気分になり、車窓から外を見る。

つい先ほど日の落ちた空には綺麗《きれい》な満月が顔を覗《のぞ》かせており、それがなんだか余計に姫とのお別れを意識させた。

ホテルの周囲には夥《おびただ》しい数の報道陣が詰めかけている。

行方不明から奇跡の帰還を果たした世界一美しい姫を撮影しようと躍起になっていたが、楓の変身術のおかげでこれらの障害は完全にスルー。

護送車は何事もなくホテルの地下駐車場へと入り停車する。

「じゃあ姫、行きましょうか」

両手が繋がっていないように見える変身を楓に施《ほどこ》してもらってから、俺はドアを開ける。

けれど、

「……姫？」

シーラ姫が座席に座ったまま動こうとしない。

この世のものとは思えない美貌《びぼう》を伏せて、じっと黙り込んでいるのだ。

「ええと、どうかされました？」

ホテルの敷地内では周りの目があるため、あえてお堅い調子で声をかける。

すると姫は繋《つな》がった手にきゅっと力を込めて、

「ここを降りたら、あとの日程はアルメリア王国王女としての会談と会見、それから迎えの船への護送だけです。ただのシーラでいられる時間はほとんどありません。いよいよあなたと過ごした時間も終わりなんだと思うと……」

弱々しい声で姫が言う。

だから俺はできるだけ明るい口調で、

「またいくらでも機会はありますよ。ええと、そうだな、それこそ今度は俺たちがアルメリア王国に遊びに行ってもいいわけですし」

国の要人であるシーラ姫にお友達感覚で簡単に会えるとは思えない。

けどそれは俺みたいな一般人が一人で再会を望んだ場合の話で――

「そうですよ姫！　マリオ〇ートのゴール寸前で極悪アイテムを食らった恨み、今度こそ晴らしますから！」

「次は古屋君《ふるや》の手厚い助言とサポートなんてなしだよ!?　あんな羨《うらや》ま——卑怯《ひきょう》な接待プレイなんてなしで正々堂々勝負するんだから！」

「ぐへへ……お姫様がゲームで負けて悔しがる姿もまたオツだったのだ」

「あなたたち姫への態度が……まあ好きにしなさい」

助手席から降りた桜《さくら》と目隠しをした宗谷《そうや》が勢いよく、烏丸《からすま》が姫の視界外からボソッと、楓《かえで》が呆《あき》れたように口を開く。

宗谷家と葛乃葉《くずのは》家の跡継ぎ、それから監査部のエリートなんかもこう言っているのだ。相手が一国のお姫様でも、いつかまた会う機会は作れるはずだった。

それがいつになるかはわからないが、

「……はいっ、ありがとうございます」

それでも俺たちの言葉を聞いたシーラ姫は嬉しそうに顔を上げる。

俺の顔をまっすぐ見つめながらはにかむと、車から降りた姫はアルメリア王国王女として堂々と会談の場へと臨むのだった。


ホテル内部は「物々しい」なんて表現では足りないほどの厳戒態勢だった。

ありとあらゆる場所に選りすぐりの退魔師《たいまし》が配置され、各所に強力な結界が展開。

姫と謁見《えっけん》するためにやってきた各界重鎮の護衛も含めれば、いまこの瞬間戦争がはじまっても問題ないような布陣である。

凄《すさ》まじい警備態勢が敷かれているのはもちろんホテル内部だけじゃない。

感染力が距離にも依存するらしい獣化の遠吠《とおぼ》えや不審者接近対策のため、ホテル周辺は半径1キロほどにわたって完全に封鎖。

交通規制と多重結界によって事前に許可をもらった者以外はホテルに近づくことすらできないようになっていて、来場者には相馬《そうま》家精鋭による霊視が行われる徹底ぶりだった。

こんな警備をすり抜けられるのは、それこそ反則級の変身術を駆使する葛乃葉《くずのは》直系くらいだろう。

けどそうした警備態勢も当然といえた。

この会場には《九の旧家》元当主やら政財界のお偉方やら、この国のＶＩＰが集まっている。

そして当たり前だが「影武者ではない本物のシーラ姫」がここに現れることは全世界に筒抜けなのだ。可能な限り警備を厳重にするのは当たり前だった。

俺たちもここ数日そうであったように、姫を中心に警戒は怠《おこた》らない。

淫魔眼《いんまがん》持ちの宗谷《そうや》は各界の重鎮に配慮し目隠し状態で烏丸《からすま》と少し離れた位置にいるが、それでもなにかあれば即座に対応できる態勢に。

楓《かえで》と桜《さくら》は姫にぴったりと寄り添い、俺は五感強化を全開にして、会談会場へ続く廊下を進んでいく。

と、そのときだ。

背後からこちらに近づいてくる気配に俺は振り返る。

「おっと、いい反応だ」

言って不敵に笑うのは、数人の部下を引き連れた長髪の女性だった。

確か、今日の会談で警備主任を努める旧家出身のベテラン退魔師《たいまし》だ。

姫様に恭《うやうや》しく頭を下げたあと、警備主任は俺たちに向き直る。

「君たちがシーラ姫の特別護衛部隊か。さすがはあの十二師天《じゆうにしてん》や霊級格7《スケールセブン》を相手に大立ち回りを演じたという問題児たち。しっかり気を張っているようだな、心強い」

この現場で警備主任を命じられるということは、恐らく準十二師天級の実力と実績があるのだろう。俺でもわかるほど凄まじい霊力と気力を纏《まと》いつつ、警備主任は鼓舞するように俺たちを労《ねぎら》う。

「ただわかっているとは思うが、ここには十分すぎるほどの戦力が集まっている。周辺警備についても同様だ。万が一なにかあれば都内でのテロを警戒している協会本部からもすぐ増援をよこす手筈《てはず》になっているし、ここではそこまで気張らず、気力も体力も『このあとの本番』にしっかり残しておきなさい」

「それはまあ確かに……忠告ありがとうございます」

先を見据えた警備主任の忠告に、俺は少しばかり気を張りすぎていたことを自覚する。

油断は禁物だが、一番危ない場面で息切れしたんじゃ本末転倒《ほんまつてんとう》だしな。

「……なんだ。十二師天《じゅうにしてん》に喧嘩《けんか》を売ったというからどんな跳ねっ返りかと思えば、普通に素直な子じゃないか。ますます心強い。もちろん我々も全力を尽くすが、その調子でシーラ姫様の護衛は頼んだよ」

警備主任は楓《かえで》や桜《さくら》にも好意的な視線を向けると、そのまま俺たちと並んで会談会場へと向かった。

そうした万全の警備態勢もあってか、シーラ姫を中心とした会談、および各界重鎮たちとの懇親会は何事もなく進み、いよいよ最後の記者会見の時間となった。

今回の来日を締めくくる重要な会見だ。

パーティ用のだだっ広い広間には百人単位のマスコミがぎっしりと詰まっていて、シーラ姫は彼ら全員に顔が見えるよう壇上へと歩み出る。凄《すさ》まじいフラッシュだ。

そこは遮蔽物《しゃへいぶつ》のない開けた空間。

ここが会談会場において一番危ない場面だろうと、俺は再び五感強化を全開にして周辺警戒に意識を割いた。

（とはいえ……さっき警備主任に忠告されたとおり、本当に怖いのはこの会見が終わったあとの護送なんだよな）

護送の際には楓の変身術を駆使して複数の影武者を用意する手筈《てはず》になっている。

だが欧州からの護衛艦隊が到着する予定の港周辺に網を張られていたら補捉される可能性は高いし、影武者全員が一斉に襲撃を受ける恐れもあった。

動員できる護衛の数にどうしても限りがあり、なおかつ姫の移動ルートがある程度予測されてしまう今回の護送は、テロリストにとってラストチャンスにして最大のチャンスなのだ。

（逆にこの会場は過剰なくらい戦力が集中してるし、俺の五感強化や相馬《そうま》家の霊視、多重結界のおかげで奇襲を見逃すこともない）

姫の居場所が筒抜けとはいえ、ここより安全な場所はそうそうないといえた。

そんな事情から、周囲を警戒しつつどうしても会見が終わったあとのことに意識が向いてしまっていた、そのときだ。

ウォ――――ン……――　オォ――――ン……――

「ん……？」

ほんの微かに、遠吠《とおぼ》えが聞こえた。

そんな俺の様子に気づき、楓が訝《いぶか》しげに声をかけてくる。

「古屋《ふるや》君、どうしたの？」

「ああいや、ちょっと遠吠《とおぼ》えがな」

それは楓《かえで》や他の人にはまったく聞こえていない程度の声量。

この会場への影響は皆無に等しく、緊急性はほとんどなかった。

ただ、聞こえてくる遠吠えの数が多いのが気になる。

封鎖区域の周辺で獣化クラスターが複数発生でもしたのか。

そうなると護送ルートに影響するかもしれない……と遠吠えの発生源を特定するべく、聴覚に意識を集中させようとした次の瞬間だった。

五感強化でも多重結界でも対応しようのない、文字通り音速の奇襲が会見会場を襲ったのは。


――アオオオオオオオオオオオオオオオオオオオオオオン!!


「っ!?　な……んだぁ!?」

突如。

他の音すべてをかき消すように轟《とどろ》いたバカでかい遠吠えに、誰もが目を見開いた。

凄《すさ》まじい声量だ。

窓ガラスがビリビリと揺れ、テーブルに用意されていた飲み物が次々と床に落ちていく。

「なんだこの遠吠えは!?　一体どこから!?」

「封鎖区域内に怪しい気配はありません！　もしやホテル内のスピーカーが乗っ取られて⁉」

警備主任たちが遠吠えに負けじと怒声をあげるが……五感強化で正確に音を拾える俺にはわかる。このクリアな音質はスピーカー越しのものなんかじゃない。

そして俺の五感強化をもってしても、封鎖区域内に遠吠えを発しているようなヤツは感知できなかった。

となれば、考えられる可能性はひとつだけだ。

「まさか……封鎖範囲外からこのバカでかい遠吠えを飛ばしてきてやがるのか⁉」

どんな大声だよ……⁉

だがそうして驚愕《きょうがく》に固まっていられる時間など一瞬たりとも存在しなかった。

会見会場を文字通り激震させた遠吠えは、ただの大声ではなかったからだ。

「うっ⁉　がっ、グオオオオオオオオオオオオオオオッ！」

「――アオオオオオオオオオオオオオン！」

「マスコミ様に逆らうやつは皆殺しだあああああああああ！」

「っ⁉　冗談だろおい……⁉」

全身から冷や汗が噴き出した。

会見会場に集まっていた何百人というマスコミが、一人残らず獣化したのだ。

それだけじゃない。

「なんなのこの感染力!?」

「耳に霊力を集中して結界を張りなさい！　下手《へた》したら私たち退魔師《たいまし》まで発症しかねないわ！」

桜《さくら》と楓《かえで》が警告するように叫び、周囲の退魔師の中には苦しげに額を押さえる者まで現れる。

感染発症率は霊的抵抗力の低い一般人でもせいぜい二、三割。

力ある退魔師への影響はほとんどない。

そんな前提をことごとく打ち破るように、轟《とどろ》く獣声が会見会場を蹂躙《じゅうりん》していた。

完全に獣化したマスコミたちが、爪と牙を光らせる。

「は、晴久《はるひさ》さん、これは一体……!?」

「とにかく逃げるぞ！」

あまりに突然の出来事に呆然《ぼうぜん》とする姫の手を引き走りだす。

（獣化人間の数がヤバいが、連中は自分の欲望に忠実で姫を積極的に襲ったりはしないはず。

ここは他の退魔師に任せて、乱戦に巻き込まれる前に会見会場を出ねえと！）

なにを置いても速度が命だ。

「古屋《ふるや》君！　シーラ姫！　走りながらで構わないわ！」

「そっちも耳に防御術を！」

それを理解しているのだろう桜と楓が走りながら俺とシーラ姫に術を施《ほどこ》す。

と、そのときだった。

ピイイイイイイィ――――

強化された俺の耳が、遠吠《とおぼ》えの合間を縫って甲高《かんだか》い音を捉えた。

（なんだ？　笛の音？）

不穏な気配の滲《にじ》むその高音に俺が眉をひそめた次の瞬間。


「「「「ガアアアアアアアアアアアアアアアアアッ！」」」」


「「「なっ⁉」」」

俺と桜、楓の驚愕《きょうがく》が重なる。

その場にいた獣化人間たちが、一斉に姫を目がけて襲いかかってきたからだ。

しかもその身体能力は下野公園で以前遭遇したものを上回り、爪と牙の大きさも二回りはでかくなっていた。症状の深刻さが明らかに増しているのだ。

「ざっけんな……⁉」

あまりにも想定外な、そして明らかに何者かの悪意が作用している攻撃に悪態が漏れる。

だがそんな状況でも、退魔師《たいまし》のやるべきことは揺るがない。

「彼我遮断陣《ひがしゃだんじん》！」

「多重物理結界！」

楓《かえで》と桜《さくら》の術が、獣化人間たちの猛攻から俺たちを守った。

さらに、

『『『ヤアアアアアアアアアアアアア！』』』

四神を模した二頭身の巨大式神たちが、飛びかかってくる獣化人間たちを押さえ込んだ。

「古屋《ふるや》君！　お姫様！　大丈夫⁉」

「まったくどうなっているのだ！　本番は護送で、この会場はむしろ安全という話ではなかったのか⁉」

「宗谷《そうや》！　烏丸《からすま》！」

緊急事態で目隠しどころではなくなった宗谷と烏丸が駆けつける。

そしてもちろんこの場にいる戦力はそれだけではなく、

――キンッ！

「「「ガアアアアアアアアアアッ⁉」」」

警備主任を筆頭に、会場に詰めていた退魔師たちが一斉に結界拘束《こうそく》術を発動。

獣化したマスコミたちを一網打尽《いちもうだじん》にしてしまう。

「よし！　まだホテル内部に獣化人間はいるけど、これなら避難するには十分だ！」

精鋭退魔師たちの対応力に舌を巻きつつ、護送車のある地下を目指して走り出す。

だが――敵の攻撃はまだ始まってすらいなかったのだ。


バギャアアアアアアアアアアアアア！


遠吠《とおぼ》えとは違う、凄《すさ》まじい轟音《ごうおん》がホテルを揺らした。

「な――っ!?　封鎖区域を守る多重結界がすべて破壊された!?」

警備主任が顔色を変えて叫ぶ。

「――っ!?」

瞬間、強化された俺の五感が遠くから響く地鳴りを感知した。

いや……この鯨波《げいは》のような地鳴りは、地鳴りじゃない。

足音と獣声だ。

（四方八方からこのホテル目指して……姫を狙《ねら》って、獣化人間が押し寄せてきてやがる……!?）

尋常ではない数だった。

ホテルの中に発生した獣化人間などものの数ではない。

封鎖区域周辺の住民すべてが感染発症したかのような大群が、人外の速度で姫を狙《ねら》っていた。

「なにがどうなってやがんだよ……！」

ひとつだけ確かなのは、この尋常ならざる獣化現象が怪異《かいい》などではなくテロ攻撃の一環だったということだけ。

「んあああああああああああああああっ♥♥!?」

最早出し惜しみしている場合ではなく、警備主任たちが獣化人間を抑えてくれているうちに俺はミホトを召喚していた。

指先を走る射精によく似た快感。

俺の口から漏れる情けない嬌声《きょうせい》が、遠吠《とおぼ》えとパニックに上手《うま》いことかき消される。

刹那《せつな》。

「――っ!?」

ミホトの射精召喚を終えた俺の五感が、とんでもない気配を察知した。

地上十階に位置するこの場所へ、なにかが超高速で突っ込んでくるのだ。

獣化人間の身体能力など目ではない。

ミサイルかと思うような速度と軌道。

しかしそれは確かに人間のかたちをしていて――

「伏せろ！」

「きゃあ!?」

叫び、シーラ姫を引き倒したその瞬間だ。

ボッゴオオオオオオオオオオン!

ホテルの壁が、爆発したかのような勢いで弾け飛んだ。

「ぐああああああああああっ!?」

その衝撃波に、近くにいた退魔師《たいまし》数名が巻き込まれる。

「なっ!?」

加えてその衝撃は警備主任たちの構築していた捕縛《ほばく》結界まで破壊。

押さえ込まれていた獣化人間たちが自由を取り戻し、会見会場は乱戦状態へと突入してしまう。

「な、なんなのよ次から次へと!?」

物理結界で俺たちを守った桜《さくら》が悪態を吐《つ》きながら、楓《かえで》や宗谷《そうや》とともに獣化人間を捌《さば》いていく。

そんな中、

「やーっと会えたな、お姫様」

ただの体当たりで地上十階にある会見会場の壁をぶち抜いた化物が、巻き上がる粉塵《ふんじん》の中から姿を現した。

野性的な、という印象が一番にくる異国の女だ。

露出の高い服に入れ墨の多く刻まれた褐色の肌は見る者に畏怖《いふ》を与えるような美しさを放っている。野性味を押し出した外国人モデルと言われれば納得してしまうような外見だ。

だが、

(なんだこの馬鹿げた霊力……!?)

霊感の薄い俺でもビリビリと感じる威圧感は、当たり前だが彼女がモデルなんかじゃないという現実を如実に叩《たた》きつけてくる。

「貴様……!?」

と、警備主任が俺たち以上に愕然《がくぜん》とした顔で異国の女を見据え、声を震《ふる》わせた。

「手配書どおりの容姿にその膨大《ぼうだい》な霊力……貴様まさか、国際霊能テロリスト、アーネスト・ワイルドファングか!?」

「へぇ。日本にも届いてんだなぁ、あたしの名前は」

アーネストと呼ばれた女が、鋭い犬歯を覗《のぞ》かせ不敵に笑う。そして、

「知ってんなら話がはえぇや。死にたくなきゃ、とっととそのお姫様をあたしによこしな」

それまで機を窺《うかが》い、じっと身を伏せていた悪意の牙が——俺たちの喉元《のどもと》へ届こうとしていた。

4

『アーネスト・ワイルドファングだぁ!?』

大量の機材が並ぶ広い一室に、生き霊退魔師《りょうたいまし》《術式潰《つぶ》しのナギサ》の声が響き渡った。

ここはシーラ姫の来日に伴い、退魔師協会本部に設置された緊急の広域テロ対策本部。

対人霊能戦に精通した監査部のベテランを中心に、各現場から上がってくる情報を精査し判断を下す全体指揮所だ。

シーラ姫を狙《ねら》ったテロへの対策を中心に、あらゆる事態へ対応できるようかなりの人員が割かれている。その甲斐あって護衛艦の全滅という特級のイレギュラーにもどうにか対応できていたわけだが——ここにきて指揮所はかつてないほどの修羅場と化していた。

つい先ほどまで抑え込みに成功しつつあった獣化現象の異常な劇症化。

理性を失い好き勝手に暴れるだけだったはずの獣化人間が会見会場を取り囲むように突き進んでいるという事実。

さらには会見会場であるホテル内部でも各界重鎮を含む非霊能者が一斉に獣化したという報告があがっており、シーラ姫を脅かすめまぐるしい状況の推移に指揮所は対応に追われていたのだ。

会見会場にはかなりの戦力が集結しているが、内外からこれだけの物量に押されてはどう転ぶかわからない。

そしてそんな一分一秒を争う緊急事態の最中、指揮官であるナギサに現場からもたらされた報告が、会場を襲撃したテロリストの情報だったのだ。

『クソが、とんだ化け物が出てきやがったな……！』

焦燥《しようそう》と苛立《いらだ》ちにナギサの表情が歪《ゆが》む。

アーネスト・ワイルドファング。

地上では魔力が枯渇《こかつ》しがちな魔族とは単純比較できないが、霊的上位存在であるアンドロマリウスと同格の懸賞金をかけられた凶悪な国際霊能テロリストだ。

『複数の大都市を機能停止に追い込んだ大規模暴動扇動犯とは聞いてたが……なるほど、遠吠《とおぼ》えによる霊力暴走感染がこいつの能力だったか』

カメラを搭載した式神経由で送られてくる映像――会見会場を埋《う》め尽くさんとする獣化人間たちの姿を見ながら、ナギサが忌々《いまいま》しげに呻《うめ》いた。

海外の犯罪者に対する完全なる情報不足。そしてそれに伴う対応の遅れに、ナギサの口から再び『クソが！』と怒声が漏れる。

こうした情報不足を避けるためのシーラ姫の来日、ひいては欧州との友好関係強化でもあったのだが、一足遅かったらしい。

『にしても、なんなんだこの異常な感染力は』

ナギサはモニターに映し出される各種映像を見ながら眉をひそめる。

その感染力はどう考えても普通ではない。

アーネストのバカでかい遠吠《とおぼ》えが届いている地域はもとより、遠吠えがほぼ届かない場所でも獣化クラスターが発生。全方位から会見会場を取り囲もうとしているのだ。

恐らくここ数日の感染拡大のなかで無症状キャリアとなっていた者がほんのわずかの音量に共鳴発症し感染を広げているのだろうが――。

いくらなんでもなんの制約もなしにこの威力は異常すぎる、とそこまで考えたナギサは窓の外にその答えを見つけた。

『そうか、満月か……!』

一部の霊能力において月は非常に重要な意味合いを持つ。

能力によっては月の満ち欠けによって威力が増減するということも十分に考えられ――そうなると事態はさらに深刻と言えた。

なぜなら満月によって強化されるアーネストの能力が、遠吠えだけとは限らないからだ。

ホテルの壁をぶち破ってきたという身体能力や素の霊力まで増幅されているとすれば――

大量発生した獣化人間の物量もあわさり、本格的に姫の身が危なかった。

相馬《そうま》の予言ゆえか、葛乃葉菊乃《くずのはきくの》は姫にあまり人員を割くなと厳命していたが……もうそんなことを言っていられる場合ではない。

『いますぐ予備戦力をシーラ姫救出につぎ込むぞ！　都内の警戒に当たってる十二師天《じゅうにしてん》も引っ張ってこい！』

いざとなれば、全体指揮を部下に任せ、会見会場に比較的近い場所にいる自分も急行する必要があるかもしれない。

そんなことを考えながらナギサは即座に全力の増援を送ろうとしたのだが、直後、その命令は中断されることとなる。

「部長！　大変です！」

顔を青ざめさせた複数の部下がナギサのもとへ駆け寄ってきたのだ。

そして次々と上がってくるその報告に、ナギサは耳を疑った。

『なに言って……おい、なんだそりゃ、冗談だろ……!?』

しかしそれは冗談でもなんでもなく。

モニターに新しく映しされた映像に、ナギサはいよいよ言葉をなくす。

そこでようやく、ナギサは理解したのだ。

詳細不明だった相馬の予言がいま、一斉に的中し始めていることを。

そして菊乃の采配《さいはい》が、決して間違っていなかったということを。

「やれやれ。最初から十全の協力など不可能とわかっていたとはいえ、彼女らの独断専行《どくだんせんこう》にも困ったものだ」

霊力の乗った遠吠《とおぼ》えが遠くに聞こえるビルの屋上に、ひとつの人影があった。

オッドアイが特徴的な異国の美女だ。

「いきなりパーツ持ちのもとへ突撃していくとは……しかしこちらの思い通りに動かない駒なら、それにあわせてこちらが動くまで」

言って、女は通信に特化した使い魔へ口づけをするように告げた。

「もう潜伏の必要はない。好きに暴れるといい」

だがその号令に返事はなかった。

なぜならそれを聞いていた連中は、既に暴れ始めていたからだ。

「……私の策に乗ってくれただけマシというものだが。まったく、協調性のない」

先が思いやられる。

そう言いながら、女も自らの役割を果たすため、夜の闇へと紛《まぎ》れていった。

# 5

会見会場は混乱の極みにあった。

一度は捕らえた獣化人間たちが解放され、精鋭退魔師《たいまし》たちとの乱戦状態になっているのだ。

獣化人間たちは人間離れした身体能力と凶暴性を発揮し姫に襲いかかってくる。だがその中身は一般人。マスコミだけでなく政財界の重鎮まで獣化してしまっており、俺たちを守ってくれている精鋭退魔師たちも手荒なことができずに苦戦しているようだった。

そしてその状況を作り上げた化け物が、俺たちと真正面から対峙《たいじ》する。

「なあおい聞いてんのか？　死にたくなけりゃあそのお姫様をあたしによこせっつってんだ」

アーネスト・ワイルドファングと呼ばれた、獣のような雰囲気の女だ。

そしてその女から身を隠すようにしつつ、シーラ姫が掠《かす》れた声を漏らした。

「あ、あの方です……！　わたくしを狙《ねら》って護送船を襲ったテロリストは……！」

「やっぱりか……！」

肌を刺すような凄《すさ》まじい霊力に、馬鹿げた身体能力。

そして先日遭遇したときとは比べものにならないこの獣化感染能力を見れば、目の前の女がどれだけ危険かは一目瞭然だった。

恐らくこれまでの獣化現象は小手調べかなにかだったのだろう。

「んな怯《おび》えた顔すんじゃねえよ。クソッタレな天人降ろしの代わりに、あたしの能力を引き上げてもらおうってだけじゃねえか」

獲物を見つけた野生の狼のように舌なめずりし、アーネストが姫を見据える。

「……っ！」

その眼光には一切の隙がなく、一刻も早く逃げ出さなければならないというのに、俺たちは下手《へた》に動けなかった。どうにか隙を作らなければまともに逃走などできないと直感でわかる。

と、俺たちが冷や汗を流しながらタイミングを図っていたときだ。

「あー？」

それまで姫に向いていたアーネストの視線が突如、俺と宗谷《そうや》へと向く。

次の瞬間。

「おいおいマジか！　姫様と一緒にパーツ持ちまでいるじゃねえか！」

アーネストが犬歯を剥《む》き出しにして笑い、そして衝撃的な言葉を口にした。

「王家の増幅能力であたしの獣化能力を強化すりゃあパーツ集めも楽勝かと思って姫様を先に狙《ねら》ったが……十二師天《じゅうにしてん》の護衛もついてねえこの状況で鉢合わせたぁ、はっはー、こりゃあ両取りするしかねえなぁ！」

「っ!?　なにこいつ、シーラ姫だけじゃなくて――」

「パーツ狙いですって……!?」

昂ぶったように笑うアーネストの言葉に桜《さくら》と楓《かえで》が目を見開く。

そしてそれは俺と宗谷も同様で、以前これとまったく同じ状況に出くわしたことを思い出して血の気が引いた。

パーツ狙いの特級霊能犯罪者。

思い起こされるのは、〈紅富士の園〉を襲撃した鹿島霊子《かしまれいこ》だ。

そして鹿島霊子が誰の指示で動いていたかといえば――、

「てめえまさか、アンドロマリウスの差し金か⁉」

「あー？　察しがいいじゃねえかクソガキ」

アーネストが上機嫌に俺の疑念を肯定する。

「ああそうさ。あの胡散臭《うさんくさ》い魔族野郎はあたしと同じ特級霊能テロリストどもに声かけてやがってなぁ。裏の世界はいまてめぇらの話題で持ちきりだよ。パーツを集めりゃ、もう二度とクソッタレな欲求不満に苛《さいな》まれることはねえってなぁ！」

「……⁉」

欲求不満がどうのというイカれた発言に面食らう。

だがいまこいつははっきりと口にしたのだ。

アンドロマリウスが複数のテロリストに声をかけていたと。

（おいおい、じゃあなにか。こいつと同格の化け物どもがアンドロマリウスに唆《そそのか》されてパーツを狙《ねら》ってるっつーのか!?)

特級霊能テロリストといえば、魔族に匹敵する懸賞金をかけられた国際的な霊能犯罪者のことを指す。魔族が地上で長時間活動しづらいなど制約を持つことを考えれば、むしろこいつらのほうが数段厄介《やっかい》ともいえた。

そんな人外連中がアンドロマリウスの言葉を鵜呑《うの》みにしてパーツを狙っているなどにわかには信じがたい。

だが『複数の邪《よこしま》な気配が国内に入り込んだ』という菊乃《きくの》ばーさんの言葉。

加えて俺と宗谷《そうや》が、姫様とともにこうして狙われているという事実。

イカれた犯罪者の妄言《もうげん》と切り捨てることなどできなかった。

「なあおい、そこまで察しがいいならわかんだろ、なあ?」

と、アーネストの纏《まと》う空気が一変した。

長い髪の毛が膨《ふく》れ上がり、グルルルルッと攻撃的に喉《のど》が鳴る。

「ここであたしから逃げきれても、他のクソどもが次々に湧いてきててめえらを狙うぜ? どうせ抵抗してもいつかは捕まんだから、さくっとここであたしの手柄になっとけや、なあ!?」

瞬間、アーネストの姿が掻《か》き消えた。

凄《すさ》まじい身体能力を爆発させ、俺たちに突っ込んできたのだ。

「ミホト!!」

『はい！』

だが俺は強化された五感でその攻撃を先読みしていた。

俺と五感を共有しているミホトも俺の意図を即座に把握。

とっくに一体化していた人外の両腕を駆使し、「きゃあ!?」と悲鳴をあげる姫とともにアーネストの攻撃を紙一重で躱《かわ》す。

と同時に俺たちが高速移動するために叩《たた》いた床が凄まじい粉塵《ふんじん》を巻き上げ、アーネストの視界を一瞬だけ阻害した。

そしてその一瞬を見逃す日本の退魔師《たいまし》たちではない。

「劣化式神　百鬼夜行《ひやつきやこう》！」

「葛乃葉《くずのは》流変身術――千変万化！」

宗谷と楓《かえで》がほぼ同時に術を発動させる。

パーツに飲まれた槐《えんじゆ》と対峙《たいじ》した際に使った、式神と変身術のコンボだ。

大量に出現した霊級格《スケール》1《ワン》未満の式神たちが楓の術によって俺、ミホト、シーラ姫、宗谷、楓、桜《さくら》、烏丸《からすま》へと姿を変える。相馬《そうま》の霊視でも見分けのつかない影武者の群れだ。

「ああ!?　変身術か、鬱陶《うつとう》しい！」

即座に態勢を立て直した化け物が影武者ごと周囲を吹き飛ばそうと腕を振るう。

だがその瞬間。

「させるか！」

アーネストの周囲を強力な結界と無数の攻撃が襲う。

獣化人間たちをどうにか速攻で押さえ込み、手の余った精鋭退魔師《たいまし》たちがアーネストを包囲したのだ。

「ここは私たちに任せろ！　君たちは獣化人間たちがここを埋《う》め尽くす前に一刻も早く脱出するんだ！」

「すみません！　頼みます！」

警備主任の指示に一も二もなく従い、俺たちは即座に走り出した。

影武者に紛《まぎ》れてまずは階下へ。それから宗谷《そうや》の式神に乗って空に逃げる算段だ。

アーネストの身体能力から繰り出されるだろう投擲《とうてき》攻撃がかなり怖いが、警備主任たちがあの化け物を抑えてくれてる間にせめて獣化人間の包囲だけでも確実に突破しておきたい。

そう考えながらひとまずアーネストの視線を外れるべく影武者に紛れて階下を目指した
――そのときだ。

「洒落臭《しゃらくせ》え。獣化共鳴――ラングレン！」

――アオオオオオオオオオオオオオオオオオオオオオン!!

「なっ……!?　があああああああああっ!?」

突然の出来事に俺たちは耳を塞《ふさ》いで悲鳴をあげた。

だが自分であげたはずの悲鳴さえまったく耳に届かない。

封鎖範囲の外から会見会場を激震させたあの遠吠《とおぼ》えが、超近距離から叩《たた》きつけられたのだ。

それは避《よ》けようのない音速の獣化呪法。

遠く離れた場所からでも一般人を一撃で獣化させるソレが、０距離で会見会場を蹂躙《じゅうりん》する。

その結果、

「なんだと……!?」

警備主任が愕然《がくぜん》と声を漏らした。

俺も周囲の光景に目を見開く。

会場に集結していた多くの精鋭退魔師たちに可愛《かわい》らしいケモ耳が出現していたのだ。

「事前に耳をガードしてたっつーのに、どんな感染力だよ……!?」

一般人が発症したときのように理性を完全喪失する様子はない。

だがケモ耳が生えた退魔師たちは動物園での槐《えんじゅ》と同じく理性が緩《ゆる》んでいるらしく、それぞれが術式の発動に苦戦するかのように額を押さえていた。戦えはするが、デバフをかけられたようなものらしい。

『フルヤさんのほうは私がガードしておきました！　ロリコン化の際は半分しか食い止められませんでしたが、パーツが増えて耐性があがってますね！』

幸い、俺はドヤ顔のミホトが防いでくれたようで獣化の影響はない。

「な、なんて声でしょう……っ」

シーラ姫のほうも王家の特別な霊力ゆえか、どうにか無事のようだった。

だが――宗谷《そうや》たちはそうもいかなかったらしい。

「おい、大丈夫かお前ら!?」

「う、うわあああっ!?」

「ちょっ、これ、頭がぽーっとして……っ」

「くっ……!?　こんなまるで、古屋《ふるや》君とお風呂に入ったときみたいな……っ」

「ぬあああっ!?　そんな場合ではないというのに、ケモ耳を生やして顔を赤らめる美咲《みさき》嬢たちが私をおかしくさせるのだ……！」

宗谷の頭にウサ耳、楓《かえで》の頭に狐耳《きつね》、桜《さくら》の頭に犬耳、奇声をあげる烏丸《からすま》の頭に豹耳《ひょう》がそれぞれ生えていた。

同じように半獣化した他の退魔師《たいまし》に比べれば耳は小さく、影響は少ないみたいだったが――

「てめえらが本物か……！」

「っ!?」

影武者式神とは違い、耳の生えてしまったこちら側にアーネストが目を向ける。

「くっ、千変万化！」

楓がすかさず変身術を施《ほどこ》して耳を消し、再び影武者の中へ紛《まぎ》れ込む。

だが、

「「ガアアアアアアアアアアッ！」」

一度補捉したからか、獣化人間たちがかなりの精度でこちらを追撃してくる！

さらに、

「うっ、ごめんみんな……っ、この状態じゃあ人を乗せて式神を操作するのは危ないかもっ」

半獣化によって術式の精密な発動を阻害されているらしい宗谷が悔しげに叫ぶ。

普通の式神操作ならまだしも、人を乗せて飛ぶ精密操作は現状だと厳しいらしい。

「なら当初の予定通り地下の霊装車だ！　急ぐぞ！　警備主任たちがあの化け物を抑えてくれてるうちに獣化人間の包囲を抜けなきゃ終わりだ！」

くそっ、ふざけやがって！

日本の精鋭退魔師たちに囲まれてなお厄介《やっかい》な呪《のろ》いを仕掛けてきたアーネストに戦慄《せんりつ》しながら、俺たちはシーラ姫とともに会見会場を飛び出した。

# 6

「お前ら、体調のほうは本当に大丈夫か!?」

ホテル内部には獣化人間が跋扈《ばっこ》していた。

会見会場にいた人たちだけでなく、ホテルの従業員も至る所で獣化したせいだ。

警備にあたっていた精鋭退魔師《たいまし》たちが対処にあたっているが、半獣化による術式精度の低下や連携の微妙な乱れによってどうしても討ち漏らしが出るらしい。

そうして襲いかかってくる獣化人間たちを五感強化で感知しながら、俺は楓《かえで》たちを振り返る。

半獣化の影響をものともせずに強力な術の数々で獣化人間を蹴《け》散らしている楓たちではあったが、それでも目がとろんとしていたり術の精度が少し落ちていたりと、ほろ酔い状態にも見える症状が続いていたのだ。

ごく最近ち●こが生えて理性がぶっ飛んだこともあるだけに、楓たちの体調を心配して俺は改めて声をかける。すると、

「だ、大丈夫よ！　ちょっとくらくらするけど、ひとまず戦いに支障はないわ！　むしろあんたこそ転んだりしないよう気をつけなさいよね！」

「小娘の言う通り、一刻も早くここを離れることに集中しなさい。あと、あなたがつまずいたりしたら姫も危ないのだから足下《あしもと》には十分注意するのよ」

桜《さくら》と楓はそう言いつつ、シーラ姫の手を引いて階段を駆け下りる俺の腰や肩をがっしりと掴《つか》んできた。やたらと力が強い。

その手つきがなんだか少し怪しい気もしたが……二人が半獣化の理性融解をものともせず姫の身を最優先に行動しているのは間違いなさそうだった。

さすがはエリート退魔師、鋼の精神力だ！

「よし、ならこのまま突き進むぞ！　右に二体、後ろから一体、正面から一体！　不意打ちに注意だ！」

「言われるまでもないわ」

五感強化で獣化人間の奇襲を感知した俺の言葉に楓と桜が即応する。

「わ、わたしも全然古屋《ふるや》君の身体《からだ》とか気になってないし、みんなを式神に乗せて飛んだりできないけど、これくらい……！」

宗谷《そうや》も霊級格《スケールフォー》４の二頭身式神たちを大雑把《おおざっぱ》に操って道を切り開き、俺たちはほぼノンストップで地下へと辿《たど》り着いた。

そこに並べられていたのは何台もの高性能霊装車だ。

中身は軍用車よろしく広い対面式になっていて、バックドアから複数人が一気に出入りできる構造になっている。

姫とともに霊装車のひとつに飛び込みながら、俺は烏丸《からすま》に叫んだ。

「おい烏丸《からすま》！　確かお前、免許もってたよな!?」

「は？　いや確かに持ってはいるがバイクのだぞ……ってまさか私にこの車を運転させるつもりか!?」

「式神内蔵型だから運転手はあくまで臨機応変な補助役って話だ！　いいから頼んだ！」

「責任重大すぎて吐きそうなのだ！　美咲《みさき》嬢や桜《さくら》嬢の乳首を紐《ひも》で縛っておっぱいヨーヨー掬《すく》いができる権利でももらえないと割りにあわないぞ!?」

奇声をあげつつ、烏丸が楓《かえで》から受け取った護符《ごふ》でエンジンを始動。

各種動作確認をしている間に、宗谷《そうや》たちが動く。

「式神百鬼夜行《ひやっきやこう》！」

「千変万化！」

量産されるのは俺たちの影武者だ。

それぞれが残りの霊装車に乗り込み、車に内蔵された自動運転式神の操縦で次々に発進していく。三百六十度全方位から獣化人間が迫るこの状況では気休めに近いが……少しでも敵の物量を分散させられれば拾いものだ。

「ええい、それでは出発するぞ！」

ヤケクソ気味に烏丸が叫び、霊装車が急発進。

ホテルの地下を飛び出し、夜の国道をアクセル全開で突き進む。

目指すは南東、欧州の護衛部隊が到着する予定の港だ。

だが当然、真《ま》っ直《す》ぐ安穏に目的地に到着できるわけがない。

『『『ガアアアアアアアアアアアアアッ！』』』

「……っ！　来やがった！」

猛進する護送車の進行方向から無数の獣化人間が現れる。

かなりの数だ。

だがここでもたついていれば、四方八方から押し寄せる獣化人間に包囲されてまともに進めなくなるだろう。

やるべきことはただひとつ。全力全開の速攻突破だ。

「物理結界！」

『『『ヤアアアアアアアアアアアッ！』』』

桜の展開した結界が多くの獣化人間たちの動きを止める。

さらに宗谷が二頭身式神を霊装車の正面に展開し、獣化人間たちを（車で撥《は》ね飛ばすよりは）優しく迎撃。

楓もサンルーフのようになっている霊装車の上部から身体《からだ》を乗り出し、強力な狐尾で飛びかかってくる獣化人間たちを一瞬で蹴《け》散らした。

五感強化のおかげで不意打ちをもらうこともない。

「よし、突破だ！」

正直なところかなりギリギリではあったが、どうにか全方向から包囲される前に獣化人間の壁をぶち破る。あとは背後から迫る獣化人間たちに追いつかれないよう突き進むだけだ。

だがそれはあくまで第一段階をクリアしたにすぎなかった。

ワオ――――――ン！
オオ――――――ン！
ウオ――――――ン！

ありとあらゆる方角から、アーネストのバカでかい遠吠《とおぼ》えが直接は届かないだろう遠方から、絶えず遠吠えが響いてくる。

各地に巨大な獣化クラスターが幾つも形成されているのだ。

「おいおい、こんなの包囲網が追加で幾つ作れるんだよ……!?」

アーネストが事前に獣化感染を広めていたのは恐らく、各地に無症状キャリアを潜伏させるためだったのだろう。それによって発症しやすくなっている人たちが広範囲にわたって配置され、いまこうして何重もの包囲網を形成するクラスターとして爆発しているのだ。

アーネストが一度にどれだけの獣化人間を操れるかはわからないが、彼女がこの状況を最初から計算していたとすると……かなりまずい状況だった。

さすがに俺たちだけで護衛を継続するのはかなり危うい。

包囲網の第一陣を突破してひとまず余裕ができたこともあり、俺は増援を求めて広域テロ対策本部へとチャンネルを繋《つな》ぐ。だが、

「……あ？」

端末から広域テロ対策本部への通信が、繋がらない。

電波が途切れているとかじゃなく、回線が混み合ってる感じだ。

「シーラ姫が襲撃を受けたんだからそりゃ報告の数も凄《すご》いんだろうけど……対策本部の回線がぶっ飛ぶなんてあり得るのか？」

仕方なく、俺は霊装車に備え付けられた無線での連絡を試みる。

なんか色々とごちゃごちゃしているせいで操作を間違えＴＶとかつけてしまったが、その後どうにか向こうに繋がった。

一刻を争う事態に、俺は早口で要件を述べる。

「こちらシーラ姫の特別護送班、増援をお願いします！　相手の物量が異常で身動きを封じられる可能性が――」

『古屋晴久《ふるやはるひさ》一味か！』

と、俺の声を遮《さえぎ》って叩《たた》きつけられたのは、生き霊退魔師《りょうたいまし》ナギサのものだった。

しかしその声は聞いたこともないほど逼迫《ひっぱく》している。

一体なんだと面食らってたところ、

『その調子だと姫は無事だな!?』

「え、ああ、はい。ですから増援を――」

『悪いが増援を送ってる余裕はねえ!』

「は……?」

『都内にあらかじめ設置されてる広域結界を起動して獣化人間の群れはある程度食い止めてやる! だがそれ以上は無理だ! そっちはそっちでどうにかしろ!』

ブツン!

「ちょっ、そっちはそっちでって……なに言ってんだ!?」

この状況でこっちに増援を送れないなんてそんなわけがあるか。

なにかの間違いかと思い、もう一度無線で連絡を取ろうとした、そのときだった。

「は、晴久《はるひさ》さん……っ!」

「お、おい……これを見るのだ古屋《ふるや》……」

「え?」

シーラ姫と烏丸《からすま》が掠《かす》れた声を発しながら俺の服を引っ張った。

今度はなんだと思って二人の視線を追ってみれば、先ほど間違ってつけてしまったTVが速報で大事件の発生を伝えていた。

このタイミングでＴＶが速報をうつ大事件といえばシーラ姫の会見会場襲撃しかあり得ない。

だが、

「は……？」

そこで報道されていたまったく別の事件に、幾つもの事件に、俺は我が目を疑った。


『紅富士の園周辺のダムが複数爆破された模様です！　下流に住む方々はすぐに避難を――』

『全裸の巨大な女が出現し街を破壊しています！』

『沖縄の自衛軍霊能部隊駐屯地《ちゅうとんち》に襲撃犯！　基地炎上、数十名が負傷か!?』

『獣化現象が急激に劇症化！』

『シーラ姫の会見会場に襲撃!?』

『同時多発霊能テロ発生か!?　十二師天《じゅうにしてん》が緊急対処！』


ひとつの画面にいくつもの速報テロップが並び、とても一息には飲み込めない。

「な、んだよこれ……!?」

慌てていくつものチャンネルを回す。

この一局がなにかを間違えただけなのではないかと本気で疑ったのだ。だが、

「嘘《うそ》だろ……!?」

どの局も一様に複数のテロップを映し、幾つもの事件の発生を知らせていた。

その中でも一際目に付くのは『同時多発霊能テロ発生か!?』というテロップだ。

途端、脳裏によぎるのはアーネストの言葉。

何人もの国際霊能テロリストがパーツを狙《ねら》っているという冗談みたいな話だ。

(明らかにこっちへの増援を妨害するようなタイミングでの同時多発テロ……マジで国際霊能テロリストどもが動いてやがんのか!? パーツを狙って!?)

敵の周到さと強大さに愕然《がくぜん》とする。

けれど、

「晴久《はるひさ》さん……っ」

不安げにこちらを見上げながらぎゅっと手を握ってくるシーラ姫を、いまも必死に式神を操り敵を蹴《け》散らしている宗谷《そうや》を、ふざけた犯罪者に渡すわけにはいかなかった。

なんとしてでも。

「……くそったれ! こんなふざけた鬼ごっこ、アンチマジックミラー号でもなきゃ厳しすぎんぞ!」

自分を叱咤《しった》するように声を張り上げる。

一連の事件は魔族に唆《そそのか》された国際霊能テロ組織の仕業《しわざ》である可能性が高いと対策本部へ情

報を伝えたのち、俺たちはさらに霊装車の速度をあげて突き進んだ。
敵の魔の手を振り切り、港へ到着予定の護衛部隊と合流するために。

……だがこのとき、俺はまだ気づいていなかったのだ。

「は、半獣化の影響で匂《にお》いが……お兄ちゃんの匂いがこんなに強烈に……っ」
「く……っ、こんなことを考えている場合ではないのに……けど私たちを追う獣化人間の勢いが落ち着いたタイミングがあれば、少しくらい古屋《ふるや》君のほうへ行っても……っ」
「シーラ姫ばっかり古屋君にくっついて……こんなの絶対おかしいよっ」

度しがたい獣《ケダモノ》はこの霊装車の外ではなく、内に潜《ひそ》んでこちらを狙っているということに。

# 第四章　殺したいほど愛してる

## 1

「右折だ烏丸《からすま》！　そっちのほうが獣化人間の気配が少ない！」

「わははははは っ！　なんかもう逆にハイになってきたのだ！」

五感強化で敵の配置を完全把握する俺の指示と、ヤケクソ気味な烏丸の声が車内に響く。

包囲網を突破したあと、獣化人間からの逃走はかなり楽になっていた。

ナギサが発動させてくれた巨大結界のおかげで地域一帯に大量発生した獣化人間が分断されており、物量による完全包囲を阻害していたからだ。

道なき道を突き進んでくる獣化人間たちはそれでもしつこく追いすがってきたが、それも宗《そう》谷《や》の式神で霊装車の周囲をガードしていれば普通に撃退できる程度の数。

ついさっきまで戦い続けていた楓《かえで》たちが車内で一息つけるくらいの余裕さえ生まれており、どうにか逃走を続けられていた。

だがそんな中で見過ごせない問題がひとつだけあった。

「「「アオ────────────ン！」」」

「くっ、こいつら追いつけないからって、遠吠《とおぼ》え連呼に切り替えてきやがった……!?」

四方八方から聞こえまくる獣化人間たちの遠吠えだ。

感染力をもったその遠吠えはアーネスト本人ほどじゃないにしろ、かなり強化されているらしい。繰り返し聞いているとミホトに守ってもらっている俺でも少しくらくらするほどで、耐性があるらしい姫の体調もさすがに心配になってくる。

……というか、

(そういやさっきから楓《かえで》たちが妙に静かだけど、大丈夫なのか？)

全員しっかり耳を霊力でガードしてるから平気だとは思うんだが……ナギサに増援を断られたときといい、ニュース速報が流れたときといい、楓たちがなんのリアクションもしていなかったのが気にかかる。普通なら絶対騒いでるのに。

いやまあ、外の獣化人間に対処しててそれどころじゃなかったってだけなんだろうけど──と楓たちを振り返ろうとしたときだ。

「くにゅあ～♥」

場違いなほどに甘ったるい声が、俺の耳元で囁《ささや》かれたのは。

「は……？」

一体なにが起きているのかわからず思考がフリーズする。

なぜなら俺の耳元で甘い声を発していたのはあの楓で――いつの間にか俺のすぐ隣に立っていた彼女がそのすべすべの頬《ほお》を俺の頬にこすりつけていたのだ。

「!?!?!?!?!?」

え!?　なに!?　夢!?　と俺は反射的に楓から飛び退《の》こうとしたのだが――ガシッ。

「なにを逃げようとしているの」

楓の腰から生える獣尾のひとつが俺を捕まえ、近くの席に強引に座らせる。

さらに楓はとろんとした瞳で俺を見上げながら、無言で俺の太ももを撫《な》で回してきた。

どういうことなの!?

「くにゅあ～♥」

「いや『くにゅあ～』じゃなくて、なにやってんだお前!?」

普段の怜悧《れいり》な楓からは考えられないほど甘く幸せそうな鳴き声に俺は顔を真っ赤にするのだが、異変はそれだけに留まらなかった。

ぼすっ。

椅子《いす》に座る俺の下半身に、なにか柔らかいものが抱きついてきたのだ。

なにかと思えば、

「すー♥　はー♥　すー♥　はー♥　ああ、やっぱりお兄ちゃんの匂《にお》い、さいっこう……っ♥

「一日一回はお兄ちゃんを吸引しないと死んじゃう……っ♥」

桜《さくら》が俺の股間《こかん》に顔を埋《うず》めて深呼吸を繰り返していた。

「桜あああああああああああああっ⁉」

あまりにもあんまりな事態に俺は思わす叫んでいた。

いやだってこれ、絵面がヤベえもん。がっしり腰に手を回して俺の股間に顔を埋めて、身体《からだ》を床に投げ出して……完全にヤバい人だ。

「に、日本の方は疲れると猫を吸うと聞きますが、こ、これはもしや同系統の……⁉」

混乱の極地にあるらしい姫が顔を真っ赤にして変な誤解をし始めてるし！

「ちょっ⁉　お前らしっかりしろ！　姫様が見てんだぞ⁉」

俺は大混乱しながら必死に叫ぶ。だが楓《かえで》と桜は俺にくっついたまま、

「いつもいやらしい匂《にお》いを振りまいてるお兄ちゃんが悪い」

「ずっと我慢していたのだから少しくらい構わないでしょう。獣化人間への対処はしっかりこなしているのだし」

なんだそのわけわかんねえ理屈⁉

てゆーか、ちょっと待て！

(楓が敵の目を欺《あざむ》くために変身術をかけてくれてたからケモ耳が見えなくなってたけど……)

これまさか……つーか確実に……、

「おい楓！　お前ちょっとみんなの変身解いてみろ！」

そこでようやく冷静さを取り戻した俺は楓にそう叫ぶ。

すると楓は恥ずかしそうに顔を伏せ、

「……私のケモ耳姿がみたいなんて、度しがたい変態ね」

「そんなことひとっことも言ってねえけど!?」

楓がとんでもない勘違いをしていた。けど今回は俺の言うことを素直に聞き入れてくれたらしく、楓はすぐに術を解除する。

途端、俺の目の前には最悪の光景が広がっていた。

（やっぱりだ、いつの間にかケモ耳がめっちゃでかくなってる……！）

楓の頭から生えた狐耳《きつね》が、桜の頭から生えた犬耳が、最初のころよりも確実に巨大化していた。

どう見ても半獣化が悪化している。

二人の奇行はそれによって理性が緩《ゆる》んだことが原因だったのだ。

（つーか理性が緩んだらこうなるって大丈夫かこの二人……!?）

なぜか穂照《ほてり》ビーチでの悪夢が頭をよぎり背筋が寒くなった。

いろんな意味で二人のことが心配になる。だがいまはそこを深く考えている場合じゃない。

「お、おい宗谷《そうや》！　もし余力があったら式神でこいつらどうにかしてくれ！」

ミホトの怪力で乱暴に引き剥《は》がすわけにもいかず、宗谷《そうや》のほうへ助けを求める。

穂照《ほてり》ビーチでも謎耐性で理性を保っていた宗谷なら大丈夫だろうと踏んだのだ。

が、次の瞬間である。

「ガルルルルルルルルッ、ガブッ！」

ウサ耳を生やした宗谷が肉食獣のようなうなり声をあげ、繋《つな》がっている俺と姫の手に噛《か》みついてきた⁉

「きゃあああああああああああっ⁉」

「なにやってんだお前⁉」

他人に噛みつかれたことなどないだろうシーラ姫が悲鳴をあげ、俺もぎょっとしながら叫ぶ。

だが宗谷は俺の言葉などガン無視で、

「古屋《ふるや》君はわたしの人式神なのに……お姫様ばっかりずるいずるいずるいずるい……！」

ガジガジガジッと、宗谷の温かい口内が俺とシーラ姫の手をかじり続ける。

(ちょっ、宗谷もアウトなのかよ！　穂照ビーチのときと違って性的な異常じゃないせいか⁉)

快楽媚孔《かいらくびこう》が存在しないなど謎の耐性を持つ宗谷だったが、ただ理性が緩《ゆる》むだけの半獣化には抗《あらが》えなかったらしい。

「お、おいミホト、これどうにかなんねえのか！」

穂照ビーチで絶望的な状況を打破してくれたミホトに泣きつく。

しかし、

『この獣化現象なら、絶頂除霊《ぜっちょうじょれい》を食らわせれば一発で解消できますよ！　まあ一度絶頂させてしまうと快楽の余韻《よいん》でしばらくは使い物にならなくなりますけど……』

「意味ねえ！」

完全に本末転倒《ほんまつてんとう》だった。

え、いや、そうなると本気でマズくないか!?

素の霊的抵抗力が高いおかげか、幸いにして桜《さくら》たちはこんな状態になってもしっかり獣化人間撃退の仕事をこなしてくれている。楓《かえで》は俺に頬《ほお》をこすりつけながら車外に獣尾を伸ばし、宗谷も式神の遠隔操作を頑張ってくれているのだ。

けど理性の溶けたいまの宗谷たちは恐らく泥酔しているのと同じような状態。

そのコンディションは万全とはほど遠く、いざというときの戦闘にはかなりの不安がつきまとっていた。

「つーかちょっと待て。楓たちがこのざまとなると、この車内でいま一番ヤバいのは……っ」

俺は最大の懸案事項を見落としていたことに気づき、慌てて運転席を振り返る。

普段から頭のおかしい烏丸《からすま》が理性を溶かされたら運転を放り出して姫を縛り上げてもおかしくないと思ったのだ。が、

「おい古屋！　貴様なにをイチャイチャして遊んでいるのだ！　次はどっちへ行けばいい！

式神の運転補助にも限界があるのだぞ!?」

……あれ?

でかい豹耳《ひょう》が生えているにもかかわらず普通に運転を継続する烏丸《からすま》に俺は面食らう。

「おい烏丸、お前平気なのか?」

「なにがだ!? いいからとっとと指示をよこすのだ!」

問いかけるも、烏丸はやはり普通。

むしろ霊装車の運転という責任重大な仕事をこなしているせいか、普段よりもまともなくらいだった。そこで俺は「まさか」と閃《ひらめ》く。

「こいつ……普段から理性が吹っ飛んでるケダモノだから半獣化の影響が薄いのか!?」

ドン引きだった。

だが運転手である烏丸が変態パワーで正気(?)を保っているというならまだ勝機はある。

(そうだ、楓《かえで》と桜《さくら》の理性が緩《ゆる》んでるっつーなら、その隙に宗谷《そうや》の指を舐《な》めて霊力補充しとくとか、やれることはまだある!)

そう自分を奮い立たせ、噛《か》みついてくる宗谷にどうにか指舐めを敢行しようと試みた——

そのときだった。

「——っ!?」

強化された俺の五感が、信じがたい気配を感知したのは。

「烏丸！　右に避《よ》けろ！」

「うぇっ!?　なんなのだ急に――ぬあああああああああっ!?」


ドッゴオオオオオオオオオオオオオオン！


烏丸が俺の指示に即応してハンドルを切った瞬間、霊装車のすぐ左で凄《すさ》まじい衝撃が爆《は》ぜた。

「きゃああああああああああああああっ!?」

俺の腕の中で姫が悲鳴をあげる。

霊装車が横転し、その場で完全に停止した。

「なんなのよ一体！　せっかくお兄ちゃんの匂《にお》いを楽しんでたのに！」

「獣尾で車体へのダメージは最小限に抑えたつもりだったけど……これはもうダメね」

「うー、古屋《ふるや》君とお姫様の手がまだくっついてる……ガルルルルッ」

「臑《すね》をぶつけたのだあああ！　もうお家に帰りたいいいいいいっ！」

さすがというべきかなんというべきか。

理性が緩んだ半獣状態にもかかわらず宗谷たちには大した怪《け》我《が》もないようで、動かなくなった霊装車のドアをぶち破って次々と外に飛び出していく。

唯一の例外は半泣きの烏丸だが、こっちも元気そうだ。

「シーラ姫も大丈夫か!?」

「は、晴久《はるひさ》さんが庇《かば》ってくださったおかげでなんとか……っ」

シーラ姫がぷるぷると震《ふる》えながらもはっきりとそう口にする。

それから俺も痛む身体《からだ》を引きずって霊装車の外に飛び出すのだが——五感強化で事前に感知していたもかかわらず、実際に目の当たりにしたその光景に思わず声が漏れた。

「冗談だろ……っ」

とてつもない質量を誇る大型トラックが、アスファルトを貫くようにひしゃげて地面に突き立っていたのだ。信じがたいことに、俺たち目がけて投擲《とうてき》されたのである。

あまりの出来事に唖然《あぜん》とする俺の耳に、上空から声が響いた。

「なんだ、大したダメージなしか。姫様を案じて手加減してやったんだが、もうちょいしっかり狙《ねら》ってやればよかったな」

そう言って高架上から俺たちを見下ろすのは、野生の獣のような雰囲気を纏《まと》う美女。

トラックの残骸《ざんがい》をその手に掴《つか》んだアーネスト・ワイルドファングが何十人もの獣化人間を従え、満月を背景に凶暴な笑みを浮かべていた。

## 2

強化された五感によって、何者かが凄《すさ》まじい速度で接近してくるのは事前に感知できていた。それがアーネストだというのも、状況を考えれば容易《たやす》く想像できることだ。

だがそれでも俺はいま目の前にアーネストが現れた事実がすぐには飲み込めず、悪態めいた言葉を漏らしてしまう。

「ざけんな……っ。あの野郎、会見会場の退魔師《たいまし》を振り切ってもうここまで追いついてきやがったっつーのか!?」

そもそもどうやって俺たちの居場所がわかったんだという疑問が脳裏をよぎるが、それは恐らく愚問だ。

獣化した人間を操れるのだ。式神使いのように感覚を共有できてもおかしくはない。

各方面に放った影武者も、獣化人間の物量によってすぐ看破されてしまったのだろう。

アーネストがここに辿《たど》り着けたのはほとんど必然。

そして追いつかれた以上、この化け物との戦いは最早避けられなかった。

「いやぁ、苦労したぜ」

大型トラックの残骸を軽く投げ捨て、アーネストが地面に降り立つ。

「日本の退魔師どもが意外にやりやがってなぁ。面倒だからビルごとぶっ壊してきてやったよ。ハッハハーッ！」

「クソ野郎が……無茶苦茶やりやがって……っ」

ハイテンションに笑うアーネストの所業に俺は奥歯を噛《か》みしめる。

「そこまでしてこのふざけたパーツを集めてなんになるっつーんだ！」

欲求不満解消がどうのと言っていたが、わけがわからない。

迎撃態勢を整えるための時間稼ぎを兼ねて――それ以上にこんな大それたことをしでかす理由が本気でわからず、俺はアーネストに向かって吠《ほ》えていた。

すると、

「……お前みてえなヤツにはわかんねえだろうなぁ」

アーネストの瞳が突如として暗い熱を宿した。

「あたしの生まれた国じゃあ、いわゆる性表現ってのが厳しくてなぁ」

な、なんの話だ……？

戸惑う俺を置いて、アーネストは続ける。

「だがその厳しい表現規制ってやつにも抜け道があんだよ。動物のキャラクターなら、それなりにエロく描いてもお咎《とが》めなしなんだ。ああ、いま思い出しても興奮するぜ。はじめて見た動物人間の〝そういうシーン〟で何回ヤったかわからねぇ。いつの間にかそれ以外じゃまったく興奮できなくなって……そしてあたしには、ソレを実現できる能力があった……！」

アーネストが首から提げていた笛のようなものを咥《くわ》える。

ピ――――――ッ！

前にも聞いた高音が響いた瞬間、女性の獣化人間がアーネストに駆け寄る。かと思えば、

「あはああああああああああああああああああっ♥♥」

「っ⁉」

獣化人間に股間《こかん》を舐《な》められたアーネストが、海老反りになって嬌声《きょうせい》をあげた。

「ああっ、いいぜ、そうだ、もっと激しく舐めろ、そうだ、ああ来る来る来る来る——ああああああああああああっ⁉⁉⁉♥♥」

「あ、あの方は一体なにを……⁉」

顔を真っ赤にしたシーラ姫が手で顔を覆《おお》いながら叫ぶ間もその異常行動は続き、やがてアーネストは身体《からだ》を震《ふる》わせて絶頂した。俺が快楽媚孔《かいらくびこう》を突くまでもなく。

な、なにやってんだこのイカれ女⁉　鹿島霊子《かしまれいこ》じゃあるまいし！

「自分から率先してサービスシーンを見せつけてくれるとは、もしやこのテロリストは良い人なのではないか⁉」

車の陰に隠れていた烏丸《からすま》が鼻血をまき散らしながら叫ぶが、んなわけあるか。

「ああ、初めて獣化人間に舐めさせたのも、こんな夜空の下だった。最高だった、はまったね、抜け出せないくらいに。いつまでもこの快楽を貪《むさぼ》っていたいくらいに。でもなぁ」

ドン引きする俺たちをよそに、アーネストは陶酔したように続ける。

その語り口は、次第に激しくなっていった。

「あたしの能力じゃあ、動物人間状態を維持できるのは長くて数日。しかも二回目以降は耐性ができてろくな下僕になりゃしねえ。わかるか？　わざわざ街ひとつ巻き込んで好みの獣化人間を見つけても、たった数日しか楽しめねぇこの苦しみが！　最近手に入れたこの犬笛で操るまでもなく、秘めた欲望のままあたしを舐《な》め回してくれる可愛《かわい》らしい雌犬を失う切なさが！　渇くんだよ……心も体もなぁ！　だからあたしはパーツを集めて、この欲望が永遠に叶《かな》い続けるユートピアを実現しなきゃなんねえんだ！　どんな手を使ってでもなああ！」

「イカれてるわね……っ」

身勝手極まりないその理屈に、理性が緩《ゆる》んでいる楓《かえで》たちでさえ表情を歪《ゆが》める。

「だから、なあ、最初っから言ってんだろ？」

瞬間、アーネストの纏《まと》う空気が一変した。

自らの身の上話で昂ぶったかのように膨大《ぼうだい》な霊力を放出すると、

「あたしの願いのために、とっとと捕まっとけや!!」

周囲の獣化人間たちと連動し、凄《すさ》まじい速度で突っ込んできた！

だが強化された五感により、アーネストの初動は事前に感知済みだ。

化け物が突っ込んでくる数瞬前に、俺たちはもう動き始めていた。

「やれ烏丸《からすま》あああああああ！」

「うえへへへへっ、バター犬絶頂とは良いものを見せてもらったのだ！　縛ればもっと魅力的になるぞ！」

「っ!?　ああ!?　んだこりゃあ!?」

烏丸が奇声をあげると同時、虚空《こくう》に出現するのは光の縄。

アーネストの身体《からだ》をぐるぐる巻きにし、凶悪な咆哮《ほうこう》を放つ口元を縛り上げる。

「いまだ！　一気に片をつけるぞ！」

獣化感染を広げるアーネストに対して長期戦は絶対不利。

操られた獣化人間が続々と集まってくる上に、重ねがけされる遠吠《とおぼ》えがこちらの理性をどんどん奪っていくからだ。

ゆえに考えられる戦略は速攻一択。

烏丸の拘束《こうそく》術を皮切りに、一斉に畳みかける！

「う～……劣化式神 百 鬼夜行《ひゃっきやこう》！」

「ああもう早くお兄ちゃん成分の吸引に戻りたい……物理結界！」

理性がかなり緩んでいるとはいえ、そこはプロの退魔《たいま》師《し》。

アーネストが動機を語っている間に臨戦態勢《りんせんたいせい》へと移行していた宗谷《そうや》たちがなんとか術式を発動させ、群がる獣化人間たちを無力化していく。

ゴオオオオオオオオオオオオオオッ！

続けて周囲一帯を照らしたのは、楓が放つ凄まじい威力の狐火《きつねび》だった。

十二師天《じゅうにしてん》級の犯罪者に手加減など無用ということだろう。

目くらましを兼ねて放たれた青い炎は、拘束術《こうそく》で動きの鈍ったアーネストの上半身を完全に包み込む。

「シーラ姫！　しっかり掴《つか》まっててくれ！」

「は、はい！」

理性が緩《ゆる》んだ状態で健闘してくれた宗谷《そうや》たちに応えるように、俺は敵の姿を見据える。人外化した視界に映るのは、アーネストの太ももに光る快楽媚孔《かいらくびこう》だ。

『イきます！』

瞬間、ミホトの操る俺の手がシーラ姫をしっかりと抱き、もう片方の手が凄《すさ》まじい怪力を発揮した。カタパルトのような高速移動。動きも視界も封じられたアーネストへ一気に肉薄し、一撃必頂のツボを狙《ねら》って左腕が唸《うな》りを上げる。

だが、次の瞬間だった。

口元を拘束されているはずのアーネストの声がはっきりと聞こえたのは。

「満月のウェアウルフを……舐《な》めんじゃねえぞ黄色い猿ども！」

ドッボオオオオオオオオオオオオオオン！

「なっ⁉」

刹那《せつな》、アーネストの周りの地面が爆発した。

狐火《きつねび》と烏丸《からすま》の拘束術で動きの鈍っているはずのアーネストが足を振り上げ、叩《たた》きつけたのだ。

尋常な威力じゃない。

風圧だけで楓《かえで》の狐火が吹き飛ばされ、炎に巻かれていたアーネストの上半身が露《あら》わになる。

自前の結界で炎からギリギリ身を守っていたらしく、その身体《からだ》はほぼ無傷だ。

さらに砕けたアスファルトが散弾銃のようにこちらに押し寄せ、俺とミホトは慌てて動きを止めた。

「危ねえ！」

「きゃあああっ⁉」

叫び、全力でシーラ姫を凶弾から守る。

その数瞬が命取りだった。

「ぬああああああああああっ⁉　でかい破片が頭を掠《かす》ったのだあああ⁉」

霊装車の陰に隠れていた烏丸が悲鳴をあげてへたれ化。

アーネストを縛っていた光の縄が緩むと同時、俺の五感が最悪の未来を感知する。

「ヤバい！　お前らいますぐ耳を――」

「あっけねえ。これで終わりだ――獣化共鳴、ラングレン！」

――アオオオオオオオオオオオオオオオオオオオオオオオオン!!

俺の忠告はほとんど意味をなさなかった。

会見会場の退魔師《たいまし》たちを問答無用で獣化感染させたバカでかい遠吠《とおぼ》えが、止める間もなく宗《そう》谷《や》たちを襲ったのだ。

「うわあああああああああああっ!?」

「ぐっ、うううううううううっ!?」

「……っ!! く……っ!? うぅ……っ!」

「お前ら気をしっかり――ぐうううううっ!?」

暴力的なまでの声量に、ほかのすべての悲鳴がかき消される。

そして遠吠えが収まったとき、

「宗谷! 桜《さくら》! 楓《かえで》! お前ら大丈夫……か……」

最早聞くまでもなかった。

「グルルルルルルルルッ! 古屋《ふるや》君は……わたしの人式神……!」

「あ……お兄ちゃんが汗かいてる……汗の匂《にお》いがここまで漂ってきて……スケベすぎる……っ」

「………………………………古屋君が悪いのよ。いつも無防備に私を誘って……!」

宗谷、桜、楓。

ケモ耳の生えていた三人の腰には症状の絶望的な悪化を示すように尻尾《しっぽ》まで生えていた。

さらに宗谷たち三人はもうアーネストのことなど眼中にないかのように、ギラついた瞳で俺だけを見つめていて——その視線に、俺はひどく見覚えがあった。

完全に理性を失ったケダモノの目だ。

「勘弁しろよ……っ！」

穂照《ほてり》ビーチでの悪夢を思い出させるその絶望的な光景を前に、俺の尻《しり》が恐怖で震《ふる》えた。

3

「ハハッハハァ！」

心底愉快そうなアーネストの呵々大笑《かかたいしょう》が夜空に響く。

「普段から本能を抑圧して良い子ちゃんしてるヤツほどあたしの能力は刺さるんだよなぁ！　そのうえ今日は満月、姫様の護衛を任されるような退魔師もこの通りだ」

俺たちの頭上を軽々と飛び越えたアーネストは宗谷たちの近くに着地すると、勝ち誇ったように口を開いた。

「まあいくら症状が進行しても半獣化じゃあ犬笛も効きゃしねえが……どのみちこれでもう連携もクソもねえだろ？」

アーネストが言うように、もう宗谷たちは連携どころじゃない。

「お兄ちゃんの匂《にお》い匂い匂いが……うっ」

「早く取り返さないと……お姫様から古屋《ふるや》君を……っ」

「…………………もうこれ以上、我慢なんてできない」

目からは正気が完全に失われ、口からは酔っ払いめいた支離滅裂《しりめつれつ》な妄言《もうげん》が漏れるだけ。

すぐ隣にアーネストがいるにもかかわらずその視線はこちらに釘付けで、前のめりになったその姿勢は二足歩行さえ放棄する寸前に見えた。

「クッソ……！」

あまりにも絶望的な状況だった。

ただでさえ十二師天《じゅうにしてん》クラスの敵が相手だというのに、多勢に無勢で頼りになる味方まで正気を失ったとなると……本格的に勝ち目がない。

「ふええ、やっぱりついてくるんじゃなかったのだ……」

唯一正気を保っている烏丸《からすま》は霊装車の陰でぷるぷると震《ふる》えているだけだし、もういないものとして扱うほかなかった。

――フ、フルヤさん、どうしますか!?

（どうするったって……！）

二人羽織状態のミホトが脳内に直接語りかけてくるが、とれる手段なんてほとんどない。

かと言って諦《あきら》めるわけにもいかず必死に頭を回していると、

ピ――――ッ！

獣化人間たちを操る犬笛の音色が再び夜空に響く。

「さあて、チェックメイトといこうか」

獣化人間たちを操って俺たちの退路を塞《ふさ》ぎながら、アーネストが本物の狼のごとく四足歩行の構えをとった。

「……っ！」

その四肢《しし》に膨大《ぼうだい》な霊力が集中し、筋肉が膨張していくのを強化された五感が感じ取る。

全力突進の構え。

こちらが策を弄《ろう》する暇さえ与えず、アーネストが速攻で勝負を決めにきていた。

（ぐっ!?　こうなりゃ快楽天ブーストと五感強化の重ねがけで、一か八かのカウンターを狙《ねら》うしかねえか!?）

快楽点を突いた直後はでかい隙ができるが、そこはもうミホトにカバーしてもらうしかなかった。あらゆる意味で分の悪すぎる賭《か》けだ。

ミホトも『無茶ですよ!?』と慌てたように叫ぶ。

しかしそれ以外にもうまともな反撃の手段など残っておらず、俺は姫に配慮するのも忘れて自らの快楽媚孔《かいらくびこう》を突こうとしたのだが――

「この状況でまだやる気満々ってツラなのは見上げた根性だが、いい加減面倒だ。さっさと諦めてあたしと一緒に来るんだなクソガキ！」
「ぐっ!?　早――っ!?」
野生の勘か。俺にまだなにかあると察したらしいアーネストが、先んじてそれを潰《つぶ》すように
こちらに突っ込んできた――そのときだった。

「師匠直伝感覚酩酊《めいてい》術式――揺羅揺羅《ゆらゆら》！」


アーネストの顎《あご》に、霊力のこもった強烈な掌底が叩《たた》き込まれたのは。

「は……!?」

完全なる意識の埒外《らちがい》から放たれたその攻撃に、アーネストはもちろん俺まで間の抜けた声を
漏らす。

加えて予想外の攻撃はそれだけでは終わらなかった。

『『『『ヤアアアアアアアアアアアッ！』』』』

四神を模した四頭身の式神が周囲を取り囲む獣化人間たちを蹴《け》散らしていく。

さらに先ほどまでの超人的な身体能力が嘘《うそ》だったかのように足下《あしもと》をふらつかせるアーネスト
を、青白い炎と白銀の獣尾が襲った。

「なん――っ!?　があああああ!?」

獣尾を避《よ》けきれなかったアーネストが悲鳴をあげて吹き飛ばされる。

「な、なんだぁ!?」

あまりにも唐突な展開に開いた口が塞《ふさ》がらない。

そんな俺をアーネストから守るようにして、三つの人影が俺の周囲に展開した。

「は〜〜〜？　『あたしと一緒に来い』とか……なにお兄ちゃんを勝手にお持ち帰りしようとしてるわけ!?　ざけんじゃないわよ獣臭い年増ババアが……！」

「ただでさえぽっと出のお姫様に古屋《ふるや》君の隣を独占されてイライラしてるのに！　……ああそっか、お姫様と古屋君をくっつけたテロリストの親玉があの人なんだよね？　だったらちゃんとぶっ殺さないと……」

「そうね。古屋君に群がる淫獣はしっかり駆除しないといけないわね」

「お、お前ら!?」

正気を失った瞳でアーネストの吹っ飛んでいった方角を睨《にら》み付ける三人に、俺は驚愕《きょうがく》した。

なにせ凶悪なテロリストに強烈な不意打ちをかましたのは、立派なケモ耳と尻尾《しっぽ》を生やしたままの桜《さくら》、宗谷《そうや》、楓《かえで》だったのだ。

なにが起きているのかすぐには理解できなかった。だが三人の半獣化がまったく解けていないことから察するに、考えられる可能性はひとつだけだ。

「まさか三人とも、理性が完全に溶けた状態で俺たちを守ろうとしてくれてんのか……!?」

にわかには信じがたい。

いくら楓《かえで》たちが才気に溢《あふ》れた学生プロとはいえ、こんな状態で任務を最優先に動けるとは思えなかった。アーネストが完全に油断していたことからもそれは明らかだ。

けど実際に三人はアーネストをぶっ飛ばし、こうして俺たちを守ってくれている。その事実は揺らがなかった。

「しかも半獣化の影響で身体能力が上がってるようにも見えるし……頼もしさが段違いだ！」

これなら十分勝機はある！

「やっぱすげえよお前ら！　俺も捨て鉢になってられねえな！」

絶望的な状況がひっくり返った驚愕《きょうがく》と高揚に自然と胸が奮い立つ。

これまで何度も一緒に修羅場を越えてきた仲間と力を合わせ、再び凶悪なテロリストへと立ち向かおうとした――そのときだった。

「はぁ、はぁ……♥　お兄ちゃんの匂《にお》い……お兄ちゃんのお尻《しり》の匂い……うっ♥」

俺の足下《あしもと》で蹲踞《そんきょ》の姿勢をとった桜《さくら》が、俺の尻に顔をうずめていた。

「……は？」

なにが起きているのかすぐには理解できなかった（本日二度目）。

桜《さくら》は理性が溶けた状態でも任務を優先して俺たちを守ってくれているはずでは……？　と脳が理解を拒むも、桜が俺の尻《しり》を吸引している現実は変わらない。

「ちょっ、桜!?　なにやってんだよお前！」

それでもなにかの間違いかと思い俺は桜に呼びかける。

すると桜は犬の尻尾《しっぽ》をぶんぶんと振り回し、

「犬だから仕方ない、犬だから仕方ない……ここ掘れわんわん♥　ここ掘れわんわん♥」

その鼻先でぐりぐりぐり！　と俺の尻穴を掘り進んできた！

「桜あああああああああああああああっ!?」

妹分の変わり果てた姿に絶叫する。

おいちょっと待て!?　桜は半獣化の悪影響にも負けずに俺たちを守ろうとしてくれてるんじゃなかったのかよ!?　なんだこの有様《ありさま》は!?

と、俺は盛大に困惑しつつ桜を尻から引き剥《は》がそうとしたのだが、それはできなかった。

「「……」」

シーラ姫を押しのけるようにして左右から俺の腕を取り押さえた宗谷《そうや》と楓《かえで》が、俺の乳首を黙々と探っていたからである。

二人とも無言なのが超怖い。

しかしそんな異常極まりない展開もまだまだ序の口に過ぎなかった。

　あまりの出来事に固まる俺とシーラ姫の眼前で、事態はさらに混迷を極めていく。

「ちょっとあんたらあ！　なにお兄ちゃんの乳首埋蔵金探しなんてやってんの!?　私にも乳首分けなさいよ！」

「ふざけないで。散々古屋《ふるや》君の下半身をまさぐっておいて、そのうえ上半身まで求めるなんてどこまで卑しいの？　とっとと消えなさい変態女」

「二人ともわかってないなぁ。古屋君は宗谷家の人式神なんだから、頭のてっぺんからつま先までぜーんぶわたしの所有物なんだよ？　消えるなら二人とも消えて？」

「は？」

「あ？」

「お？」

　瞬間、バチバチバチ！　と宗谷たちの間で凄《すさ》まじい殺気が火花を散らす。

　かと思えば全員が尻尾と耳を攻撃的に逆立たせて「「「グルルルルルッ！」」」と唸《うな》り声を漏らし——そこから先はもう正真正銘《しょうしんしょうめい》、人語を失った動物同士の争いだった。

「ワンワン！　ワンワンワンガウ！（所有物ってあんたなにわけわかんないこと言ってるわけ!?　人式神とかいう契約でしかお兄ちゃんとの関係を語れないとか、寂《さび》しい女すぎるんですけど!?　はーっ！　やっぱりお兄ちゃんにふさわしいのは衣食住の世話をしっかりやって家族以上の関係を築いてる私しかいないわ！）」

「ガルルル!?　ガルルルルル！（はああああああああっ!?　古屋《ふるや》君が押しに弱い鈍感クソ優柔不断男だってとこにつけ込んで勝手に家族面してる桜《さくら》ちゃんがなにか言ってるよ！　桜ちゃん知ってる？　宗谷《そうや》家と人式神の契約を結んだ人ってねえ！　そのまま結婚する可能性がすごく高いんだよねええ！　契約をバカにしてるけど、結婚って要するに契約だから！　いくら古屋君の胃袋を掴《つか》もうが、契約までもってけばこっちのものだから！）」

「キューン、キュンキュン（はっ、ぽっと出の女どもがいつまでもピーチクパーチクと。元々あなたたちに勝ち目なんかないわよ。仮にいまはよくても二十年後、三十年後、一体どうなってるかしらね。葛乃葉《くずのは》の変身術で永遠に若く、世界中の美女に化けられる私に勝てると思ってるの？　いつまでも古屋君に執着してないで、傷つく前にさっさと身を引いたらどうかしら）」

「ワン！　ワンワンワン！（ふぁーっ！　これだから性悪の女狐《めぎつね》は！　性格で勝負できないからそうやって厚化粧に頼るような発想になんのよね！）」

「プゥプゥキュー、プウプウプウキュー（あ、そういえば相馬《そうま》家でも性格がキツすぎて相手にされない的なこと言われてましたよね（笑）　あの日の占いはほとんどデタラメ決定だけど、葛乃葉さんのとこだけ本当だったんだ（笑））」

「…………………………古屋君に女として見られてない惨めな同級生コンビが」

「……は？」

「……あ？」

と、まったくなにを言っているかわからない騒がしい獣声がぴたりと途絶えた次の瞬間。

「「「ギシャシャシャシャシャシャシャシャシャシャシャシャ!!」」」

猫の喧嘩《けんか》みたいな叫声を爆発させ、三人が取っ組み合いの喧嘩を始めた!?

「ちょっ、おいやめろお前ら！　マジでどうしたんだよ!?」

ここ掘れワンワン＆乳首探しから解放された俺は慌てて止めに入るが……無駄だった。

術式も使わない原始的なキャットファイトを繰り広げる三人は完全に理性を失っていて、とてもではないが言葉の通じる状態じゃない。

「え、ええ……!?」

シーラ姫もドン引きである。

「ど、どうなってんだ!?　さっきまであんなに頼もしかったのに……てゆーかこれ、もしかしなくても半獣化の悪影響に耐えきれてないよな!?」

じゃあさっき三人が俺たちを守ってくれたのは偶然なのか？　と盛大に困惑する俺の耳に、もっと困惑した声が聞こえてきた。

「な、なんだこいつら……!?」

先ほど楓《かえで》の獣尾にぶっ飛ばされたアーネストだ。

「半獣化が最大レベルまで進行してんのは間違いねえのに……っ、ここまで理性が溶けた本能剥《む》き出しの状態でなおこの男を守ろうとしたってのか……!?　どんだけイカれた執着してやがる……！」

まだ桜《さくら》から食らった酩酊《めいてい》術式の影響が色濃いのか、激しくふらつき舌をもつれさせながらドン引きしたように漏らす。

「「あ……？」」

と、そんなアーネストの復活に楓《かえで》たちが敏感に反応した。

いくら止めてもやめなかったキャットファイトを中断し、一斉にアーネストへ殺気を向ける。

（ど、どうなってんだよマジで……！）

楓たちは間違いなく理性が溶けていて、連携どころか仲間割れさえいとわない状態だ。

だがなぜかアーネストを倒すという点においては完全に意見の一致を見るようで――

「ふざけやがって……！　さっさとそのガキ渡せやこの色ボケどもがああああああ！」

「「誰が渡すかあああああああああああああああああああっ!!」」

雄叫《おたけ》びをあげながら突っ込んできたアーネストに対し、三人が全力で応戦する。

その連携は半獣化前よりも息が合っているくらいで、酩酊術式のせいで身体能力がフルに発揮できないアーネストと互角に渡り合っていた。

なにがなんだかわからないが……、

「理性が溶けた状態でもアーネストと戦ってくれるってならこれ以上のことはねえ！　楓たちが喧嘩《けんか》を始めたときはどうなることかと思ったけど……これまらひとまず心配ねえな！」

言って、俺はあんな状態になってなお戦ってくれる楓たちに加勢すべく、ミホトに突撃を頼むのだった。

『いやいやいやいや……っ！　全然安心できないですよ！　いまはいいですけど長い目で見たら絶対ヤバい！　絶対ヤバいですってあの三人！　理性が溶けた状態がアレって……フルヤさんが刺し殺される前にパーツを集めないと……っ』

「わたくしもアレはさすがに色々とまずい気がしますが……」

突撃の最中、ミホトとシーラ姫がなにやら震《ふる》えていたが……凶悪なテロリストとの決着を目の前に、そんなことに意識を散らしている余裕は欠片《かけら》もないのだった。

4

桜の酩酊術式をモロに食らったアーネストは、かなりの弱体化を強《し》いられていた。

驚異的な身体能力は健在ではあるが、平衡感覚を完全に破壊されてその威力を十全には発揮できなくなっていたのだ。

足下《あしもと》はふらつき狙《ねら》いは定まらず、その表情には激しい苛立《いらだ》ちが滲《にじ》んでいる。

そして俺たちはその弱体化を全力で突いた。

「劣化式神百鬼夜行《ひゃっきやこう》！」

「千変万化！」

俺とミホトがシーラ姫を抱《かか》えて参戦すると同時に放たれるのは、淫魔《いんま》化した槐《えんじゅ》との戦闘でも使われた影武者の群れ。

「爆・破魔札！　物理結界！」

さらにそこへ桜《さくら》が遠距離攻撃術式や敵の動きを制限する壁を出現させ、アーネストの動きを妨害していく。

酩酊《めいてい》術式で酷《ひど》い目眩《めまい》と平衡感覚の消失に苦しめられているだろうアーネストをさらに翻弄《ほんろう》し、快楽媚孔《かいらくびこう》を突く隙を作り出す作戦だ。

正気を失っているにもかかわらずアーネストを潰《つぶ》すという一念だけはなぜか一致した楓《かえで》たちのチームワークに応えるべく、俺とミホトは全力でアーネストに突っ込んでいく。

だが——魔族に匹敵する懸賞金をかけられた霊能犯罪者が、そう簡単に崩れるわけがなかったのだ。

「うざってえんだよクソガキどもがあああああああああああ！」

ドゴオオオオオオオオオオオン！

「ぐおっ!?」『うみゃっ!?』「きゃああっ!?」

酩酊状態になってなお、アーネストの戦闘能力はズバ抜けていた。

その怪力で地面を砕き、衝撃波とアスファルトの弾丸で俺たちを寄せつけない。

さらに、

「「「グオオオオオオオオオオッ！」」」

「くそっ！　また獣化人間どもが集まってきやがった！」

無限にも思える物量で押し寄せるのは、《犬笛》の音で操られる獣化人間だ。

『『『ヤアアアアアアアアアッ！』』』

「古屋《ふるや》君を狙《ねら》う泥棒猫がこんなに……全員消えなさい！」

宗谷《そうや》が操る霊級格《スケールフォー》4相当の式神と楓の獣尾が獣化人間たちを簡単に蹴《け》散らしていくが、多勢に無勢は変わりない。

それでもどうにかアーネストに接近し、こちらもミホトの怪力で地面を破壊。アスファルトの散弾でアーネストに隙を作り攻撃を叩《たた》き込もうとするのだが――

「ここで負けるくらいなら、お姫様の能力なんざいらねえんだよおお！」

「なっ!?」

こいつ、ここに来てシーラ姫に攻撃を当てに来やがった!?

ドゴオオオオオオン！

酩酊術式で狙いが定まらないならと、アーネストが無茶苦茶に暴れ回る。

五感強化を利用すればその隙も突くこともできただろうが、それはあくまで俺が一人だけだった場合。姫を庇《かば》いながら戦わなければならない状況でヤケクソになられては手の出しようがなく、ジリジリと時間だけが過ぎていく。

（ぐっ、まずい……！　このまま長引けばアーネストの酩酊《めいてい》状態が回復しちまうぞ⁉）

かといってシーラ姫をないがしろにして戦うことなどできず、獣化人間を操り無茶苦茶に暴れ回るアーネストとの乱戦で消耗を強《し》いられていたときだった。

「っ⁉　誰だ⁉」

強化された俺の五感が背後にこそこそ回り込んでくる気配を捉え、慌てて振り返る。

「って、なんだ、宗谷《そうや》の式神か」

はたしてそいつは宗谷が操る霊級格《スケールフォー》４の式神だった。

どうやら乱戦の中で神経が過敏になりすぎて獣化人間と勘違いしてしまったらしい。

（びっくりさせんなよ……でも妙だな。なんで宗谷のやつ、虎の子の霊級格４をこんなとこに？）

現状、迫り来る獣化人間たちの相手で式神は手一杯のはず。霊級格４が一体こちらに来れば楓《かえで》と桜《さくら》の負担が跳ね上がってしまうだろうに。

（それに、なんかこの式神からはそれとなく情念みたいなものが漏れてるような……）

と、俺が首を捻《ひね》っていたところ――その式神が突如両腕を広げ、俺とシーラ姫を空中へと持ち上げた。

「『え⁉』」

俺とミホト、シーラ姫の声が重なる。

そのまま抵抗する間もなく俺たちは式神の手によって建物の陰へと引きずり込まれた。

な、なんだ⁉

宗谷のやつなに考えて……⁉　と慌てふためいていたところ——ぼふんっ。

俺たちはなにか柔らかいものの上に放り出される。

なんだこれ？　屋外にベッド？　と目を白黒させてよく見れば、それはベッドのような形をした式神の背中で、

「えへへ～♥　やっとこのときが来たよぉ♥」

ウサ耳を生やした宗谷が、にま～と笑いながら俺を押し倒してきた⁉

さらに宗谷は式神を操り、シーラ姫の目と耳を完全に塞《ふさ》ぐ。

「え、なんですか⁉　なんですかこれ⁉」

「ちょっ、宗谷⁉　なんだよいきなり⁉」

柔らかくて温かい宗谷の感触に狼狽《ろうばい》しながら、俺は宗谷にこの暴挙の理由を問いただす。

すると宗谷はウサ耳をピコピコと揺らし、

「霊力が切れかけちゃってて……このままじゃ負けちゃうから、早いうちに補充しとかないと。た～くさん♥」

「あ……」

俺は自分のアホさ加減に呆《あき》れかえる。

宗谷《そうや》はこの護衛生活が始まってからというもの、まともに霊力補充ができていなかった。そこにこの乱戦。いつ霊力が尽きてもおかしくない。

だから宗谷の行動は暴挙どころか極めて当然の判断だったのだ。

(だからって俺を押し倒すとか変なことになってるのはちょっと怖いが……まあ姫様の耳目を塞《ふさ》ぐ程度には理性が働いてるっぽいし、これならおかしなことにはならないか……?)

それよりいまは変に抵抗して時間を浪費するほうが怖い。

そう考えた俺が押し倒されたままの体勢で宗谷の指を舐《な》めようとしたところ、

「それじゃあ……しよっか……♥」

宗谷の手が凄《すさ》まじい速さで動き――俺のズボンを下ろした。

…………………………は?

「ちょっ!?　なにやってんだお前!?」

一瞬頭が真っ白になるも、俺は即座にヤバいことになってると気づいて声を張り上げる。

だが宗谷はどこ吹く風で、

「恥ずかしがることないじゃ～ん。淫魔眼《いんまがん》で何度も視《み》てきたから知ってるんだよ～、古屋《ふるや》君のココが凄《すご》く立派だって～」

そういう問題じゃねえんだけど!?

「でも淫魔眼で視えるのは数値だけで、本物はどんななのかずっと気になってたんだ〜。それに古屋君にはいつも気持ち良くしてもらってばっかりだったし、今日はわたしからも……お互いに気持ち良くしあったほうが霊力が早くたくさん出そうだし、仕方ないよね〜♥」

熱に浮かされたように言って、宗谷が俺の下半身に移動。

さらには下着越しの俺の下半身に「えいっ」と顔を埋《うず》めると、

「あっ♥　あっ♥　これが古屋君の……あうっ♥!?　やば、半獣化の影響で匂《にお》いが……桜《さく》ちゃんの気持ちがわかっちゃいそう……うっ♥（ビクンビクン）」

俺のアソコに頬《ほお》ずりしながら、宗谷が涎《よだれ》を垂らして痙攣《けいれん》しはじめた。

「宗谷ああああああああああああああああああああっ!?」

いかん！　本気でダメなやつだこれ！

姫の耳目を塞ぐなど宗谷がそれなりに理性的だったから大丈夫だろうと高をくくってたが……全然大丈夫じゃねえよこれ！

宗谷のやつ、痙攣しながら今度は俺の下着まで下ろそうとしてやがるし！　本気でマズイ！

さっきの乳首探しといい、理性が溶けてやることがこれってのは色々と心配になるが……

いまはそれより、宗谷の行為がこれ以上エスカレートしないよう止めねえと！

「おいミホト！　ぼーっとしてねえで宗谷を止めてくれ！」

両手の主導権を握ったまま我関せずなミホトに呼びかける。しかし、

『？　私がエッチな展開を止めるとでも？』

「て、てめえ！」

最近はかなり協力的だったくせにここで裏切るのかよ!?

『いやいや裏切るなんて人聞きの悪い。そろそろフルヤさんはそのお堅い貞操観念を捨てて、全員を幸せにする覚悟を決めたほうがいいと思いまして。死にたくなければここでいい感じに一線を越え、下半身をもっとゆるゆるにすべきです。私はフルヤさんの将来を真剣に考え、あえてここでは手出ししないと決めたのです』

「なに言ってんだお前!?」

いいから早く止めろや！

いくら霊力補充が必要な状況とはいえ、半獣化で理性が吹っ飛んでる宗谷《そうや》と過剰な「霊力補充」を行うのは酒の勢いで一線を越えるようなもんだ。いくら緊急時でもやっていいことと悪いことがある。

それにもしこのブレーキのぶっ壊れた宗谷が一線を越えた「霊力補充」を行った場合、宗谷自身がその膨大《ぼうだい》な霊力に耐えきれない可能性だってあるんだ。

だから俺は必死にミホトへ協力を呼びかけていたのだが、

「も～、うるさいよ古屋《ふるや》君。そんなに騒いだら邪魔な雌犬どもに気づかれちゃうでしょ～」

「え!?　ちょ、おま、それはさすがに――うぶっ!?」

俺の口が、突如として降ってきた温かくて柔らかい塊に塞《ふさ》がれた。

体勢を入れ替えた宗谷が、思いのほか発達した尻《しり》で俺の顔を押しつぶしたのだ。

（いやいやいや！　これは色んな意味でヤバすぎるだろ!?）

尻で俺の顔を押しつぶした……とだけ言えばコミカルだが、その実情はかなりヤバい。

正確に言えば、宗谷は俺の顔にまたがって、股間《こかん》で俺の顔を押さえつけていたのだ。

当然、柔らかくてぷにぷにした感触が下着越しに俺の顔面を直撃。頰《ほお》の辺りは太ももに挟まれ、あっちもこっちも濃縮された女の子の香りと柔らかさで大変なことになっている。

なによりマズイのが、

（息ができねえ!?）

完全な窒息状態ではないが、体重の乗った宗谷の尻に鼻と口を塞がれて滅茶苦茶《めちゃくちゃ》息苦しい。

しかもそのシックスナイン状態で宗谷が俺の股間に手を伸ばすのがわかって、俺は最早完全なパニック状態に陥っていた。

「もがもがもがむぐっ！」

息ができない苦しさに加え、ケダモノ化した宗谷が俺のアソコに手を出す寸前という焦《あせ》りでがむしゃらに暴れる。

と、そのときだった。

「はうっ♥!?」

突如、俺の顔を押しつぶしていた宗谷《そうや》の尻《しり》が大きく震《ふる》えた。

かと思えば宗谷の上半身から力が抜け、

「やっ!? ちょっ、これ、古屋《ふるや》君の口や鼻が……温かい息が染み込んで……♥!? ふ、古屋君それ以上暴れちゃ……古屋君のアソコしゃぶれな……っっっ♥♥!?」

全身をビクビクと震わせながら、宗谷がその上半身をぐったりと俺に預けてきた。

しかしその反面、俺の顔を包む宗谷の下半身にはぐっと力がこもり、ビクンビクンと震えるでかい尻はまるでバスケのドリブルみたいに俺の頭をスタンプし続ける。

端的に言って地獄だった。

「もがもがむぐっ！（いてえいてえ！　息ができねえ！）」

まともに呼吸できない状態で脳まで揺らされては正常な判断なんてまず不可能。

俺はさらにパニックを加速させ、苦しみから逃れようと息を荒げて前後左右に首をふる。

……それがトドメだった。

「ちょっ、ダメっ、ダメだって……あああああああああうううっ♥♥♥♥!?」

瞬間、ぐいんぐいんとえげつない腰使いで俺の顔面を蹂躙《じゅうりん》していた宗谷の尻が一際大きく痙攣《けいれん》し――下着の奥から温泉が湧く。

かと思えば――カアアアアアアアアアアアアアアアアアアアッ！

俺の視界を塞《ふさ》いでいた股間《こかん》を中心に、宗谷の全身から凄《すさ》まじい閃光《せんこう》が迸《ほとばし》った。

●

(ガキどもが手こずらせやがって……だがもう終わりだ！)

アーネスト・ワイルドファングは勝利を確信していた。

半獣化状態でなお護衛を続行するガキどもには意表を突かれたし、酩酊《めいてい》術式をモロに食らってしまった際は焦《あせ》ったが――それだけだ。

酩酊術式で弱体化してなお、向こうはこちらに決定打を与えられずにいるのである。

そうしてガキどもがもたもたしている間に、酩酊術式の中和も可能な範囲でほぼ完了。

まだ本調子ではないものの、いまなお大きく足下《あしもと》をふらつかせているのは演技にすぎなかった。

ゆえにアーネストは勝利を確信する。

(油断して近づいてきたガキから狩ってやる……！　一人崩れりゃ、あとは簡単だ)

実力も物量もこちらが圧倒的に上。

そのうえで頭数も減らしてやれば、最早ガキどもに打つ手はない。

増幅能力を持つ姫様も、パーツ持ちの二人も、ほぼ確実に生け捕りにできるだろう。

（さあ来い、ここから先は一方的だぜ）

酩酊《めいてい》術式に苛立《いらだ》つフリをしながら、アーネストは内心で舌なめずりして敵の攻撃を待ち構える――と、そのときだった。

彼女の想定を覆《くつがえ》す滅茶苦茶《めちゃくちゃ》な事態が発生したのは。


――カアアアアアアアアアアアアアアアアアアアアアアッ！


獣化人間、影武者式神、文鳥桜《ふみどりさくら》、葛乃葉楓《くずのはかえで》、そしてアーネストが入り乱れる戦場から少し離れた場所で、闇夜を切り裂く凄《すさ》まじい閃光《せんこう》が立ち上る。

「……!?　ああ!?」

大気を震《ふる》わせるほどのその霊力にアーネストが目を剥《む》いた。

「なんだこの馬鹿げた霊力……!?　まさか、満月で強化されたいまのあたしより……!?」

あり得ない事態にアーネストはふらつく演技も忘れて愕然《がくぜん》と立ち尽くす。

だがそうして呆然《ぼうぜん》としていられる時間はほとんどなかった。

なぜなら、

『『『ガアアアアアアアアアアアアアアアアアアアッ！』』』

その凄まじい霊力の迸《ほとばし》った場所から巨大な影が飛び出してきたからだ。

それは四神を模した怪獣がごとき大きさの式神。

さらにその周囲には百体を優に超える式神たちが元気に飛び回っている。

「宗谷美咲《そうやみさき》の式神⁉」

「美咲のやつ、この土壇場でどうやってこんな霊力を⁉」

半獣化で理性の溶けているはずの楓と桜でさえ驚愕《きょうがく》するなか、式神たちが一斉に動いた。

『ガアアアアアアアアアアアアアッ！』

「「「ギャアアアアアアアアアアアアッ⁉」」」

その巨大なアギトを開き、青龍《せいりゅう》が獣化人間を次々と丸呑《の》みにしていく。体内で拘束《こうそく》し、一般人を傷つけることなく無力化しているのだ。

当然、獣化人間もその攻撃を避《よ》けるが――周囲に控える百体以上の式神たちがそれを許さなかった。

『『『ヤアアアアアアアアアアアアアッ！』』』

可愛《かわい》らしい声をあげ、青龍の攻撃によって分断された獣化人間たちを次々と捕縛《ほばく》。青龍の体内へと放り込み、物量の不利をあっという間に覆す。

そして式神たちの猛威はそれだけに留まらない。

『『グガアアアアアアアアアアアアアアッ！』』

「っ⁉　なんだってんだおい⁉」

青龍《せいりゅう》に匹敵する三体の化け物式神が、一斉にアーネストへと襲いかかる。

縦横無尽《じゅうおうむじん》に暴れ回る巨大式神の猛攻はまさに天災。

霊級格5《スケールファイブ》を優に超えるパワーで繰り出される攻撃は凄《すさ》まじい振動と衝撃波を生み、爆散する瓦礫《がれき》とアスファルトの飽和弾幕が三方向からアーネストに迫る。

「チイッ⁉」

最早酩酊《めいてい》術式にかかったフリなどしている場合ではない。

アーネストは混乱のまま全力で迎撃。

そのずば抜けた身体能力を駆使し、怪獣じみた式神の猛攻に応戦するのだが――あまりにも唐突に出現した巨大戦力に気を取られるあまり、彼女はすっかり失念していたのだ。

この戦場には式神よりも厄介《やっかい》な連中がいるということを。

「ふはははははっ！　負け戦なら逃げるだけだが、勝ち戦なら私に任せるのだ！　光縄乱緊縛《こうじょうらんきんばく》！」

それまで装甲車の陰でぷるぷる震《ふる》えていた変態が形勢逆転を察し、いつもの調子で笑い声を響かせる。その直後、

「ああ⁉」

アーネストの身体《からだ》に強力な捕縛術《ほばくじゅつ》が絡みつく。

それは個人が発動させる捕縛術としては破格の性能を持つが、圧倒的な身体能力を持つアーネストにしてみれば、多少動きにくくなる程度の威力しかない。

本来なら取るに足らない攻撃だ。

だが式神たちの猛攻をしのがなければならないこの瞬間、完全な埒外《らちがい》から放たれる拘束術《こうそくじゅつ》は致命的な隙を作り出す。

「ガアアアアアアアッ⁉」

と、予想外のタイミングで動きを鈍らされたアーネストが無理な回避を強《し》いられ体勢を崩した、そのときだった。

「お前ならこの状況で復活するってわかってたぜ烏丸《からすま》！」

それまで影武者の群れに紛《まぎ》れていた本物が、アーネストの眼前へと躍り出る。

謎の霊体に取り憑《つ》かれた状態で異国の姫を守るように抱きしめる少年、古屋晴久《ふるやはるひさ》だ。

「てめえらあ……！」

こちらにトドメを刺しに来たのだろう少年に、アーネストは牙を剥《む》く。

混乱と不意打ちの連続に意識を乱されながらも、迫り来る危機に身の内の野生が反応し、即座に迎撃態勢を整えたのだ。

だが。

「……は？」

真面目な顔でこちらに迫る少年の顔を見て、アーネストは今度こそ完全に固まった。

なぜなら少年の顔は謎の液体で潤っており、そしてそこから漂ってくる匂《にお》いは明らかに――

「!?　ああ!?　て、てめえまさか、姫様を守る戦いの最中に顔面騎乗――」

「うるせえええええええ！　全部てめえのせいだろうがああああああああああああああああああああああああああああああ！」

ドン引きしたアーネストの声をかき消すように少年が吠《ほ》える。

と同時に、

『やあああああああああああああああ！』

ミホトの操る左手が隙だらけのアーネストを襲った。

「な――ガアアアアアアッ!?」

野生の勘でかろうじて快楽媚孔《かいらくびこう》を突かれることだけは避《さ》ける。

だが満月のウェアウルフにも勝るその怪力に殴りつけられては無事では済まない。

ビルの壁面に叩《たた》きつけられたアーネストは顔面騎乗位の衝撃覚めやらぬままその場にくずおれた。

「がはっ……最後の最後までふざけやがって日本の猿どもが……！」

全身を走る激痛に身悶《もだ》えしながら悪態を漏らす。

今回の仕事はなにからなにまで異例尽くしだった。

姫に逃げられたことから始まり、獣化による理性融解が通用しないイカれた執着を持つ女とも、パーツ持ちの女が発揮した爆発的な霊力の増加、戦闘中にいきなり顔面騎乗位をかます変態など、想定外のことばかりだ。

このまま負けるのでは腹の虫が治まらない。

パーツも手に入らず、獣化した女と快楽を貪《むさぼ》り続けるという野望も叶《かな》わないというのなら、

「せめてもの腹いせに、そこの姫様を道連れにしてやらああああっ！」

咆哮《ほうこう》をあげ、アーネストが晴久《はるひさ》たちに突進する。

こちらの戦略をことごとくぶち壊しにしたガキどもに少しでも嫌がらせができればなんでもいいというような、最後の力を振り絞った捨て身の特攻だ。

「……っ」

その純然たる殺意を正面から受け、シーラ姫の身体《からだ》がびくりと竦《すく》む。

だが、

「ふざけんじゃねえぞ！　勝手なことばっかほざきやがって！」

アーネストの殺意を真っ向から撥《は》ね飛ばすように、本気の怒《いか》りが滲《にじ》む声で晴久が叫んだ。

「てめえみたいな身勝手な連中に、どうしてこの人が脅かされねえといけねえんだ！」

いつも国のことばかり考え、自分の気持ちさえ押し殺して王族の責務をまっとうしようと懸命に頑張っているこの人が！

瞬間、晴久《はるひさ》はミホトから両腕の主導権を取り戻す。

五感強化の力を最大に。

巨大式神が暴れている間に発動しておいた快楽点ブーストの力も掛け合わせ、澄み切った世界に身を投じた。

そして晴久はシーラ姫を守るようにその身体《からだ》をぎゅっと抱きしめながら、

「シーラ姫に！　精一杯頑張ってるこの人に！　指一本触れるんじゃねえええええ！」

「があああああああああああああっ♥♥!?」

無茶苦茶に突っ込んでくるアーネストの動きを完璧《かんぺき》に先読み。

攻撃を一切掠《かす》らせることなく、痛みでは止まらないだろうその凶悪な犯罪者の身体に絶頂除霊《ぜっちょうじょれい》を叩《たた》き込む。

「……っ」

そんな晴久の横顔を、熱に浮かされたような瞳でシーラ姫が見つめていた。

5

「姫！　しっかり目を閉じててくれ！　あと耳のほう失礼します！」

「……え？　あ、はい！」

なぜかぽーっとしていたシーラ姫にそう指示を飛ばし、耳も塞《ふさ》いだ次の瞬間。

俺に快楽媚孔《かいらくびこう》を突かれたアーネストの身体が大きく跳ねた。

「なっ、がっ、このあたしが……オス猿の指先なんかで……♥♥!?」

入れ墨の入れられた褐色の肌に玉のような汗が浮かび、締まりのなくなった口元から涎《よだれ》が垂れる。身体の奥底から膨《ふく》れ上がる快楽の爆弾をなんとか押さえつけようとその鋭い爪で自らの身体をかき抱《いだ》くが、それはまったく無駄な抵抗だった。

むしろ抵抗することで一度に押し寄せる快感が増幅されるらしく、ガクガクガクガク！　と下半身の痙攣《けいれん》が激しさを増していく。

「なんっ!?　こんなっ♥♥　なんだこれ……♥♥!?　いくらパーツの効能でも、獣化した女どもの奉仕より気持ちいいなんて……♥♥!?」

こんな快感認めない、認めるわけにはいかないとでも言うようにアーネストが歯を食いしばる。だがそこから漏れるのは快楽に染まった雌犬の吐息。

いくら上の口で否定しようと下の口からはブシュッ！　ブシュウウウウ！　と正直な液体が漏れ続け、周囲の地面に染みを作る。やがて、

「こんな、東洋の猿どもの前で♥♥!?　このあたしが……ウグッ♥♥　イグ♥♥!?　イクイクイクッ♥♥!?　ウグウウウウウウウウウウウウウウウウウッ♥♥♥♥!?!?!?」

ガクガクガクガクッ！　ドチャッ！

文字通り獣のような嬌声《きょうせい》を響かせ、アーネストは自分がまき散らした正直汁の海に沈んだ。

ガニ股《また》で仰向けに倒れへこへこへこと腰を振り続けるその情けない姿に、凶悪な霊能犯罪者の面影はもうない。

『ああああああっ♥　やっぱり強い人の性的快感は特別に美味《おい》しいですね♥』

と、ミホトが涎《よだれ》を垂らしながら歓喜し、アーネストが完全に無力化された直後。

「獣化してた連中が……！」

アーネストの能力によって動物化していた人々が、続々と元の姿に戻っていった。

霊力回路暴走の後遺症で全員がぐったりとその場に倒れて動かないが、適切な治療をすればすぐに回復するだろう。

さらにタイミングの良いことに――ぱっ。

「お、ちょうど呪《のろ》いが解ける時間だったか」

それまでずっとくっついていた俺とシーラ姫の手が嘘《うそ》みたいに簡単に離れた。

「ああ……もう離れてしまいましたか」

俺の耳塞《ふさ》ぎから解放されたシーラ姫がなぜか酷《ひど》く落胆したように言う。

これであとは本国に帰るだけというのが強調されて寂《さび》しいのかもしれないが、俺としては本当に時間制限で離れてくれたことにほっとするばかりだ。

アーネストを無事に倒せたことといい、諸々一件落着だと胸を撫《な》で下ろす。

あとは姫様を港まで送り届けるだけだ。

だがその一方で——まったく一件落着していなさそうな面々がすぐ近くにいた。

それは、

「嘘《うそ》嘘嘘嘘嘘！　なにやってんの!?　なにやってたのよ私!?　ここ掘れわんわんとか頭おかしいんじゃないの……!?　なんなのよ乳首埋蔵金探しって……!?　完全に変態じゃない……！」

「……っ。……っ。生き恥……っ」

「え……？　え……？　わたし……戦闘中に古屋《ふるや》君のアソコをしゃぶろうと物陰に引きずりこんだ上に……お尻《しり》で顔を押しつぶして……こんなに強力な式神がたくさん出ちゃうようなことを……無理矢理……？　……うわあああああああああああああああああっ!?」

アーネストが無力化された直後、半獣化が解けるまでの数秒の間にまた乳首探しをしようとこちらに駆け寄ってきていた楓《かえで》、桜《さくら》、宗谷《そうや》だ。

最悪なことに、三人は理性が崩壊していたときの記憶がばっちり残っているらしい。

打ちひしがれるようにその場にうずくまり、耳先まで真っ赤になった顔を両手で覆《おお》ってこの世の終わりみたいな呻《うめ》き声を漏らしていた。

（い、いやまあ、そりゃそうなるか……）

あれだけ色々とやらかして、しかも記憶が残ってるとか男でもキツい。

しかもいちおうは異性である俺を相手にやらかしてしまったとなればその羞恥《しゅうち》や後悔はとてつもないものがあるだろう。

だから俺は最大限に気を使って、

「な、なあお前ら」

「「「っ!!」」」

「ま、まあアレだ。なんつーか半獣化したときの言動って、泥酔したときにやらかした、みたいなもんだろ？　あれがお前らの本性とか全然思ってないし、俺も忘れるから気にすんなよ、な？」

全力でフォローする。

これで少しは気に病むのをやめてくれればと思っていると、桜たちは俺に背を向けてうずくまったまま、

「……ねぇ女狐《めぎつね》」

「……なにかしら」

「……私が以前魔族にやられたみたいに、記憶を消す術式って理論上は可能なのよね？」

「……ええ。副作用なしで発動できるかは別にして、いちおう可能とはされているわ」

「……そう。じゃあお兄ちゃんに使ってみよっか」

「待て待て待て待て！」

こいつらなに言ってんだ!?

記憶を消す術式ってそれ頭がパーになるやつだろ!?

しかし立ち上がった桜《さくら》たちから立ち上る霊力は本気も本気。

「古屋《ふるや》君……逃げられると思ってるの?」

「宗谷《そうや》!?」

さらには涙目の宗谷がミホトの動きを封じるように金玉痛の指輪をちらつかせてきた。

獣化が解除されて気絶した人々を式神で安全な場所へ運びながら、宗谷は余った式神で俺を押さえつけてくる。ヤベぇ！　本気だこいつら！

『わあああっ！　フルヤさんが余計なこと言うから！』

となぜかミホトが俺を責めるように叫び、

「ぐへへ……羞恥《しゅうち》に顔を赤く染める美咲《みさき》嬢たちを見ていると私の心のおちんちんまで痛いくらいに赤く腫《は》れ上が――ぶべらっ!?」

いつの間にか近寄ってきて息を荒げていた烏丸《からすま》が余計なことを言って桜にぶっ飛ばされる。

火に油を注いでんじゃねえ！

いかん、このままだとマジで頭をパーにされる！　と焦《あせ》っていた俺の耳に、快感でドロドロに溶けた呻《うめ》き声が聞こえてきた。

「あ……が……畜生……♥」

正直汁の海に沈んだまま小刻みな痙攣《けいれん》を繰り返していたアーネストだ。

そこで俺ははたと気づく。

「あっ！　そ、そうだ！　まずはあいつを拘束《こうそく》しとかないとマズイだろ！」

絶頂除霊《ぜっちょうじょれい》を叩《たた》きこんで無力化したが、それはあくまで一時的なもの。

怪異《かいい》化とは違ってイカれた言動や凶悪な能力がどうにかなるわけではないので、しっかり霊的な拘束をかけておく必要があるのだ。

「……ちっ、確かにそうね」

さすがにアーネストの拘束より俺の記憶消去を優先するほどパニくってはいなかったのか、桜と楓《かえで》が率先してアーネストの身体《からだ》に手をかざす。

宗谷の膨大《ぼうだい》な霊力も流用し、アーネストに強固な霊能力封じと拘束術式を施《ほどこ》していった。

あ、危なかった……どうにか宗谷たちの矛先《ほこさき》はそらせたか……？

――と、式神の拘束から無事に逃れた俺が安堵《あんど》の息を吐いていたそのときだった。

「クソ、がぁ……このあたしが……こんな極東の島国で……こんな無様を……♥」

桜たちの術によって完全に無力化されたアーネストが快感で朦朧《もうろう》としながら、耳を疑うような言葉を口にしたのは。

「パーツ持ちが姫の護衛についてなけりゃあ……どっかのアホが護送船団を襲撃して姫を取り逃がすなんてことがなけりゃあ……こんな、ことには……♥♥（ビクンビクン）」

「……は？」

快感で朦朧《もうろう》とした状態——つまり嘘《うそ》でもハッタリでもない、頭に浮かんだことをそのまま出力しているような状態にあるアーネストの言葉に、ぞっと肌が粟立《あわだ》った。

拘束《こうそく》術式を施《ほどこ》していた楓《かえで》たちもその譫言《うわごと》に「え」と表情を凍らせる。

「なに、言ってんだこいつ……？　まるで護送船団を襲ったのは自分じゃねえみたいな……」

いやだが言われてみれば……アーネストは確かに強かったが、それはあくまで満月の作用によるものが大きいという口ぶりだった。

となれば数日前に彼女が護送船団を壊滅させたという話には無理が出てくる。

けど、そうなるとおかしい。

シーラ姫は確かに、こいつが護送船団を襲ったと——

「晴久《はるひさ》さん！」

そのときだった。

俺の思考を遮《さえぎ》るように、妨害するように、シーラ姫が声を張り上げて俺の両手を握ってきたのは。

「手が思いのほか早く離れてしまったショックでタイミングがずれてしまいましたが、改めてお礼を言わせてください。本当に本当にありがとうございました。わたくしを最後まで守ってくださり、感謝してもしきれません。本当に格好良かった……」

一緒に戦ってくれた宗谷《そうや》たちには目もくれず、その美しい瞳が真っ直《ます》ぐに俺を、俺だけを見つめている。

「いままでの人とは全然違う。真剣で真っ直ぐで、わたくしのことを一番に考えてくれて、命がけで守ってくれて……私、あ、あ、あなたのことが心底好きになっちゃった……♥」

「な、にを……!?」

その口調が、声の抑揚が、どんどん熱を帯びて崩れていく。

一国の姫が決して口にするはずのない言葉を俺にぶつけてくる。

こちらが口を挟む間もなく、一方的に。

「ねぇ……あなたも私のことが好きなんだよね？　じゃなきゃたくさん話を聞いてくれたりゲームで寂《さび》しさを紛《まぎ》らわせてくれたり、命がけで守ったりしてくれたりするわけないもんね？　私たち両想いだよね？　なら当然、私と一緒に来てくれるよね？　古屋晴久《ふるや》君……♥」

「「「……っ!?」」」

その場にいた全員が愕然《がくぜん》と言葉をなくす。

「なにこれ……!?　国際問題になるからっていままで視《み》ないようにしてたけど、この性情報、お姫様なんかじゃ……!?」

ただ一人、淫魔眼《いんまがん》を持つ宗谷だけが掠《かす》れた声を漏らした、その瞬間。

世界一美しい王族と称されるシーラ姫の輪郭が夜の闇にどろりと溶け崩れていき——四日

間も一緒にいた少女に、俺はいまさらあり得ない質問を投げかけていた。

「誰だ……お前……!?」

●

退魔師《たいまし》協会本部に設置された広域霊能テロ対策本部。

先ほどまで酷《ひど》い修羅場状態にあったその指令室は、張り詰めた緊張感を維持したままある程度の落ち着きを取り戻しつつあった。

全国各地で発生していた霊能テロが、十二師天《じゅうにしてん》の手によってどうにか収束へと向かっていたのだ。

加えて、関東を中心に発生していた獣化現象が一斉に鎮火。まだ連絡はないがシーラ姫の護衛部隊があのアーネスト・ワイルドファングを返り討ちにしたことは明らかで、職員たちの間には驚嘆とそれ以上の安堵《あんど》が広がっていたのである。

だがその一方で、

『クソ魔族が……本当にろくなことしやがらねえ……!』

広域霊能テロ対策本部の指揮官を務める生き霊《りょう》退魔師のナギサが浮かべている表情はこれ以上ないほどに険しいものになっていた。

同時多発霊能テロの主犯の多くが十二師天《じゆうにしてん》の到着を待たずしてまんまと逃げおおせたこともそうだが、なにより彼女を殺気立たせていたのは数十分前に晴久《はるひさ》一行から追加でもたらされた情報だった。

国際霊能テロ組織が魔族に唆《そその》かされ、《サキュバス王の性遺物》を狙《ねら》っている。

もしそれが本当なら――いや、アーネストの襲撃と連動した今日の同時多発テロを思えばまず間違いないが――今回の混乱はほんの小手調べということになる。

今日の騒ぎが収まってもしばらくは気の抜けない状態が続くだろうと、ナギサは今後の対応に頭を悩ませていたのだ。

加えて、国際霊能テロ組織が動いているという情報を受けたナギサの中ではとある懸念が急速に膨《ふく》れ上がっていた。

霊能者の直感とでもいうべき「嫌な予感」が胸中に渦巻いているのである。

『アーネストや鹿島霊子《かしまれいこ》クラスの霊能犯罪者どもが国内に入り込んだってのも十分な脅威だが……まさかあの怪物まで魔族に唆されてパーツを狙ってやしねえだろうな』

もしもヤツに目をつけられたら、霊級格7《スケールセブン》を除霊した実績のある晴久たちでさえ勝ち目はない。

それは、惚《ほ》れた相手に異常な嫉妬《しっと》心と独占欲を抱《いだ》き、監禁や虐待を繰り返してきた凶悪犯。しかし誰にも除霊できないその圧倒的な強さから、「年に十数人程度の犠牲で済めば安いもの」と懸賞金を事実上撤廃された異例の経歴を持つ《世界最強の地雷女》だ。

欧州からの霊能情報が途絶している日本にもたびたびその噂《うわさ》が聞こえてくる、その凶悪極まりない霊能犯罪者の名は――

## 6

「ジェーン・ラヴェイ。私の本当の名前はジェーン・ラヴェイだよ、古屋《ふるや》晴久君♥」

俺の質問に答えるように、先ほどまでシーラ姫だった何者かが口を開いた。

くすんだ金髪が特徴的な、十八、九くらいの西洋人だ。

その容姿は姫に勝るとも劣らない。

だが纏《まと》う空気は完全に別物だった。退廃的で危うい雰囲気を漂わせるその美少女はドロドロの笑顔で俺を見上げ、サプライズプレゼントを渡すかのような態度で自らの名前を告げた。

「な……ジェーン・ラヴェイ!?」

「まさか、本物だというの……!?」

その名前を聞いた桜《さくら》と楓《かえで》がこれまでにないほど逼迫《ひっぱく》した声を漏らす。

だが俺はその声に反応することができなかった。

なぜなら二人が顔色をなくした直後、

――ゴオッ！

「「「っ!?」」」


俺の両手を握る西洋美少女の全身から、異常なまでの霊力が放出されたのだ。

いや違う。この触れるだけで意識が飛びそうになる禍々《まがまが》しい波動は――!?

『まさか、魔力……!?　いやそれより……なんですかこの出力は!?』

かつてあのアンドロマリウスを容易に退けたミホトでさえ凍り付いたような声を漏らす。

だがそれも当然だ。

それはアンドロマリウスとは比べものにならないほどの瘴気《しょうき》。

指先ひとつ動かせず、全身から汗が噴き出して呼吸さえ忘れそうになる。

「けひっ、けひひっ」

そんなドス黒い魔力の奔流《ほんりゅう》に圧倒され俺たちが立ち尽くすなか、ジェーンと名乗った少女だけが心底幸せそうに、俺の顔を覗《のぞ》き込んでまくし立てる。

「資料を受け取ったときから君のことは気になってたんだぁ。ああ、なんか違うなぁって。真《ま》っ直《す》ぐで純朴で、写真や経歴を見ただけでビビッと運命を感じちゃって……パーツ持ちとして君を攫《さら》う前に人となりをじっくり見たくなっちゃって……頑張ったんだよ？　アーネストが狙《ねら》ってたお姫様を横取りして、私のことを勝手に崇拝してる人たちを使って晴久《はるひさ》君との出会いを演出して、ずっと一緒にいられるよう手の平がくっつく呪《のろ》いもかけて……あのとき本当は私が自分から手を握りにいくつもりだったのに、晴久君のほうから手を握ってくれて……ああ、晴久君も私と一緒にいたいんだなって凄《すご》く嬉しかったなぁ……アーネストも私が成り代わってるなんて知らずに本気で追いかけてきてくれたから、私と晴久君の仲も自然に深まって……えへへ、大成功。こんなに素敵な人と両想いだなんて私はいまとっても幸せだよ。けひっ、愛してるよ晴久君♥　だから晴久君も私のこと愛してるよね？　ね？　ね？　ねぇ？」

「……っ!?」

　ぎゅううっ、と俺の手を握り、濁った瞳で俺を見上げてくるジェーンに全身の血が凍りそうになる。異常な言動と常軌を逸した魔力に心の底から気圧《けお》される。

　ほんの少し次の行動を間違えただけでどうなるかわからない不吉な予感に、全身を凄《すさ》まじいプレッシャーが襲った。だが、

「な、んなんだお前は……!?」

　それでも俺には聞かなければならないことがあった。

「本物のシーラ姫をどこにやりやがった……!?」

　こいつが最初から入れ替わっていたというのなら、本物の姫は一体……と、俺が声を振り

絞った直後。

「…………………は？」

それまでドロドロの笑顔を浮かべていたジェーンが、豹変《ひょうへん》した。

「ねえ……なに私の前で他の女の名前を出してんの？」

突如として無表情になったジェーンが低い声を漏らしたその瞬間、

「っ!?　があああああああああっ!?」

『みゃあああああああああああっ!?』

俺は凄《すさ》まじい力で殴打されていた。

人外化した両腕で咄嗟《とっさ》にガードしたが、とてつもない威力に踏ん張りがきかず、ビルの壁面に叩《たた》きつけられる。ミホトが両腕の主導権を握って怪力を発揮しようとするが間に合わず、凄まじい衝撃が俺とミホトの全身を襲った。

「古屋《ふるや》君!?」

宗谷《そうや》たちが悲鳴をあげ、魔力の重圧を押しのけ駆け寄ってくる。

「がっ、は……!?」

あまりにも意味不明なジェーンの激昂《げきこう》、そして攻撃の威力に俺が目を回すなか……ジェーンのイカれた言動は止まらない。

「あのさぁ、晴久《はるひさ》君は私と両想いなんだから私以外の女の名前なんて出しちゃいけないのは常識だよね？　デリカシーがないのかな。でも大丈夫、ちゃんと私が教育してあげるから。晴久君のことは私が一番よくわかってるから晴久君が私のこと大好きなのはわかってるからあとはそれをどう行動に移してくれるかだけなんだよね。てゆーか晴久君の後ろにずっとくっついてるその下品な身体《からだ》の褐色シスターはなんなのかな不愉快だよね。……あ、そっかそれがパーツに憑《つ》いてるっていう気色の悪い霊体かぁ。早く切除しあげないと晴久君が可哀想《かわいそう》。あんなのに取り憑かれてるから私への態度もちょっと変なんだ早く助けてあげなきゃ晴久君が可哀想だよね。ああ、楽しみだなぁ。ねえ聞いて晴久君、実はね、私たちの新居はもう用意してあるんだよ？　パーツを除去したらそこでずーっとずーっと二人きりで一生邪魔者のいない時間を過ごそうね♥　晴久君のお世話は全部私がしてあげるから、それまでもう少しの辛抱だよ？」

（完全にどうかしてやがる……!?）

最早まともな会話が成立する相手とは思えなかった。しかし、

「わけのわからんねえことばっかほざきやがって……！　いいからさっさと、姫をどうしたのか白状しやがれ！」

シーラ姫の安否を確認するまで引き下がれるかとジェーンに立ち向かおうとした、そのときだ。

「古屋君！」

楓《かえで》が俺たちとジェーンを隔てるように結界を張り、血の気の引いた顔で俺を引き留める。

「落ち着きなさい！　相馬《そうま》家の霊視を欺《あざむ》いたうえにシーラ姫として完璧《かんぺき》に振る舞っていたことからして、あの女が使っていたのは恐らく成り代わり術式よ！　人間には高度すぎて使えない術式だから詳細は不明だけど、姿形だけでなく記憶や性格まで化けるには成り代わり対象が健常である必要があったはず。シーラ姫本人は間違いなく無事だから、いまはとにかく逃げることに専念するの！　全員殺されるわよ！」

「殺されるって……お前、あいつがなんだか知ってんのか!?」

いつも冷徹な楓《かえで》が見せるその尋常ではない様子に聞き返すと、返ってきたのはとんでもない答えだった。

「ジェーン・ラヴェイ。欧州各地で何人もの男を再起不能にしてきた悪魔憑《つ》きよ」

「な……っ!?　悪魔憑き!?」

それは自らの身体《からだ》に神族を宿す〝天人降ろし〟の魔族版ともいえる存在だった。

当然その力は人の域を逸脱しており、魔族に好かれるような人格も含めて非常に危険視されている。

「それもただの悪魔憑きではないわ。普通、悪魔憑きは天人降ろしと同様、全力を出せる時間が短いという弱点がある。けど数百年に一人の逸材《いつざい》といわれるあの化け物は継続戦闘時間も魔力回復速度も普通の悪魔憑きや天人降ろしとは桁《けた》違い。しかもあの女がその身に宿している魔族は――」

と、楓が耳を疑うようなジェーンのスペックを語っていたときだ。

「……はぁ？　てゆーかさぁ、え？　なに？」

それまでずっと俺だけを見て一方的な妄言《もうげん》をまくし立てていたジェーンが、初めて楓たちのほうへと目を向けた。ドス黒い殺意の宿るその瞳を。

「お前らいつまで私の晴久《はるひさ》君になれなれしくしてるの？　てゆーか、さっき逃げるって言ってた？　え？　私の晴久君と？　え？　もしかして私と晴久君を引き裂こうとしてるの？　え？　え？　私のもとから晴久君を攫《さら》おうとしてるの？　え？　頭おかしいの？　そんなこと、させるわけないよねぇ……!?」

「「「っ!?」」」

瞬間、ジェーンの全身からさらに濃密な殺気と魔力が立ち上る。

と同時にその魔力が凝縮し、ジェーンの背中で女の形を成した。

アレは、魔族か!?

『けけけけっ、水と嫉妬《しっと》を司《つかさど》る私がドン引きするほどのイカれ具合に嫉妬心……ジェーン、お前は相変わらず最高の依《よ》り代《しろ》だよ。さあさ、今日もまた力を貸そう。尽きない情念が私の甘露』

「魔界の第三位……上級魔族レヴィアタン……！」

この世のものとは思えない美貌《びぼう》を振りまくその人外を楓が睨《にら》み付けた直後、

「純愛術式――愛の鳥籠《かご》」

レヴィアタンを再びその身に取り込んだジェーンが術式を発動させた。

途端、俺たちの頭上に信じられない景色が展開する。

「なんだこりゃ!? 結界!?」

「あり得ない……こんな大きくて強力な結界、ひとつ構築するだけでどれだけの手間と霊力がかかると思って……!?」

言葉をなくす俺と桜《さくら》の頭上に光るのは、ドーム状の巨大結界だった。

それも一枚や二枚じゃない。

強化された俺の視界で確認できるだけでも五十枚を超える彼我遮断陣《ひがしやだんじん》が周囲一帯を覆《おお》い、俺たちの逃走を阻《はば》んでいるのだ。

「おい楓《かえで》、逃げろったってこれじゃあ逃げることさえ……!?」

「くっ……!? 噂《うわさ》以上にデタラメだわ……っ」

と、掠《かす》れた声を漏らす俺たちの耳に、ジェーンの陶然《とうぜん》とした声が響く。

「えへへ、晴久君《はるひさ》は私がちゃあんと守ってあげるからね?」

言って、ジェーンが楓たちの張った強固な結界に手をかざした瞬間。

バギャアアアアアアアアアン!

「「「きゃあああああああああああっ⁉」」」

霊級格５《スケールファイブ》程度の攻撃なら軽く防ぐだろう楓たちの結界が、ジェーンの魔力砲撃によっていとも容易《たやす》く弾け飛んだ。

その衝撃で俺たちも吹き飛ばされ、「大丈夫かお前ら⁉」と俺が立ち上がったとき、

「えへへぇ、捕まえたぁ」

「っ⁉」

砲撃と同時に接近していたらしいジェーンが、五感強化で感知する間もなく俺の両腕を握っていた。凄《すさ》まじい力だ。

「古屋《ふるや》君！」

そんな俺を助けようと、即座に立ち上がった宗谷《そうや》たちがこちらに駆け寄ってくる。

俺もジェーンの拘束《こうそく》を逃れるべく、ミホトに両腕の主導権を渡そうとしたのだが、

「ねえ晴久君。勘違い女どもに見せつけてやろう？　私たちがどれだけ深く愛し合ってるか」

「なに言って……うむっ⁉」

次の瞬間、あまりにも意味不明な出来事に俺は抵抗も忘れて思考停止に陥っていた。

俺の唇に、柔らかい感触が押しつけられていたのだ。

それがジェーンによる口づけだと気づいたのは、ぎょっとして固まる俺の唇をかき分け、彼女の舌が俺の口腔に押し入ってきたときだ。

「んちゅっ♥　えろっ♥　はむっ♥　ぴちゃっ♥　れろっ♥」

「うぶっ⁉　なっ、おまっ⁉　なにをっ⁉　っ⁉　やめ……うぶっ⁉」

貪《むさぼ》るような激しいキスだった。

唇全体をねぶられ、口腔内を這《は》い回る舌の感触と甘い香りに体内を激しく犯される感覚。そこにパニックも加わり、頭が完全に真っ白になる。

「「「……は？」」」

常軌を逸したジェーンの行動に、宗谷《そうや》たちも完全に停止。

『え？　こ、これはどうすれば……⁉』

ミホトもエッチな展開か宿主のピンチか判断しかね、俺と同じくらいの混乱に陥っていた。

「ふあああぁぁ♥　なにこれえええぇぇ♥」

と、俺の口腔を一方的に貪っていたジェーンが、突如恍惚《こうこつ》の声をあげてがくがくと全身を震《ふる》わせる。

「しゅごいぃ……愛し合う人とのキスってしゅごいよぉ、あっ、あっ、幸せしゅぎりゅ、あっ、あっ、こんなの絶対に逃がしちゃダメなやつだよおおっ♥」

「……っ⁉」

マジで……なんなんだこいつは……⁉

ジェーンが浮かべたそのドロドロの表情は、本当に本当に心の底から幸せそうな代物で――

俺はそのとき初めて、女の子の蕩《とろ》けた表情に恥ずかしさや気まずさではなく純粋な恐怖を感じた。

それと同時に俺を拘束《こうそく》していたジェーンの力が著しく緩《ゆる》み、俺はあまりの嫌悪感に快楽媚孔《かいらくびこう》を狙《ねら》うことさえ忘れてジェーンから距離をとる。

「クッソ……！　どこまでイカれてやがんだあの女……!?」

必死に唇を拭《ぬぐ》いながら宗谷たちと合流。

逃げるにしろ戦うにしろ、このイカれた化け物にどう対処すればいいのか必死に頭を巡らせていたときだった。


ビキィ……ッ！


ジェーンに勝るとも劣らない謎の圧力が俺の周囲から発散された。

え？　なんだ？　とそちらに目を向けてみれば――なぜか俺の唇を凝視する楓《かえで》、桜《さくら》、宗谷の目から光が消えていた。

「……小娘、ひとつ確認したいことがあるのだけど」

「なによ」

「確か、霊能犯罪者は現場判断で殺しても罪にならないのよね？」

「そうね。不可抗力ってことで罪には問われないわ。まあ死後強力な悪霊《あくりょう》に転じる可能性が高いから、基本的には非推奨だけど」

「なら問題ないわね。悪魔憑《つ》きや天人降ろしの能力はあくまで肉体ある生者としての力。一度殺せば能力もガタ落ちして、悪霊化しても大した脅威にはならないもの」

「古屋《ふるや》君の絶頂除霊《ぜっちょうじょれい》があれば相手がどれだけ強くてもワンチャンあるし、わたしもたっぷり霊力補充した直後だし……逃げられないなら、返り討ちにして殺すしかないよね？」

「そうね」

「間違いないわ」

楓《かえで》、桜《さくら》、宗谷《そうや》の三人が抑揚のない声で暴論をまくし立てる。

かと思えばそれぞれが凄《すさ》まじい霊力と敵意を剥《む》き出しにし、人殺しの目つきでジェーンにガンを飛ばし始めた。

「ちょっ、お前らさっきまで逃げ腰だったのにどうしたんだよ急に⁉」

なんか獣化してたときよりも遥《はる》かに殺気立ってないか⁉

「はぁ……？」

俺が盛大に困惑する傍《かたわ》ら、楓たちから殺気を向けられたジェーンも恍惚《こうこつ》とした状態から抜け出し、こちらを睨《にら》む。

「私の晴久《はるひさ》君にまとわりつく勘違い女どもがなに逆ギレしてんの……？　私と晴久君がどれ

だけ愛し合ってるかちゃんと見せつけてあげたのに……大体晴久君もなんでそんなやつらの側に戻ってるのかな？　おかしいよね、おかしいよね？　……あ、そっか。洗脳だ。洗脳されてるんだ。そっかわかった、いま助けてあげるからね？　そいつら駆除して、すぐに助けてあげるからねえええええええええ！」

ドッゴオオオオオオオオオオオン！

霊級格《スケールファイブ》5にも迫る宗谷の巨大式神四体と無数の式神群を先頭に、異常なまでに殺気立った楓たちと悪魔憑きが真正面から激突した。

「おいおいおいおい……!?」

そのヤバい波動のぶつかり合いに俺はなぜか背筋が凍るような思いでドン引きする――が、楓たちの総攻撃は恐らく現状を打破する最適解だ。

規格外の多重結界によって逃走も増援も望めない以上、逃げ隠れしたところで霊力の無駄。霊力に余裕があるうちジェーンと全力でぶつかるのが唯一の生存ルートなのだ。それに、

（よく考えればいくらシーラ姫本人が無事っつっても、居場所はあのイカれ女しか知らねえんだ。助けるにはジェーンを倒して聞き出すのが確実……だったら）

いくら無謀でも立ち向かう以外に道はない。

「んあああああああああああああっ♥」

決意した瞬間、俺は自らの快楽媚孔《かいらくびこう》を突いていた。

再びクリアになった思考に限界ギリギリの五感強化も上乗せし、自らを鼓舞するように叫ぶ。

「いくぞミホト！　あの化け物をぶっ倒すぞ！」

『う、うぐぐっ、全力で逃げたいですが、もうそうするしかないみたいですね……っ』

自由になった両手とたっぷりエネルギーを食らったミホト。

全力全開の力で、俺は楓《かえで》たちと激突するジェーンへと突っ込んだ。

だが。

「その程度の力で、私と晴久《はるひさ》君の愛を引き裂けるとでも思ったの？」

数百年に一人の逸材《いつざい》といわれる悪魔憑《つ》きの力は、俺たちの想像を遥《はる》かに超えていたのだ。

ズ――ボゴンッ！

「なっ⁉」

一瞬だった。

ジェーンの手の平から放たれた魔力の塊が、宗谷《そうや》の放った巨大な式神を次々と消し飛ばす。

「……⁉　アーネストでさえ手こずった式神がたった数発で⁉　くっ、立て直すわよ、全員古屋《ふるや》君のサポートに徹するの！」

唖然《あぜん》としていたのは一瞬。俺の参戦に気づいた楓が即座に方針を切り替え、宗谷が操る無数の式神たちに細工をして回る。

俺とミホトの姿に変身させ、全方位からジェーンを狙《ねら》い攪乱《かくらん》するのだ。

さらに式神たちには桜《さくら》が爆・破魔札を仕込み、いざとなれば自爆特攻で敵の目をくらます罠《わな》が仕込まれていた。

「うおおおおおおおおおおっ！」

『やあああああああああああっ！』

そしてそれらのサポートに紛《まぎ》れ、俺とミホトはジェーンに攻撃を仕掛けるが――小細工は無意味だった。

「なに私の晴久君を勝手に増やしてるのかなああああああああっ⁉」

ドボボボボボボボボボン！

「うおおおおっ⁉」

瞬間、ジェーンを中心として全方位に無数のエネルギー弾が放たれた。

尋常ではない数だ。

俺の姿を模した式神がジェーンに近づくこともできずに次々と撃墜される。

「く、ううぅぅ⁉」

槐《えんじゅ》と戦ったときと同じように宗谷と楓が次々と無数の影武者を生み出していくが――異常な威力を伴うジェーンの攻撃は一切やまない。

感度三千倍弾には耐性のあった式神も悪魔憑きが放つエネルギー弾には耐えきれず、一瞬で消滅していった。

そのうえ、

「……君、本物だよね？　勘違い女たちの攻撃に紛《まぎ》れて私を狙《ねら》うなんて……酷《ひど》い洗脳。いま助けてあげるからね」

「っ!?」

エネルギー弾を避《よ》けていた際の動きでバレたのだろう。

ジェーンとばっちり目が合い全身を震《ふる》わせた俺めがけ、大量のエネルギー弾が降り注いだ。

「な――っ!?　影武者式神たちへの全方位攻撃を継続したままこっちに弾幕を……!?　避けるぞミホト！」

『うわあああああああっ!?』

強化された五感から得られた情報と、快楽天ブーストによって向上した判断力。

そこから導きだした次の動きを脳内でミホトに伝え、どうにかエネルギー弾の雨あられを避ける。あるいはエネルギー弾の表面に浮かび上がった快楽媚孔《かいらくびこう》を突いて霧散させていく。だが、

(な――んだこれ――!?)

それは最早、避けるとか避けないとかそういう問題じゃなかった。

無数のエネルギー弾が尽きることなく降り注ぐ。

しかもそれは一発一発が宗谷《そうや》の巨大式神を軽く消し飛ばす威力を内包したとんでもない攻撃。

かつてアンドロマリウスが俺に放った攻撃が児戯に感じられるほどの圧倒的な弾幕だったのだ。

避けてもその余波で俺の身体《からだ》へ洒落《しゃれ》にならないダメージが刻まれ、時間を追うごとに意識が遠のいていく。影武者式神も速効で撃墜され、身を隠すどころじゃない。

駆け引きも戦略もすべて無意味。ただただ圧倒的な力が俺たちを襲っていた。

『フルヤさん！　無理です、こんなのもう無理です！　フルヤさんの身体が持ちません！』

「ぐ……っ！　どのみち負けたら終わりなんだ、俺の身体なんて気にすんな！」

それでも必死にジェーンに近づこうと、半泣きのミホトを叱咤《しった》して突き進むのだが――世の中には気合いだけではどうにもならないことがある。

ドボボボボンン！

「ぐあっ!?」

無数のエネルギー弾がその余波だけで俺を地面に叩《たた》き落とした、次の瞬間。

「これで終わりだよ、晴久《はるひさ》君♥」

「っ!?　古屋《ふるや》君！　逃げ――」

「なにこれ……ダメ、お兄ちゃん……！」

最後に聞こえたのは、宗谷の悲鳴か、楓《かえで》の絶叫か。それとも絶望に満ちた桜《さくら》の声か。

そのすべては、突如として街中に出現した大量の水にかき消された。

道路のすべてを埋《う》め尽くすその圧倒的な質量は――まさに津波だ。

「な、んだよこれ……!?」

デタラメにもほどがある力に、それでも俺は諦《あきら》めずに立ち上がる。だが、
水と嫉妬《しっと》を司《つかさど》る魔界の第三位、レヴィアタン。
その凄《すさ》まじい力を自在に操る悪魔憑《つ》きの暴威に、俺たちは為《な》す術《すべ》もなく飲み込まれた。

「げほっ、ごほっ!?」

街中にいきなり出現したその大量の水は、すぐに周囲へと散っていった。

だが少しの間とはいえ瓦礫《がれき》を大量に含む濁流の中で撹拌《かくはん》された俺の身体《からだ》は全身がズタボロ。

汚水も大量に飲み込んでしまい、身体がほとんど動かない。

そしてそんな状態にあるのは俺だけではなかった。

「う……お兄、ちゃん……っ」

「せめて、古屋《ふるや》君、だけでも……っ、逃がさないと……っ」

ギリギリまで俺を助けようとしてくれたのだろう。

全身をびしょ濡《ぬ》れにした桜《さくら》と楓《かえで》が満身創痍《まんしんそうい》で俺の近くに倒れていた。その隣では同様に宗《そう》谷《や》が倒れ、しかしこちらは完全に気を失っている。

完全に壊滅状態だ。

「ふー、これでやっと私と晴久《はるひさ》君の生活が始まるね……♥」

そしてそんな俺たちを無傷で見下ろすのはイカれた悪魔憑き、ジェーン・ラヴェイ。

「本当は晴久君だけ連れ帰りたいんだけど……晴久君と永遠に気持ち良く過ごすには、パーツを集めて淫都《いんと》を復活させるのも重要だしね」

わけのわからないことをほざきながら、ジェーンの手が気絶した宗谷に伸びる。

これまでの口ぶりからして、こいつもアンドロマリウスに唆《そそのか》されてパーツを狙《ねら》う霊能犯罪者の一人なのだろう。

いつかのアンドロマリウスのように、ジェーンが俺と宗谷を連れ去ろうとしていた。

こうなったら――

（おいミホト……俺がキスをねだるなりなんなりしてジェーンの気を引く。その間に、身体の動かない俺に代わってヤツの快楽媚孔《かいらくびこう》を突け……！）

――無理ですよ！

脳内で語りかけると、顕現したまま俺の側で右往左往していたミホトが同じく脳内で答える。

――この人には魔族が憑いてます！　キスで本体が無防備になってもそちらがしっかり反応するでしょうし、攻撃が失敗したら今度こそフルヤさんが殺されちゃいます！　いまのフルヤさんはこの悪魔憑きの癇癪《かんしやく》一発で死んじゃうくらいの重体なんですよ!?

……まあ、そんなこったろうとは思ってた。

けど、どうせこのまま手をこまねいてたら、俺も宗谷も終わりだ。

シーラ姫の行方もずっとわからないままかもしれない。

だったら俺の命くらい、賭《か》けないとダメだろ……っ！

――うぐっ、なんか私が拒んでも勝手に作戦を開始してしまいそうな雰囲気ですね……

よくわかってんじゃねえか。だったらつべこべ言わず、腹くくれ。

――う、うぅ、了解です……！

と、俺とミホトが十中八九失敗に終わるだろう賭《かけ》に身を投じようとしたそのときだった。


ドゴオオオオン！


「えっ!?」

俺たちの周囲にある複数の建物が、突如として爆発した。

かと思えばその爆発による大量の破片がなぜか運の悪いことにすべてジェーンにだけ殺到する。

「なっ!?」

ジェーンが咄嗟《とっさ》に結界を張るが、今度はその足下《あしもと》で異変が起きた。

結界の内側で下水管が破裂。凄《すさ》まじい水圧で結界ごとジェーンを吹き飛ばし、遠くのビルに叩《たた》きつける。

「なっ――きゃあああああああっ!?」

さらにそのビルがまた爆発を起こし、ジェーンの姿が瓦礫《がれき》に埋《う》もれた。

「な、にが……!?」

と、そのあり得ない偶然の連続に目を瞬《まばた》く俺や楓《かえで》たちの身体《からだ》を、モフモフの狐尾が優しく包み込んだ。

そして聞こえてきたのは、俺のよく知る大人たちの声だ。

「やはり張っておいて正解じゃったな。大規模多重結界を張られたときは少し焦《あせ》ったが、ギリギリセーフじゃ」

「今回はさすがに危なかったですね～」

《化け狐《ぎつね》の葛乃葉《くずのは》》現当主、葛乃葉菊乃《きくの》。

《無敵の童戸《わらしべ》》現当主、童戸手鞠《てまり》。

日本最強クラスの退魔師《たいまし》二人が俺たちを守るようにして、不敵な笑みを浮かべていた。

7

「手鞠さんに、菊乃ばーさん!?　って、いててっ」

突如現れたその規格外の増援に、俺は驚愕《きようがく》の声を漏らしていた。

その反動で身体が痛み表情を歪《ゆが》める俺を菊乃ばーさんが見下ろし、

「おいおい無理をするでない。ほれ、《癒やしの白丘尼《しらくに》》から預かってきた最上級の秘薬じゃ。

何度も使っていいものではないから、もう怪我《けが》をするでないぞ」

言って、俺と宗谷《そうや》、楓《かえで》と桜《さくら》に謎の液体を豪快にぶっかける。

途端、ボロボロだった俺たちの身体《からだ》が見る間に回復。

「え、え、なんで手鞠《てまり》さんたちがここに!?」

気絶していた宗谷も目を覚まし、突然の展開に目を丸くしていた。

「宗谷の言う通りだ。なんで菊乃《きくの》ばーさんたちがここにいるんだ……」

十二師天《じゅうにしてん》はいま全国で起きた同時多発テロの対策に奔走《ほんそう》しているはず。運良くその対処が早く終わったとしても、すぐこちらに駆けつけられるはずがない。

一体どうなってんだと俺たちが言葉を失っていると、

「シーラ姫の護衛を命じたあの日、儂《わし》はお主らにこう言ったな? 『相馬《そうま》家が、予言しきれないほどの事件が起きると予言した』と」

俺たちの回復を見届けた菊乃ばーさんは悪戯《いたずら》が成功した悪ガキのように笑い、そのとんでもない種明かしを口にした。

「じゃが実は予言はそれだけではなくてな。お主らパーツ持ちが攫《さら》われ、なにかとんでもないことになるという予言もあったんじゃよ。じゃからシーラ姫護衛が始まったその日から、ずっと儂と手鞠でお主らを尾《つ》けておったんじゃ。儂の変身術で周囲に紛《まぎ》れたうえでな。アーネストとの戦闘は正直笑ったわ」

「遠目でしたけど、あれは酷《ひど》かったですね～」

「な……っ!?」

「お主らにも内密にしていたのはまあ、敵を騙《だま》すには味方からというやつじゃな。お主らが攫われるという予言は『いつ』成就するかが完全に不明じゃった。それはつまり今回の騒ぎをしのいでもこの先ずっと高確率で攫われる恐れがあるということ。霊級格7《スケールセブン》を打ち倒したお主らを簡単に攫うような手合いが敵にいるとなれば、早めに潰《つぶ》しておかねばならん。というわけでお主らには今回、敵をおびき出すための釣り餌《え》になってもらったというわけじゃ」

「というわけじゃ、て……つまりシーラ姫の護衛に十二師天を派遣しなかったのは、敵を確実に誘い出すためだったたってことかよ」

「じゃなー」

俺の言葉を菊乃ばーさんが軽い態度で肯定する。マジかよこのばーさん。

俺たちだけならまだしも、外国の王族まで釣り餌作戦に巻き込むとか外交問題どころの騒ぎじゃねーだろ……いやまあ、だからこそ敵も油断したのだろうが。

「というわけで狙《ねら》い通りパーツを狙う強敵は釣れたわけじゃが……まさかあのジェーン・ラヴェイがシーラ姫に成り代わっておるとは完全に予想外じゃった。十分な戦力を用意しておいて正解じゃったな」

と、菊乃ばーさんがふざけた態度を消し、完全な臨戦態勢《りんせんたいせい》に移行したときだ。

「十分な戦力ぅ!?」

ボゴオオンン！

「っ！」

金切り声とともに瓦礫《がれき》を吹き飛ばし、ジェーンが姿を現した。

その膨大《ぼうだい》な魔力で強引にしのいだのだろう。

手鞠《てまり》さんの運勢能力による不幸連鎖で吹き飛ばされたにもかかわらず、その白い肌には傷ひとつついていない。

化け物が……っ！

「どんな援軍でも私たちの愛の力に敵《かな》うヤツなんているわけない……私の晴久《はるひさ》君を返せえっ！」

奇声をあげたジェーンの両手に、再び凄《すさ》まじい負のエネルギーが溜《た》まっていく。

俺たちを一方的に蹂躙《じゅうりん》した強大な力がまた放たれようとしているのだ。

「やべえ！」

「またあの攻撃！」

俺は表情を強《こわ》ばらせ、宗谷《そうや》たちも攻撃を避《よ》けようと身構える。だが、

「ははは、忘れたかお主ら」

そんな俺たちとは対照的に、菊乃《きくの》ばーさんが不敵に笑った。

「儂《わし》が葛乃葉《くずのは》を五十年束ねてきた化け狐《ぎつね》の長じゃということを」

「死ねえええええっ！　私の晴久君に群がる害虫どもがあああああっ！」

瞬間、ジェーンの両手から無数の光弾が一斉に放たれた。

俺たちとは正反対の夜空に向かって。

「え……？」

「あのイカれ女、どこ狙《ねら》ってんの？」

桜《さくら》が呆然《ぼうぜん》と呟《つぶや》く視線の先では、ジェーンが明後日《あさって》の方向へエネルギー弾を放ち続けていた。

当然俺たちにダメージは一切ない。それでもジェーンは奇声をあげながら砲撃を続け、的外れの方向へ罵声《ばせい》を浴びせている。

その光景に俺は見覚えがあった。

そうかこいつは……！

「おばあさまの完全幻術……！」

楓《かえで》が戦慄《せんりつ》したような声を漏らした。

完全幻術。

それは《化け狐の葛乃葉》現当主である菊乃ばーさんが同じ十二師天《じゅうにしてん》からさえ「チートババア」だの「反則退魔師《たいまし》」だのと称される最大の理由だ。

葛乃葉の代名詞である変身術。その根幹をなす幻術を研《と》ぎ澄ませた先にある完全幻術は、他者の認識を術者の思い通りに支配する。

効果範囲内にいる者すべての感覚を支配できる菊乃《きくの》ばーさんの力はまさに反則。

恐らくジェーンはいま、いもしない方角に俺たちの幻影を見せられているのだろう。

普通ならここでほとんど勝負アリだ。だが、

「……っ、幻術っ!?」

敵は数百年に一人の逸材《いつざい》といわれる悪魔憑《つ》き。

以前、楓《かえで》の簡易幻術をミホトが察知し対処したように、霊的上位存在であるレヴィアタンもなにか異変を察したのだろう。宿主であるジェーンが異常に気づいたように金切り声をあげる。

「こんなもの、私に通用するかああああああああっ！」

ゴオオオオオオッ！

凄《すさ》まじい魔力の奔流《ほんりゅう》が周囲の空気をビリビリと揺らした。

「……見つけたぁ」

「っ！」

かと思えばさっきまで明後日《あさって》の方向を向いていたジェーンがこちらに目を向けてくる。

「おばあさまの幻術を強引に振りほどいた!?　どこまで化け物なの!?」

楓がその整った顔を引きつらせる。

だが——五感を強化されている俺はいち早くそれに気づいた。

（ジェーンのやつ、微妙に目の焦点があってねぇ……！）

その膨大《ぼうだい》な魔力で強引に幻術を打ち消しているらしいが、それも完璧《かんぺき》ではなかったらしい。

少なからず認識が阻害されており、こちらの姿を正確には把握できていないようだった。

そして菊乃ばーさんにとってもそれは想定内だったようで、

「やはり魔界の第三位相手に幻術は効きが悪いの。じゃがそれでも多少は認識阻害できておるようじゃし……儂《わし》の幻術はこれで終わりではないぞ」

慌てる様子もなく次の手を打った。それは、

「んはあああああああっ♥！　裸で涙目の女の子が縛ってほしそうにこっちを見ているのだあああああっ♥!?」

「烏丸《からすま》!?」

いまのいままでジェーンにビビり散らしてクソの役にも立っていなかった烏丸が、いつの間にか菊乃ばーさんのモフモフ獣尾に包まれて登場。しかも、

「我流結果系捕縛《ほばく》術二式、光泥自縛地獄《こうでいじばくじごく》！」

「っ!?」

なにをそんなに興奮しているのか、いままでにないほど強力な捕縛術をジェーンに発動した。

おかしいのはそれだけじゃない。

「鬱陶《うっとう》しいっ！」

ジェーンが光弾を炸裂《さくれつ》させ、まとわりついた泥を弾き飛ばす。同時に捕縛術を放った烏丸に

強烈な殺気を向けるのだが、

「あはははははっ！　子猫ちゃんが股間《こかん》に食い込む拘束《こうそく》術の刺激に穴という穴からおねだり汁を大噴出なのだ♥!?」

「なっ!?」

ジェーンだけでなく俺たちまで目を剥《む》いた。

あのヘタレの烏丸《からすま》がまるで殺気に怯《おび》えず、意味不明なことを叫びながら何度も何度も拘束術をかけ直すのだ。おいこれまさか……

「おばあさま……この変態女に幻術を……？」

「この娘の拘束術は捨てておくにはもったいないからの。ちょいと騙《だま》──良い夢を見せるついでに有効活用させてもらう」

どうやら味方である烏丸になにか十八禁的な幻想を見せ、その潜在能力をフルに引き出しているらしい。

さらにジェーンを襲う反則攻撃はそれだけではなく、

「ああああああうっとうしい！　っ!?　みぎゅあっ!?」

光の泥を弾き飛ばそうともがくジェーンの周囲が再び爆発した。

瓦礫《がれき》が殺到し、結界を展開しながら避《よ》けるジェーン。しかしその足下《あしもと》が突如地盤沈下（？）で崩落。足を取られバランスを崩した拍子に、崩落したビルがジェーンに降り注ぐ。

「なあああああああっ!?」

「あらあら～、運が悪いわね～」

拘束術と不幸連鎖に振り回されるジェーンをにこにこした笑顔で見つめるのは手鞠《てまり》さんだ。

凄《すさ》まじい幸運の持ち主と敵対するということは、凄まじい不幸に見舞われるということ。

彼女の豪運が敵であるジェーンには凄まじい不幸となって襲いかかっているのだ。

とはいえ彼我の力量差がでかすぎるせいで手鞠さんの反則的な幸運能力でもジェーンに傷をつけることはできていないが――それでも時間稼ぎとしては効果絶大。

「さて、いまのうちに準備を整えるぞ。宗谷《そうや》の娘、数は少なくてよい。速度重視の式神を数体出すのじゃ。楓《かえで》はそれを小僧に変化させろ。変身術では再現できん小僧の反応速度や体捌《さば》きは儂《わし》の幻術で補う」

「は、はい！」

「わかりました」

ボボボボボンッ！

ジェーンが拘束術と不幸連鎖に翻弄《ほんろう》されている隙を突き、生み出されるのは俺とミホトの影武者。それも性能重視の少数精鋭だ。

そして菊乃《きくの》ばーさんは最後に俺へ目を向け、

「さて、さすがに儂と手鞠のコンビでも世界最強クラスの悪魔憑《つ》きを下すには力不足。嫌がらせが精一杯じゃが……これだけお膳立てしたんじゃ。あとはいけるな？」

「……っ、当然！」

発破をかけるように老獪《ろうかい》な笑みを浮かべる幼女姿のばーさんへ、俺は全力で応じた。

「いくぞミホト！」

『はい！』

瞬間——ドン！

両手の主導権をミホトに譲渡した俺は、その怪力でジェーンへと突っ込んだ。

楓《かえで》たちが作り出した影武者も、全方位からかなりの速度でジェーンに迫る。

「っ！　また晴久《はるひさ》君が洗脳されて——っ！」

そして様々な不幸や認識阻害に見舞われながらもジェーンはそれに即応。

「こんな小細工で私と晴久君を引き裂けると思うなああああっ！」

先ほど俺たちを下したように、全方位へ凄《すさ》まじい大きさの魔力弾を乱射する。

それはたとえ認識阻害の影響で正確に狙《ねら》いが定まらずとも、周囲の異物をすべて撃墜するだけの威力と密度を持った無類の弾幕だ。

本来なら先ほどと同じように一瞬で勝負は決していただろう。だが、

「——っ!?　なんでっ」

運が悪いことに、その濃密な弾幕は俺たちに掠《かす》りもしない。

爆発の余波でさえ俺たちの体勢を少し崩すだけ。

さすがに影武者は何体かかき消されるが、俺は手鞠《てまり》さんの幸運能力と五感強化によって攻撃を完全に回避。影武者に気を散らされるジェーンのもとへ一直線に駆け抜けた。そして、

「おおおおおおおおおおおおおおおおっ！」

生き残った影武者と俺、二つの影がジェーンに肉薄する。

「……っ！　うぐっ⁉」

ジェーンが再び津波を引き起こしすべてを押し流そうとするが、ドゴンッ！

爆発。殺到する瓦礫《がれき》。不幸な事故に気を散らされ、大技の発動がキャンセルされる。

そして俺はミホトから片腕の主導権を取り戻し、強化された五感の力をもって相手の動きを先読み。

烏丸《からすま》の超強力な拘束《こうそく》術によって動きの鈍ったジェーンの胸元。そこで光る快楽媚孔《かいらくびこう》へ、全力で絶頂除霊《ぜっちょうじょれい》を叩《たた》き込んだ。影武者とも動きをあわせ、左右からの同時攻撃だ。

幻術の影響でジェーンの認識がわずかに阻害されていることも加わり、それは避《よ》けようのない一撃必頂の攻撃と化す。

とった！

強化された五感から伝わるジェーンの驚愕《きょうがく》と混乱から、俺が勝利を確信したそのときだ。

『けけけっ、やらせるかよっ』

「っ⁉」

俺と影武者の指先が、何者かに受け止められた。

「てめえっ⁉　レヴィアタン⁉」

ジェーンの胸元から瞬時に飛び出しかたちをなした人外の女が凶悪な笑みを浮かべた。

その瞬間――ボゴオオオオン！

「ぐああああああああっ⁉」

『いやああああああああっ⁉』

レヴィアタンの両手とジェーンの両手から放たれた強力な魔力の波動。

それによって最後の影武者は容易《たやす》く引き裂かれ、俺とミホトも大きく吹き飛ばされる。両腕でガードはしたが爆発の余波で全身が焼かれ、とてつもない痛みで表情が歪《ゆが》んだ。

(ぐっ、ここまでやってダメなのかよ！)

菊乃《きくの》ばーさんの完全幻術に手鞠《てまり》さんの幸運能力。

そこに五感強化とミホトの怪力まで掛け合わせてなお倒せない圧倒的実力差に心が折れそうになるが、

「いくぞミホト！　もう一回だ！」

『は、はい！』

「ああ可哀想《かわいそう》！　晴久《はるひさ》君が可哀想！　こんなにたくさんの勘違い女に唆《そそのか》されて！　死ぬ寸前

まで叩《たた》きのめして、わたしと愛し合ってる晴久君に戻してあげるからねえええええ！」

俺とミホトは諦《あきら》めることなく、奇声をあげるジェーンへと再び突っ込んでいった――そのときだ。

「よくやったぞ小僧。一撃必殺能力に加えてその気迫、敵の気を引くには十分すぎる働きじゃ」

『『っ!?』』

俺に完全に気を取られていたジェーンのすぐ後ろに、日本最強の退魔師《たいまし》が躍り出た。

「菊乃ばーさん!?」

ジェーンとレヴィアタンだけでなく、俺もぎょっと目を見開く。

なにせ俺のサポートに徹するものと思っていた菊乃ばーさんが、その獣尾に手鞠さんや烏丸《からすま》たちを包んだまま いきなり最前線に現れたのだ。

楓《かえで》を遥《はる》かに上回る強力な獣尾でミホト級の機動力を発揮し、幻術による認識阻害でジェーンの死角へと肉薄したらしい菊乃ばーさんの小さな手には発光する杭《くい》。

そこへ呆《あき》れるほど膨大《ぼうだい》な霊力が凝縮され、ジェーンに叩き込まれる。

が、

『っ!?　……けけけっ、見事な不意打ちだが、人間ごときがどんな攻撃をしようが私とジェーンに効くものか！　避《よ》ける価値もない！』

レヴィアタンが勝ち誇ったように笑う。

しかしそんななかで、

「じゃろうな。いくら儂《わし》でも、除霊不能と言われるお主を祓《はら》えるとは思っとらんよ」

レヴィアタンが放つ光弾を凄《すさ》まじい機動力で避《よ》けながら、完全な不意打ちを無効化されたはずの菊乃《きくの》ばーさんが老獪《ろうかい》な笑みを浮かべた。

「人の力で貴様を祓うのは不可能。じゃが貴様と同じ、霊的上位存在の作った武神具ならどうじゃ？」

「くじ引きで決めた装備でしたが、やっぱり持ってきて正解でしたね～」

ばーさんと手鞠《てまり》さんが声を重ねると同時。

ジェーンに叩《たた》き込まれた光の杭《くい》が、ボフンッとその姿を変えた。

「『っ⁉』」

霊力まで化けるという葛乃葉《くずのは》の変身術が解けて現れたのは、あり得ないほど神々しい炎を纏《まと》う白銀の矢。

ミホトが『うわっ、嫌な感じ』と顔をしかめるその光がジェーンの身体《からだ》に取り込まれた次の瞬間。

『っ⁉　な……っ⁉　これは、霊力回路を乱す神界の懲罰具……⁉　ぐっ、ジェーンとの接続が阻害されて……⁉』

「……っ⁉　……っ⁉」

そこで初めて、ジェーンたちの表情が明確な焦《あせ》りに歪《ゆが》んだ。

「な、なんだあの神具……!?」

紅葉《もみじ》姫から譲り受けたミホト制御用の金玉緊箍児《きんこじ》よりずっと強力なその神具に、俺は目を丸くする。

だがそれよりまず気になったのは……、

「……おいばーさん、あとは俺に任せるみたいな雰囲気出しといて、まさか最初からこれが狙《ねら》いだったのか……?」

「かかか。人聞きの悪い。お主がトドメを刺せるならそれに越したことはないと思っておったよ。ただまあ、二の矢、三の矢も用意せず悪魔憑《つ》きに挑むほど脳天気でもないだけじゃ」

ジェーンの攻撃を避けるかたちで俺の近くに降り立った菊乃ばーさんはその幼い見た目に似合わない狡猾《こうかつ》な笑みを浮かべ、

「それにほれ、最初から言うておるじゃろ。敵を騙《だま》すにはまず味方からとな。迫真の突撃じゃったぞ小僧。おかげでカスみたいな威力しかない幻覚でもジェーン・ラヴェイの隙を突けたわ」

「……ああそうかい」

なにからなにまで俺たちより数段上手だった妖怪《ようかい》ばーさんの言い分に俺は思わず嘆息する。

しかしそのおかげで、

「な……っ、これ、レヴィとの接続が乱されて力の回復が遅く……!?」

菊乃《きくの》ばーさんが叩《たた》き込んだ神具の効果だろう。

ジェーンの戦闘力は確実に落ちており、その整った顔が焦燥《しょうそう》に歪《ゆが》む。

それでもなお彼我の差はかなりのものがあったが……ついさっきよりは幾分かマシ。

菊乃ばーさんと手鞠《てまり》さんがいれば、十分な勝機がある。

「今度こそ確実に祓《はら》ってやる」

と、俺がその凶悪な悪魔憑《つ》きを睨《にら》み据えたときだった。

「〰〰〰っ！　アアアアアアアアアアアアアアアアッ！」

「なっ⁉」

状況の不利を悟ったらしいジェーンが突如、自らをも巻き込むような巨大な爆発を巻き起こす。まき散らされた膨大《ぼうだい》な瘴気《しょうき》に俺たちが防御を余儀なくされたその直後。

「許さない……許さない許さない許さない……っ！　晴久君《はるひさ》は私だけのものなのに……洗脳を解いてあげようとこんなに必死に戦ってるのに……っ！　そんなにたくさんの女を侍《はべ》らせて私に刃向かって……浮気者……次は絶対、取り返してやる……っ！」

こちらと距離を取ったジェーンが血走った目で俺を睨みながら、癇癪《かんしゃく》を起こすように全身を掻《か》きむしる。

かと思えばその身体《からだ》が黒いもやに包まれ――凄《すさ》まじい速度で夜闇へと消えていった。

「あっ⁉　あいつ逃げやがった⁉」

ミホトに頼んで慌てて追いかけようとする。だが、

「よい、深追いは禁物じゃ」

「はあ!?　でも……」

菊乃ばーさんのモフモフ獣尾に止められ俺は声を張り上げる。

あんな危険なヤツを仕留められる絶好のチャンスをみすみす逃すわけにはいかないと抗議するのだが……そこで俺は言葉を飲み込んだ。

それまで余裕に見えた菊乃ばーさんと手鞠さんが額から汗を流し、その表情に濃い疲弊《ひへい》の色を浮かべていたからだ。

「噂《うわさ》に違《たが》わぬ化け物じゃな。儂《わし》と手鞠が全力で霊力を注ぎこんで撃退が精一杯よ。これ以上深追いすれば、こちら側にも確実に犠牲が出るじゃろうな」

言って、菊乃ばーさんは俺を安心させるように、

「じゃがまあ、最低限の楔《くさび》は打ち込めた。魔力回復速度と継戦時間を大幅に削るあの神具は魔界の第三位でも容易には外せぬ。今後の活動は大幅に制限されるはずじゃし、あのレヴィアタンが出張ってきた以上、護衛にも心当たりがある。じゃからひとまず安心せい」

「……まあ、そういうことなら」

あのジェーン・ラヴェイを相手取れる護衛なんかいるのか？　と疑問は浮かぶが、まあばーさんが言うなら大丈夫なのだろう。多分。

不完全燃焼気味ではあるが、目下の脅威が過ぎ去りこれでようやく終わりかと俺は気が抜けたようにその場に崩れ落ち——かけたところで大事なことを思い出した。

「あ、そうだ！　ジェーンが逃げたってことは、本物のシーラ姫の居場所がわからずじまいじゃねえか！　無事だっつーけど、いつまでも無事とは限らねえだろ！」

「っと、そうじゃったな」

焦燥《しょうそう》の声を漏らす俺に、菊乃《きくの》ばーさんが頷《うなず》く。

「記憶や仕草まで完璧《かんぺき》にコピーするような成り代わりじゃ。対象をかなり丁重に扱わねば発動せんじゃろうし、距離もここからそう遠くないじゃろ。となれば場所もある程度絞られてくるし、成り代わりが解けたなら霊力跡を追えるはず。ジェーンの八つ当たりで殺されてもかなわん。そちらは急いで捜さねばな」

「……っ、俺も五感強化でできる限り協力するから、場所が絞り込めたらすぐ言ってくれ！」

「じゃあまずはわたしが地図の上で鉛筆を倒してみようかしらね～」

「頼みます手鞠《てまり》さん！」

倒れそうになる身体《からだ》を叱咤《しった》し、俺は宗谷《そうや》や楓《かえで》たちの手も借りて即座にシーラ姫捜索へと乗り出した。

そんな俺の背後で、

「まったく。あんな地雷女に目をつけられた直後に他人のことばかりとは。わかっておったことじゃが、楓は思いのほか厄介《やっかい》な男に引っかかってしまったもんじゃの。……じゃがまあ、あのときパーツと一緒に処分せんで正解じゃったわ」

菊乃ばーさんが拘束《こうそく》されたまま放置されていたアーネストを運びつつ、なにやら嬉しそうに苦笑しているのだった。

# エピローグ

ジェーン・ラヴェイというイカれた怪物を辛くも撃退した翌日。

白丘尼《しらくに》家の秘薬の効果もあり、俺たちは身体《からだ》もすっかり回復。

諸々の後処理に追われて落ち着く暇こそなかったものの、どうにかいつもの調子を取り戻しつつあった。

だがその一方で、

「あのイカれ女……次また襲ってきたら今度こそ確実にぶっ殺してやるわ……っ！」

「菊乃《きくの》さんが弱体化させてくれたから、あの淫獣は長く戦えなくなってるんだよね？　なら火炎瓶《びん》や硫酸《りゅうさん》を抱《かか》えた式神軍団で上空から爆撃しまくって、ひたすら魔力と精神を削るのはどうかな？　物量で嬲《なぶ》り殺すんだよ！」

「あとはそうね……私が宗谷美咲《そうやみさき》の式神を古屋《ふるや》君に変身させて、その口に毒を仕込むというのはどうかしら。あの淫売がまた性懲《しょうこ》りもなく古屋君の唇を狙《ねら》ってきたときに問答無用で殺せる罠《わな》を仕掛けるの。下手《へた》に真正面から霊能戦を挑むより確実性が――」

ジェーン・ラヴェイに完敗したことがそんなに悔しかったのか。

桜《さくら》、宗谷、楓《かえで》の三人は事後処理の合間にも鬼気迫る雰囲気で手段を選ばぬジェーン対策を練りまくっており、不穏な会話が途切れることなく続いていた。

「お、おい、あいつが脅威なのは確かだけど、菊乃《きくの》ばーさんが護衛の心当たりもあるって言ってたし、そこまで根を詰めなくても……」

その様子は三人の精神状態がちょっと心配になるほどで、俺は思わずそう声をかけたのだが、

「お兄ちゃんは黙ってて！　大体あんたがほいほい誰にでも優しくするからこうなってんでしょうが！」

「しゃーっ！　ふうううっ！」

「……っ。しばらく私たちに近づかないで。声もかけないで。消えなさい」

各々《おのおの》が顔を真っ赤にしてこちらを威嚇《いかく》してきて話にならなかった。

どうやら獣化したときの痴態《ちたい》をまだ気にしているようで、その羞恥《しゅうち》を忘れる意味でもジェーン対策に没頭しているようなんだが……殺気立った楓《かえで》たちは本当に怖いから早くいつもの調子に戻ってほしい。


それから。

ジェーン・ラヴェイに成り代わられていたシーラ姫だが、幸いにもジェーンを撃退したその日に無事発見することができた。

菊乃ばーさんをはじめとした優秀な退魔師《たいまし》たちの霊視、それから手鞠《てまり》さんの幸運能力が重な

り、都内某所の高級ホテルで昏睡《こんすい》させられているところを保護されたのだ。

良くも悪くもジェーンは色恋にしか関心のないバーサーカーで、他の国際霊能テロリストとまるで協調していないことが功を奏したらしい。シーラ姫には増幅能力を悪用された形跡もなく、到着した護送船団へと健康な状態で引き渡すことができた。

ただ、成り代わり術式の後遺症というかなんというか、ひとつだけ厄介《やっかい》な問題が発生していて……それはジェーンが成り代わって行動していた際の記憶を、シーラ姫本人がすべてはっきり共有しているということだった。

対象の性格や記憶まで完全にコピーする成り代わり術式はその性質上、成り代わられた本人と術者の魂が半ば同化したような状態になるのだという。

なのでシーラ姫は自分そっくりに振る舞っていたジェーンの行動を、まるで自分がやったことのように記憶しているのだった。

まあこれは実際のところ、悪いことばかりじゃない。

前述したように成り代わり術式は意識が混ざり合うような術らしく、成り代わっていた際のジェーンはシーラ姫本人とほぼ一心同体。

ゆえに今回の来日は姫本人の公式来日として表向きは処理され、両国霊能業界の友好関係構築という目的は果たされたと大々的に報じられることになった（もちろんのちに電話会談したり、日本の重鎮がアルメリア王国へ慰問に行ったりと裏ではちゃんとやり直すらしいが）。

じゃあ別になにも問題ないじゃないかと思われるだろうが、問題なのはこのあとだ。

実は最悪なことに、ジェーンが成り代わり術式を解いたあとの数分間はシーラ姫との接続がまだ完全には解けていなかったとのことで……つまりその、シーラ姫はジェーンの身体《からだ》を通じて、俺とキスをした記憶までばっちり残っているのだった。


「責任を……っ、責任を取っていただかないと……っ！」


目を覚ますなり俺の顔を見て顔を真っ赤にしたシーラ姫はそのまま一度も俺の前で冷静さを取り戻すことなくアルメリア王国へと帰っていってしまったんだが……だ、大丈夫だよな？ 俺あとでギロチンにかけられたりしないよな……？

とまあ戦々恐々《せんせんきょうきょう》とするようなことはありつつ、一連の騒ぎは概《おおむ》ね穏やかに収束しつつあった。

全国を大きく騒がせた同時多発テロも、首謀者の多くを取り逃がしながらも共謀者を多数拘束《こうそく》。懸賞金つきの大物も複数捕らえたとのことで、事後処理は順調に進んでいるのだった。

魔族級の懸賞金を誇るアーネストを捕らえた上にジェーンの弱体化にまで成功したことを考えれば、概ねこちらの大勝利といえるだろう。

だが、

「……あんな化け物連中が本格的に動きだしたんだ。少し無理言ってでも相馬《そうま》家や童戸《わらしべ》家に

パーツ捜索を手伝ってもらわねえとな」

こちらがパワーアップしている以上に、敵の勢力が拡大しているのだ。

あんなヤバい連中に付け狙《ねら》われる日々を終わりにするためにも、こんな馬鹿げた騒ぎが二度と起きないようにするためにも、パーツ探しは急がなければならなかった。

──そうですよフルヤさん！　パーツをこの世から完全に消し去るためにも、パーツ集めは頑張らないと！

ミトもこんな感じでうるさいしな。

そんなわけで俺は早速、顔を合わせると威嚇《いかく》されて話にならない宗谷《そうや》へ『もう一度相馬《そうま》家に突撃してみよう』とメッセージを送るのだった。

……同時多発霊能テロが収束していくその裏側で、退魔師《たいまし》協会を震撼《しんかん》させる大事件が起きていたことなど、いまはまだ知らないまま。

# あとがき

突然ですが、皆さんはライトノベル作家という職業の利点ってなんだと思いますか？　印税生活、自由な勤務形体、表現欲求や承認欲求を満たせること等々、ぱっと思いつくのはこのあたりでしょうか。

しかしそれらの利点を上回る利点がラノベ作家にはあるのです。それは、

イラストレーターさんに自分の好みのエッチなイラストを書いてもらえること。

……なんでいきなりこんな話をしたかといえばですね、ええ、届いたんですよ。

魔太郎さんから、作者の性癖《せいへき》に直撃するアーネストのドチャしこキャラデザが！

いやですね、いままでも散々素晴らしいキャラデザとイラストは届いていたのですが、今回は見事なまでに作者の性癖とマッチするキャラデザが届きまして。は？　エロ同人とか出たら普通に即ポチなんですけど？　なんならこの先、絶頂除霊《ぜっちょうじょれい》本編で意味なくアーネストのエロいシーンねじ込んで合法的に挿絵にしてもらいますけど？　と一人で錯乱していたわけです。

いやほんと、「野性味のある灰色狼っぽいナイスバディで、出身国イメージはドイツかなぁ」

くらいのふわっふわしたキャラ指定でこれが上がってくるのは参りますね。やっぱりイラストレーターさんってすげえや！

――と、そんなこんなで今回もたくさんの人に支えられて無事絶頂除霊を出版できました。毎度毎度、関係者の皆様には感謝しかありません。

また、新刊が出るごとにレビューや感想を投下してくださる読者の皆様にもがっつり支えられております。特にメインヒロインたちに欲棒を生やした7巻ではめちゃくちゃ反響が多く、作者は大喜びしながら正直ちょっとビビり散らしておりました。Ａｍａｚｏｎレビュー数が6巻の倍以上ってどういうことなの……ヒロインにちょっとチ●ポを生やしただけなのに……。


さてそんな絶頂除霊ですが、この8巻と同じ三月十八日にコミカライズ版の1巻も発売するので、是非《ぜひ》チェックしてみてください。柚木N'先生の描くキャラがみんな可愛らしく、原作組の皆様にも楽しんでいただけること間違いないのです！

また、絶頂除霊が掲載されているマンガワン様ではこの春から最強女師匠のコミカライズもはじまる予定となっていますので、あわせてチェックしていただけると作者が絶頂します。

それでは皆様、次は絶頂除霊9巻か最強女師匠でお会いしましょう。

んほおおおおお！（原点回帰）

# エピローグ2

ジェーン・ラヴェイを撃退し、シーラ姫を発見したあと。

その幸運能力をたっぷりと使い消耗していた童戸手鞠《わらしべてまり》は車の運転を部下に任せ、東北にある童戸本家へと帰還していた。

深夜の国道は交通量がゼロに等しく、手鞠を乗せた車は一度も止まることなくすいすいと進んでいく。そんななか、

「ふ～、それにしても晴久《はるひさ》君には困ったものね～」

手鞠は窓の外を眺めながら大きく息を吐いていた。

生まれ持った幸運能力ゆえにいつもほわほわと悩みのなさそうな微笑を浮かべている手鞠には珍しい物憂げな表情だ。

誰に言うでもなく、手鞠はぽそりと声を漏らす。

「ただでさえ旧家の跡継ぎやらナギサちゃんの弟子やらに取り囲まれてガードが固いのに、あんなとんでもない地雷女にまで目をつけられるなんて～。気の優しい槐《えんじゅ》ちゃんじゃあ割り込む隙がないじゃないの～」

ずっと不遇な生活を強《し》いられてきた槐にはもう二度と悲しい顔をしてほしくない。

だが晴久の周囲には猛獣めいた女がひしめいており、争いの苦手な小動物にすぎない槐にはあまりに分が悪いように思われた。

ジェーン・ラヴェイをはじめとした凶悪な霊能犯罪者が晴久を狙《ねら》っているという状況も捨て置けるものではないし、さすがになにか手を打ったほうがいいかもしれない——などと考えていた手鞠はふと違和感を抱《いだ》いて思考を中断した。

「……？」

自分を乗せた車が、赤信号に引っかかって停まっているのだ。

童戸家の人間である運転手も「あれ？　珍しいですね」と首を捻《ひね》っている。

しかしそれは、珍しいどころの話ではなかった。

《無敵の童戸》現当主である童戸手鞠の能力はその豪運。

たとえ意識的に能力を使おうとしていなくても、信号がすべて青になる程度の幸運は常に発揮されている。特に交通量のほぼない深夜ならなおさらだ。

いくらジェーン・ラヴェイとの戦いで消耗していたとはいえ、これは……と訝《いぶか》しげに眉を寄せていた手鞠は次の瞬間、叫ぶように術式を発動させていた。

「っ！　多重結界！」

停車していた車の周囲に強固な結界が展開する。

そしてその直後——ドドドドドドドドン！

何十発もの呪術《じゅじゅつ》弾が手鞠《てまり》の展開した結界を襲った。

「わっ⁉　な、なんですかこれ⁉」

「襲撃よ～、早く車を出しなさいっ」

叫ぶ運転手に手鞠がいつものほわほわした雰囲気を捨てて鋭く叫ぶ。

だがその指示が遂行されることはなかった。

——ビキッ、ボゴオオオオオッ！

「「なっ⁉」」

運転手と手鞠の声が重なる。

呪術弾の衝撃に耐えかねた道路が運悪く崩落し、車体がそれに巻き込まれたのだ。

広範囲にわたって崩落した道路は小高い丘を走る一本道。

車が二、三回転するところで落下は止まり、結界で衝撃を殺した手鞠はすぐに車体から飛び出した。だが、

「う、ぐぅっ」

衝撃に備えて結界を展開したにもかかわらず、運転手は運悪く頭を強打。

呻《うめ》き声を漏らしながら気を失っており、それを見た手鞠は今度こそ表情を歪《ゆが》ませた。

（わたしたちの運勢能力が完全に無効化……いやこれは、反転させられてる……⁉）

まさかこの能力は……と焦燥《しょうそう》が胸をよぎった直後。

「よーしよし。さすがにあんたほどの運勢能力を反転させるのはこの私でも無理だったんだが、そこまで消耗してれば話は別だな」

「な――っ!?」

死角から突如現れた女に目を剥《む》きながら、手鞠は即座に結界を展開。

普段のおっとりした様子からは考えられない速度で爆・破魔札を放ち、襲撃者の女から距離を取ろうとしたのだが――ずるっ。

「っ!?」

不幸なことに手鞠は足を滑らせ体勢を崩し、爆・破魔札が明後日《あさって》の方向へと飛んでいく。なんとか結界だけは展開したものの、

「無駄無駄。普段から幸運能力に頼り切りのあんたじゃ練度が足りないし、その幸運能力もいまはあんたの足を引っ張るだけだ」

言って、即座に結界を破壊した襲撃者の掌打が手鞠に叩《たた》き込まれた。

瞬間――キイイイイイインッ！

「な――きゃあああああああああっ!?」

襲撃者の掌に仕込まれていた禍々《まがまが》しい宝石から黒い光が弾け手鞠を包み込む。

その異様な感覚に全力で抗《あらが》いながら、手鞠は襲撃者の顔を見上げて声を漏らした。

「あなたはまさか……元十二師天《じゅうにしてん》……退魔師《たいまし》協会の汚点……逆神忍《さかがみしのぶ》ちゃん……っ!?」

「おーおー、覚えててくれたか、嬉しいねぇ」

手鞠《てまり》に睨《にら》まれた襲撃者——逆神忍《さかがみしのぶ》が皮肉げに口角をつり上げる。

《無敵の童戸《わらしべ》》と呼ばれる童戸家にとって唯一の天敵になりうる存在。天邪鬼《あまのじゃく》の怪異《かいい》家系に生まれたその強力な霊能犯罪者に、手鞠は思わず声を振り絞る。

「どうしてあなたが……っ！」

だがそれは愚問だろう。

霊能同時多発テロが起き、それによって手鞠が消耗したタイミングで天邪鬼の反転能力者が襲撃してくる理由などひとつしかない。

そしてその考えを裏付けるように、

「新しい雇い主が随分と太っ腹でな。やっぱり外資はいいねぇ、金払いが違う」

国外勢力との結びつきを匂《にお》わせる発言とともに逆神忍は機嫌良く笑った。

「つーわけで雇い主の意向なんでな。あんたには消えてもらう。けどまあ安心しな。化けて出られても面倒だから殺しはしねえ。……ま、表舞台からは完全に退場してもらうがな」

「っ!?」

瞬間、手鞠を覆《おお》っていた黒い光が一気に収束。

十二師天《じゅうにしてん》である手鞠もまるで逆らえない力の本流が弾け——そこで手鞠の意識は途絶えた。

周囲に静寂が戻る。

黒い光も消え、あとに残されたのは地面に横たわる手鞠だけだ。

静かに胸を上下させるその身体《からだ》に、逆神忍がそっと触れる。

だが、

「おー、本当に触れねえや」

逆神の手は手鞠の身体を貫通していた。

手鞠は確かにそこにいる。だがまるで立体映像を触ろうとしているかのように、互いに干渉できないのだ。手鞠の肉体が、別次元に封印されているのである。

「すげえすげえ。これが異相空間に対象の存在を封じるっつー魔具の力か。さすがは魔族様が二つしか用意できなかった代物だ。この封印なら絶頂除霊《ぜっちょうじょれい》とかいうふざけた能力でも解きようがねえし、童戸家の反則幸運能力もしばらくはこっちの世界にゃ影響しねえ」

成功報酬ゲット、と笑いながら、逆神は携帯電話に手をかける。

「さて、こっちはいいとして……雇い主様のほうはどうなったかね」

●

《先見の相馬《そうま》》の本家は過剰なまでのセキュリティが徹底されている。

監視カメラや高い塀《へい》、強力な結界はもちろん、敷地内には常に武装巫女《みこ》と呼ばれる強力な霊能者がひしめき、十二師天《じゅうにしてん》でさえ突破困難といわれる防衛体制を築き上げているのだ。

それはひとえに、強力な予言能力を持つ当主を様々な勢力から守り切るために。

だがその鉄壁の要塞《ようさい》はいま——ボロボロに崩壊していた。

あちこちから火の手が上がり、夜空に黒煙が立ち上る。

敷地内には多数のヤクザ巫女が倒れ、全員が意識を失っていた。

「く、そ……化け物が……っ」

唯一意識があるのは、ヤクザ巫女たちをまとめる巫女頭、相馬礼《そうまれい》だけだ。

しかし彼女もまた満身創痍《まんしんそうい》であり、もはや意識を保っているのが奇跡に近い。

そしてその視線の先では、

「やれやれ、話には聞いていたが、凄《すさ》まじい勢力だ。これが一家系の戦力だというのだから、日本の層の厚さには驚かされる」

オッドアイが特徴的な異国の美女が、気絶して倒れる相馬家当主——相馬千鶴《ちづる》を見下ろしながら賞賛するように周囲を見回していた。

そのモデルのように整った身体《からだ》はヤクザ巫女との戦闘で傷だらけだ。だが致命傷になるような傷はひとつもなく、整った相貌《そうぼう》には欠片《かけら》の苦痛も浮かんでいない。

そして邪魔者をすべて潰《つぶ》したオッドアイの女は、気絶する相馬千鶴に語りかけるようにしてその禍々《まがまが》しい宝石を押し当てる。

「同時多発テロ、ジェーンの襲撃、あなた自身に振りかかる危機。どの大事件があなたの能力で預言され対策を打たれるかは賭《かけ》だったが……どうやら私たちは運が良かったらしい。天邪鬼《あまのじゃく》がこちらについていたおかげかな？」

言ってオッドアイの女が微笑《ほほえ》むと同時、千鶴の身体を黒い光が包み、収束する。

その身体が異相空間に封印され、互いに触れることができなくなった。

千鶴が目を覚ませばこちらと会話することくらいはできるだろうが……物理的な干渉に加えて霊的な干渉も阻害されているいまの状態では、こちらの世界の未来を予言することはほぼ不可能。

そして霊的上位存在である魔族の手で作られたこの呪具《じゅぐ》の封印は、そう簡単には解けるものではない。退魔師《たいまし》協会が神族の力を借りたとしても、解除には数か月以上かかるだろう。

パーツを奪うには十分すぎる時間だ。

「さて、これで日本側の反則は封じた」

逆神忍《さかがみしのぶ》から届いた「任務完了」の連絡を受け、オッドアイの女が酷薄に笑う。

「ここからは正々堂々とパーツを奪い合うとしようか。妖怪《ようかい》国家の退魔師ども」

言って、女は崩壊した相馬家の敷地に背を向けた。

GAGAGA

ガガガ文庫

# 出会ってひと突きで絶頂除霊！8

赤城大空

発行　2021年3月23日　初版第1刷発行

発行人　鳥光 裕

編集人　星野博規

編集　小山玲央

発行所　株式会社小学館
〒101-8001 東京都千代田区一ツ橋2-3-1
[編集]03-3230-9343　[販売]03-5281-3556

カバー印刷　株式会社美松堂

印刷・製本　図書印刷株式会社





Printed in Japan　ISBN978-4-09-451894-8